흑의 장군과 동쪽 탑의 마녀

흑의 장군과 동쪽 탑의 마녀

초판 1쇄 찍은 날 | 2014년 12월 1일
초판 1쇄 펴낸 날 | 2014년 12월 10일

지은이 | 히메노 유리
그린이 | 아마노 치기리
옮긴이 | 최서향
펴낸이 | 예경원

편집책임 | 박우진
편집 | 오아현

펴낸곳 | 예원북스
등록번호 | 제396-2012-000132호
등록일자 | 2012. 7. 25
YRN | 제5-0008호

주소 | 경기도 고양시 일산동구 무궁화로 8-28 삼성메르헨하우스 712호 (우) 410-837
전화 | 031-819-9431 팩스 | 031-817-9432
http://blog.naver.com/ainandfin
E-mail | ainandfin@naver.com

ISBN 979-11-5630-668-9 03830

※ 파본은 구입하신 서점에서 교환하여 드립니다.
※ 저자와 협의하여 인지를 붙이지 않습니다.
※ 이 책은 예원북스와 Cosmic Publishing / NTT Solmare 와의 계약에 의해 출판된 것이므로 무단 전재 및 유포, 공유를 금합니다.
※ 이 도서의 국립중앙도서관 출판시도서목록(CIP)은 서지정보유통지원시스템 홈페이지(http://seoji.nl.go.kr)와 국가자료공동목록시스템(http://www.nl.go.kr/kolisnet)에서 이용하실 수 있습니다.

흑의 장군과 동쪽 탑의 마녀

히메노 유리 글
아마노 치기리 그림
최서향 옮김

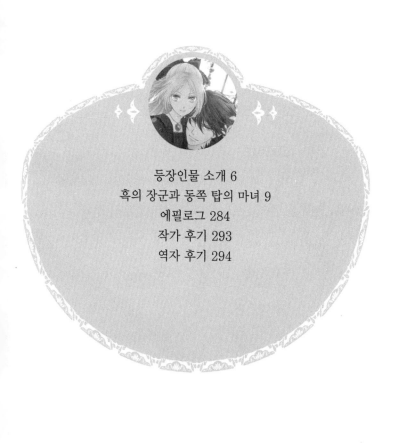

올렉
실바 왕국의 왕태자.
알렉산드라의 오빠.

지크프리트
아크이라 왕국의 왕태자

디미트리오
레오니다스의 부관

에르윈
아크이라 왕국의 왕태자비

흑의 장군과
동쪽 탑의 마녀
등장인물 소개

레오니다스
이크니스 왕국의 기사. 호전적인
남자이며 충동적으로 실바 왕국으로
쳐들어온다.

알렉산드라
소왕국 실바의 제일왕녀.
마녀라고 미움 받아
열두 살 때부터 동쪽 탑에
갇혀 살았다.

흑의 장군과 동쪽 탑의 마녀

숲으로 둘러싸인 소왕국 실바의 왕성은, 기이할 정도로 쥐 죽은 듯이 조용했다.

해는 아직 남쪽 하늘 높이 떠 있었다.

평상시 같으면 왕국 소속의 수도사들은 기도를 드리고, 마구간 지기는 말의 털을 결대로 빗질하고, 요리사는 식사 준비에, 여자들은 자수에, 그리고 병사들은 단련에 힘쓰고 있을 때.

성벽 안팎으로 일상의 분주한 모습이 넘치고 있어야 하건만, 대체 왜 이리 조용한 것일까?

"아아, 장군. 성안에 아무도 없는 모양인데요."

부관인 디미트리오가 다소 맥빠진 말투로 보고하자, 이

그니스의 젊은 장군 레오니다스는 굉장히 언짢은 목소리로 대답했다.

"국왕은 어디 있어?"

"글쎄요."

"왕비는?"

"글쎄요."

"국왕의 가족은? 측근은? 성을 지키는 병사는?"

레오니다스가 속사포처럼 질문을 퍼붓자 디미트리오는 고개를 가로젓고 어깨를 으쓱했다.

"국왕의 침실부터, 막사, 부엌, 마구간까지 구석구석 빠짐없이 집요하게, 이 잡듯이 철저하게 찾아봤지만 성안에는 고양이 새끼 한 마리도 안 보입니다. 완전히 텅 비었습니다."

"······."

"아무래도 우리가 도착하기 전에 국왕 폐하와 그 일동은 꼬리 말고 도망갔나 봅니다."

뜻밖의 일이다. 엄청나게 실망한 레오니다스는 혀를 찼다.

"쳇."

오랜만에 마음껏 날뛰어볼 생각이었다. 등의 검을 뽑아 대항하는 기사를 척척 베어 넘기고, 와들와들 떠는 귀족들을 홍해 가르는 모세처럼 좌우로 갈라 헤쳐 나간다. 그리고 느긋하게 왕좌로 걸어가 국왕을 끌어내린 후 말해주는 거다.

"내 앞에 무릎 꿇어라. 엎드리고 목숨을 구걸해라. 그러면 목숨만은 살려주겠다."

그 순간에 국왕이 지을, 굴욕에 찬 번민의 표정을 상상하는 것만으로도 소름이 돋을 듯한 엇나간 기쁨에 흠뻑 빠져 있었건만.

'도망을 쳤다고?'

있을 수 없는 일이다. 절대로 인정 못한다.

"국왕 주제에 싸워보지도 않고 나라와 백성 모두를 내팽개치고 도망치다니, 아무리 쓸모없어도 정도가 있지. 어? 형편없는 겁쟁이잖아. 기가 막히는군."

한 나라의 '장군'으로 불리는 신분에 어울리지 않는 거친 말투로, 레오니다스는 달아난 실바 국왕을 향해 욕을 퍼부었다. 그 말을 들으며 디미트리오는 여자들이 좋아하는 그 온화한 얼굴에 쓴웃음을 지었다.

레오니다스가 이곳 실바를 공격한 것은 반쯤 충동적이었기 때문이다.

최근에는 평화 협정만 줄줄이 계속되고 있는 탓, 레오니다스가 이끄는 군대가 활약할 기회는 전혀 없었다고 해도 과언이 아니었다.

지루했다. 눈물 나게 지루해서 질식할 뻔했다.

따뜻한 난롯가에 둘러앉아 서로의 속셈을 떠보고 말재간으로 상대방의 뒤통수를 치고 이익을 챙긴다. 그 방법도 나

쓰지는 않겠지만, 역시 손에 검을 쥐고 적을 무찔러 힘으로 쟁취하는 편이 몇 배 몇 십 배는 즐거웠다.

그래서 무료함을 달래려 실바에 쳐들어왔다. 이그니스 국왕에게도 비밀로 하고.

이 사실을 알게 된다면 국왕은 격노할 것이다. 노발대발하며 측근들에게 마구잡이로 역정을 낼 모습이 눈앞에 선하다.

그래도 결국엔 틀림없이 이 불법 행위를 용서할 수밖에 없을 거라고, 레오니다스는 대수롭지 않게 생각했다.

이러쿵저러쿵해도 국왕은 레오니다스의 무력을 극단적으로 두려워하고 있다. 구시렁구시렁 지껄여 대면 '나는 다른 국왕 밑에서 일해도 상관없거든' 하는 식으로 약간만 겁주면 된다. 그러면 그 겁쟁이 자식은 관대한 국왕 행세를 하며 거만한 태도로 마지못해 '불문에 부친다'라고 말할 테지.

그렇지만…….

기다려 왔던 일이 이렇게 전개될 줄이야.

한껏 고양됐던 투쟁심을 풀지 못해, 몸도 마음도 너무 미련이 남아 좀이 쑤신다. 말끔하게 해소할 작정이었던 욕구불만이 도리어 증가하게 되었다니, 이것이 바로 본말전도 아닌가?

레오니다스는 속으로 음침하게 혼잣말했다.

'이몸의 즐거움을 빼앗은 벌은 무겁다. 대체 어떻게 갚게 할까?

무슨 일이 있어도 국왕 일족을 찾아내서 성에 끌고 와 성벽에 거꾸로 매달아주마. 아니면 난도질해서 돼지 먹이로 줘버리든지.

아니다. 그래서는 성에 차지 않는다. 더욱 고양시키고 싶다. 피가 끓어오를 만큼 흥분하고 싶다. 언제나 마음 깊은 곳에 자리 잡고 있는 동통을 달래줄 무언가. 바라는 것은 그것뿐이다.

레오니다스가 잔혹하기 그지없는 상상에 빠져 있을 때, 디미트리오가 조금도 재밌지 않은 보고를 올린다.

"덧붙여 말씀드리면 야로슬라프 왕의 검도 누군가 가지고 가버렸습니다."

야로슬라프 왕의 검.

용맹했던 초대 국왕 야로슬라프가 전장에서 휘둘렀다고 전해지는 검이자, 실바 왕들에게 대대로 물려져 내려온 왕의 증표. 지금도 실바의 대관식에서는 이 검을 계승하는 의식이 거행되고 있다고 한다.

즉, 이 검을 가진 자가 실바의 왕이라는 뜻이 된다.

이대로 실바라는 나라를 멸망시킨다 해도 레오니다스에게 있어서는 조금도 상관없는 일이었기에 야로슬라프의 검을 손에 넣지 못했대도 그다지 개의치 않았다. 하지만 야로슬라프의 검을 손에 넣은 자가 실바 왕의 이름을 달고 스스로의 정통성을 주장하고 나서기라도 한다면 좀 귀찮다.

"쳇. 진짜 열 받네."

레오니다스의 욕지거리에 답하듯 디미트리오가 턱에 손을 대고 추측한다.

"국왕이거나 왕태자 올렉이거나, 둘 중 하나겠죠."

"뭐, 됐어. 누가 됐든 마찬가지야. 온갖 방법을 동원해서 샅샅이 찾아 정중하게 대접해 드려야지."

"그럼요."

"일단 성 밖에 성 내부 사정에 밝은 자가 없는지, 찾으러 보내. 어쨌든 성안에는 아무도 없으니 성 밖에 사는 백성한 테 듣는 것 말고는 방법이 없으니까."

레오니다스는 실바의 사정을 제대로 알지 못했다. 아는 것이라고는 현재 실바의 국왕이 나라와 백성보다 본인의 쾌락을 우선하는 남자라는 점과, 무절제한 정치로 국력을 약하게 만들었다는 점 정도이다.

하기야 그 정도만 알고 있으면 충분했다. 국력의 저하는, 즉 병력의 저하와 직결된다. 질도, 머릿수도, 사기도 완전히 저하된 적군을 공략하는 일은 누워서 떡 먹기였다.

레오니다스의 명령을 받은 디미트리오는 빙긋 웃으며 대답했다.

"실은 이미 한 명 잡아두었습니다."

"일 처리가 빠르군."

"숲에 사는 나무꾼인 모양입니다. 사흘에 한 번 성에서 사용할 장작을 가져오는데, 오늘 아무것도 모르고서 배달

온 것을 잡아두었습니다. 얘기해 보시겠습니까?"

언제나 그렇듯 디미트리오의 깔끔한 일 처리에 만족하며 레오니다스가 고개를 끄덕이자, 곧바로 한 늙은 남자가 레오니다스의 앞으로 끌려왔다.

가난한 살림살이를 나타내듯 허름한 옷차림을 한 남자는 힘센 두 병사 사이에서 와들와들 떨어대며 몸을 움츠렸다.

레오니다스가 나무꾼에게 말을 걸려는 그때.

느닷없이 다급한 발소리가 들렸다. 아무래도 전령이 급한 소식을 들고 온 것 같다.

"장군. 아무래도 동쪽 탑 꼭대기 방에 남아 있는 사람이 있는 모양입니다."

"어떤 놈이지?"

레오니다스의 질문에 젊은 전령병은 몹시 당황한 듯 눈썹을 살짝 모았다.

"모르겠습니다. 바깥쪽에 단단한 자물쇠가 걸려 있어, 여는 데 시간이 걸리고 있습니다."

"안쪽이 아니라 바깥쪽에 자물쇠가 달려 있다고?"

"네. 안에서 인기척이 나는 건 분명하지만……."

다소 이상한 이야기였다.

만약 국왕 일행이 그 안에 틀어박혀 있는 것이라면 자물쇠는 안쪽에서 잠겨 있어야 한다. 그런데 자물쇠는 바깥쪽에 걸려 있다.

대체 왜? 아니면 누군가 갇혀 있기라도 한 것인가?

머리를 굴리며 레오니타스는 디미트리오에게 지시를 내렸다.

　"일단 열어봐야 뭐가 있는지 알 수 있겠지. 서둘러 열라고 전해."

　"네."

　"혹시 모르니까 병사 수를 늘려. 안에 사나운 호랑이나 늑대가 있을지도 모르니까."

　농담 섞인 레오니다스의 말을 가로막은 것은 나무꾼의 긴장한 목소리였다.

　"안 돼! 그곳은 열지 마!"

　"무슨 말이지?"

　"당신들은 다른 나라에서 왔으니까 모르겠지만, 실바 사람이라면 모두 그곳을 열면 큰일이 일어난다는 걸 알고 있다."

　노인은 창백해진 얼굴로 몸을 덜덜 떨었다. 나무꾼이 동쪽 탑 안에 있는 것에 무시무시한 공포를 느끼고 있다는 점은 명백했다.

　"저 탑에 뭐가 있지?"

　레오니다스의 질문에 나무꾼은 넋 나간 눈으로 계속해서 도리질 쳤다. 마치 그 말을 입에 올린 순간 엄청난 재앙이 찾아오기라도 하는 듯 입을 고집스럽게 한일자로 다물었다.

　"뭐야. 내 질문에 답할 수 없다는 건가?"

"마, 마, 말하면…… 저, 저주받는다."

레오니다스는 말없이 등에서 커다란 검을 뽑았다. 실바 병사들의 피를 맛보지 못한 검은, 레오니다스의 채우지 못한 욕망을 반영하듯 날카롭게 빛을 반사했다.

검은 눈동자에 차가운 미소를 띠며 레오니다스는 손에 쥔 검의 끝을 나무꾼의 목에 갖다 댔다.

"선택해. 이 자리에서 찔려 죽는 게 나은지, 저주받아 죽는 게 나은지."

"히익."

"괜찮아. 난 배려가 넘치거든. 어느 쪽이든 네 취향대로 고르게 해주지."

"히이익."

나무꾼의 입에서 비명이 터져 나왔다. 그러나 레오니다스는 그런 것쯤은 아랑곳하지 않고 오만불손한 눈길로 나무꾼을 내려다볼 뿐이다.

나무꾼은 한동안 주저하는 것처럼 시선을 가만두지 못하고 있었지만, 얼마 안 있어 체념한 듯 눈을 감고 입을 열었다.

"동쪽 탑에 있는 건 호랑이도 늑대도 아니야. 그보다 훨씬 무서운 것이지."

"무서운 것?"

의아스러운 듯 눈썹을 찌푸리는 레오니다스에게 나무꾼이 고개를 살짝 끄덕여 보였다.

"그곳에 있는 건 마녀다."

나무꾼은 말했다. 떨리는 목소리로.

"동쪽 탑에는 마녀가 있어."

*　　　*　　　*

마지막 책장의 마지막 한 글자까지 다 읽고 난 순간, 주변의 소란이 의식 속으로 우르르 밀려 들어왔다.

'대체 무슨 일이지?'

알렉산드라는 고개를 들고 귀를 기울였다.

아이네이아스(그리스 로마 신화에 나오는 영웅)와 디도의 사랑이야기에 빠져 있느라 깨닫지 못했지만, 어제도 온종일 성안이 소란스러웠던 기분이 든다. 그러고 보니 어젯밤부터는 식사도 오지 않았다. 문밖에서 조심스럽게 말을 걸어오던 경비병의 목소리를 마지막으로 들은 때가 대체 언제였더라?

아마도 성안에 심상치 않은 일이 벌어진 것이겠지.

그렇다고 해도 알렉산드라는 그런 것은 전혀 신경 쓰이지 않았다.

동쪽 탑 꼭대기에 있는 이 방은 단단한 이중문에 의해 바깥세상과 차단되어 있었다. 이 방만이 알렉산드라의 유일한 세상. 바깥세상에서 무슨 일이 벌어지든 알렉산드라와는 아무 관계 없는 일이다.

알렉산드라는 아무래도 상관없는 일은 의식 저편으로 금세 밀어내 버리고 손에 든 책을 살며시 덮었다.

책은 양피지에 한 글자 한 글자 손으로 써서 만들어진다. 그 작업에는 엄청난 시간과 노력이 들기 때문에 수가 굉장히 적고 그 가치에 걸맞게 고가였다.

지금 알렉산드라가 들고 있는 책도 아마 몇 십 년 전, 어느 수도원의 수도사가 다른 책을 보고 손으로 베껴 쓴 것이리라.

알렉산드라는 소중하다는 듯 책표지를 쓸었다.

책이 좋다. 재미있다. 즐겁다. 크기는 알렉산드라의 가녀린 두 팔로 안을 수 있을 정도밖에 되지 않았지만, 책 속에는 세상의 모든 것이 담겨 있었다. 오래전 신들의 이야기도, 훌륭한 사람이 남긴 격언도, 인간의 슬픈 역사도, 현재 나라 안팎의 정세까지 모조리. 이 좁은 방 안에서 한 발자국도 밖으로 나가지 못하는 알렉산드라에게, 그 모습을 아낌없이 보여주고 가르쳐 주었다.

휴우, 작게 한숨을 흘리고 뺨에 닿는, 사락사락하는 소리가 날 것처럼 찰랑거리는 금발을 올려 묶었을 때, 갑자기 문밖에서 커다란 소리가 났다.

누군가가 문을 억지로 열려 하고 있다. 두 개의 튼튼한 문을 부수어 알렉산드라의 작은 세상으로 침입하려 하고 있다.

알렉산드라는 손에 쥔 책을 가슴팍에 끌어안고 당장에라

도 부서질 것 같은 문을 뚫어지게 쳐다보았다.

문 저편에 있는 사람이 아버지나 어머니가 아니라는 점은 분명했다. 알렉산드라를 이곳에 가두어 넣은 장본인인 그들은 문의 열쇠를 가지고 있었다. 그리고 그들이 열쇠로 문을 열고 알렉산드라를 찾아온 적은 지금까지 단 한 번도 없었다.

이곳에는 하루에 세 번 경비병이 찾아올 뿐이었다. 그들은 단단한 이중문 옆에 마련된 조그만 창문으로 식사나 갈아입을 옷 같은 생필품을 조심스럽게 내밀었고, 불필요해진 물건도 조심스럽게 가지고 돌아갔다. 그들은 결코 알렉산드라 쪽을 보려 하지 않았고 손안에는 언제나 마녀를 쫓는 부적을 단단히 쥐고 있었다.

열두 살 때 이곳에 갇히게 된 후로 몇 년 동안 똑같은 하루가 계속되었다. 책만이 알렉산드라의 마음의 친구였다. 그나마 마음의 위안으로 허용된 것은 책밖에 없었다.

그렇다면 누구지? 아바마마도 어마마마도 아니라면 대체 누가 저 문을 열려고 하고 있는 것일까?

'혹시…….'

의혹이 알렉산드라의 뇌리를 스쳤다.

아버지도, 어머니도, 오빠도, 여동생도, 성안 사람들도. 아니, 실바인이라면 한 사람도 빠짐없이 자신을 증오한다는 사실을 알렉산드라는 알고 있었다.

혹시 공포를 견디다 못한 실바 사람들이 알렉산드라를

죽이러 온 것일까?

이곳에서 끌고 나가 광장에서 화형이라도 시킬 셈일까?

그런다고 해도 알렉산드라의 마음은 떨리지 않았다

죽이고 싶다면 죽이라고 하면 된다. 화형이든 거꾸로 매 달든 좋을 대로 하도록 내버려 둘 것이다.

두렵지 않다. 동요하지 않는다. 마지막 순간까지 고개를 들고 가슴을 펴고 나는 나의 긍지를 잃지 않을 것이다.

알렉산드라는 입을 꾹 다물고 당장에라도 부서질 것 같은 문을 푸른 눈으로 가만히 응시했다.

무겁게 삐거덕거리는 소리를 내며 문이 천천히 열린다. 먼지가 나풀나풀 날아오른다.

바깥세상이 밀려온다. 명주실 같은 머리카락을 흔드는 희미한 소음과 옅은 풀 냄새. 은은하게 눈부신 햇살.

무심코 찌푸린 눈에 누군가의 형체가 비친다.

남자다. 아직 젊은 남자. 키가 크다. 검은 머리카락에 검은 눈. 옷이며 망토며 장화까지 검정 일색이고, 한 손에는 놀랄 만큼 커다란 검을 들고 있었다.

남자는 조금도 주저하지 않고 입가에 미소를 띠며 바닥에 앉아 있는 알렉산드라에게 다가왔다.

남자의 고압적인 시선이 알렉산드라를 에워싼다. 푸른 눈을, 온몸을 덮을 만큼 금발의 긴 생머리를, 최근 몇 년간 제대로 햇빛을 쐬지 않아 창백한 티끌 하나 없는 피부를, 그 피부와는 대조적으로 새까맣고 소박한 드레스를, 어느

한 군데 빼놓지 않고 검사하듯 유심히 살펴본다.

남자가 입을 열었다.

"네가 마녀인가?"

가슴속에 묵직하게 내려앉는 깊은 목소리.

"어떤 할망구인가 했더니, 뭐야. 아직 풋내 나는 계집애 잖아."

알렉산드라는 아무런 대답도 하지 못했다. 입을 굳게 다물고 남자의 존재 자체를 무시하려는 듯 일부러 남자로부터 눈길을 돌렸다.

검정 일색인 남자가 커다란 손을 거리낌 없이 뻗었다. 억세게 알렉산드라의 갸름한 턱을 움켜쥐고 자그마한 얼굴을 억지로 자신을 보도록 돌렸다.

남자의 검은 눈동자에 사로잡힌 순간.

난생처음 맞닥뜨린 종류의 전율이 등줄기를 오싹하게 기어오르는 느낌에, 알렉산드라는 작게 숨을 삼켰다.

"앗!"

이 감각은 뭘까?

오한? 공포? 모르겠다. 끝을 알 수 없는 어둠을 무심코 들여다보고 만 듯한 기분? 바라보고 있으면 그대로 빨려들어갈 것 같은……

알렉산드라는 당황해서 남자의 손을 뿌리치고, 검정 일색의 남자를 쏘아보았다.

"무례하구나! 더러운 손으로 만지다니, 무슨 짓이야?! 너

같은 천한 자가 내게 닿아도 좋다고 허락한 기억은 없다!"

이렇게 말하면 검은 남자가 발끈하지 않을까 생각했지만, 남자의 입가에 띤 미소는 사라지기는커녕 더욱 깊어졌다.

"뭐야. 알아듣네. 난 또 마녀한테는 인간의 말이 안 통할 줄 알았지."

"……."

"아니면 하천한 자가 하는 말만 안 통하나? 하긴 내 몸에 흐르는 피가 터무니없이 상스럽긴 하지. 네 귀도 틀림없이 더러워졌을걸."

검은 남자의 입에서 자못 유쾌해하는 듯한 웃음소리가 났다.

무심코 알렉산드라는 눈썹을 찌푸렸다.

'정말 불쾌한 남자…….'

건방지고, 사납고, 오만하고, 삐뚤어졌다.

이 남자와는 분명 어떤 대화라 해도 시간 낭비다. 설령 말의 의미는 이해할 수 있다 해도 이 남자와 마음이 통할 일은 결코 없을 것이다.

알렉산드라의 푸른 눈에 역력히 비치는 혐오감은 아랑곳하지 않고, 검은 남자가 입을 열었다.

"자, 말이 통한다는 걸 알았으니 마녀에게 묻겠다."

알렉산드라가 대답했다.

"내 이름은 '마녀'가 아냐."

"그럼, 뭐라고 불러줄까?"

"다른 사람에게 이름을 물어보는 태도가 틀렸어."

몸을 획 돌려 다른 곳을 바라보자, 검은 남자는 어깨를 으쓱했다.

"다른 사람에게 이름을 물어볼 때는 본인 이름부터 밝히라는 거냐?"

"……."

"아, 귀찮게. 정말이지 자존심 센 여자군."

남자의 손이 알렉산드라의 머리카락을 움켜잡았다. 그대로 힘껏 잡아당기는 것은 아닐까 하고 알렉산드라는 한순간 공포로 몸이 얼어붙었지만, 남자는 의외로 난폭한 짓은 하지 않았다. 알렉산드라 앞에 무릎을 꿇고 도리어 아주 공손하다고 말할 수 있는 손길로 그녀의 금발을 양 손바닥 위에 휘감았다.

이윽고 금실처럼 찰랑대는 머리카락에 남자의 입술이 닿는다.

입맞춤.

지나친 공손함에 알렉산드라는 그만 흠칫하고 살짝 떨고 말았다.

머리카락에 감각 따위는 없을 텐데. 그런데도 남자의 입술이 닿은 곳에서부터 묘한 열기가 퍼지는 느낌에 도무지 진정할 수 없었다.

약간 동요하고 있는 알렉산드라를 알아챈 듯 검은 남자

는 입가에 빙긋 웃음을 지은 뒤, 가슴에 손을 얹고 과장된 말투로 자신의 이름을 밝혔다.

"내 이름은 레오니다스."

"레오니다스……?"

"그렇소, 위대한 마녀여. 부디 앞으로 잘 부탁드리오."

'레오니다스……. 들어본 적 있는 이름인데…….'

높아진 심장의 고동을 간신히 가라앉히며 알렉산드라는 기억을 더듬었다.

그래, 알고 있다. 분명히 그 이름을 어느 책에선가 본 적 있다.

더 깊은 곳의 기억을 불러내기 위해 알렉산드라는 남자의 얼굴을 빤히 바라보았다.

검은 머리카락. 검은 눈. 검정 일색의 옷차림. 자신의 힘을 과시하는 듯한 커다란 검.

'생각났다.'

레오니다스. 검은 말을 타고 수많은 전장을 누빈 난폭하고 교활한…….

"이그니스의 흑의 장군……."

저도 모르게 중얼거리자, 레오니다스는 얼굴을 번쩍 들고 입가에 히죽 미소를 띠었다.

"나를 알아?"

알렉산드라는 무표정하게 대답했다.

"따지자면 일개 용병. 낮은 신분이지만 뛰어난 검술 실력과 비겁하다고까지 일컬어지는 지략으로, 전대미문의 단기간에 이그니스 장군위에까지 올랐다고 책에 쓰여 있었어.”

그러나 이그니스 장교 중에서는 아직까지 레오니다스를 ‘장군’으로 부르기를 거부하는 자도 적지 않다고 한다. 난폭한 레오니다스를 두려워해 장군의 지위를 내린 이그니스 국왕을 ‘겁쟁이’라고 비난하는 자마저 있다는 소문이다.

적뿐 아니라 동료조차 사갈(蛇蝎, 뱀이나 전갈) 대하듯 기피하는 남자. 숱한 적도 아군도 용서 없이 짓밟고 올라선 남자.

지금 알렉산드라의 눈앞에 있는 이 남자가 바로 그 남자이다.

“렉터 전투에서, 전략가로 유명한 아크이라의 왕태자 지크프리트와 호각으로 싸웠다고 하던데.”

알렉산드라가 그렇게 덧붙이자, 레오니다스는 일어나 등 뒤에 있는 부하들에게 야단스러운 몸짓을 해 보이며 말했다.

“허. 들었어? 디미트리오. 나도 꽤 유명하다니까. 안 그래?”

레오니다스 뒤에는 그와 비슷한 나이대로 보이는 젊은 남자가 곤란한 듯 쓴웃음을 짓고 있었다. 아마도 레오니다스의 부관이리라. 옷만 입었을 뿐인 야만인 같은 레오니다스와는 정반대로, 모래 빛깔의 머리카락과 잿빛 섞인 하늘색 눈동자를 한 잘생긴 남자다.

"근데, 한 가지 정정해 둬야겠어."

알렉산드라에게 시선을 돌리고 레오니다스는 천연덕스럽게 말했다.

"지크프리트와 '호각으로 싸웠다'는 부분이 틀렸네. 누가 뭐래도 그 녀석보다 이몸이 훨씬 강하니까."

전에 읽었던 책의 내용을 떠올리며 알렉산드라는 고개를 옆으로 홱 돌렸다.

"그 말이 사실이면 지금쯤 아크이라는 이그니스에게 점령되어 있겠지."

레오니다스가 아크이라를 향한 야심을 품고 있다는 이야기는 유명하다. 실제로 국경에서는 오랫동안 작은 전투가 계속되기도 해서 레오니다스가 아크이라를 침공할 것이 시간문제로 여겨졌던 시기도 있었다.

그러나 이그니스 왕과 아크이라 왕태자의 회담을 통해 양국 간 평화조약이 맺어지게 되어, 결국 레오니다스의 야망은 무너졌다.

과연. 그렇게 된 일이로구나.

갈 곳을 잃은 레오니다스의 잔혹한 칼날은 이제 실바를 겨누고 있는 것이었다. 실바는 이 남자에게 침략당한 것이다.

무슨 일이 일어난 건지 깨닫자 알렉산드라의 가슴이 요동쳤다.

그러나 그 이유가 화가 나서인지 슬퍼서인지는 알렉산드라도 알지 못했다.

"국왕은… 어떻게 됐지?"

잔혹한 남자다. 분명 국왕도 왕비도 그의 손에 잡혀 이미 죽임을 당했을 것이다. 그렇게 짐작하면서도 묻지 않고는 견딜 수 없었다.

되도록 평정을 가장하여 시선을 돌리자 레오니다스는 어깨를 으쓱인다.

"도망쳤어."

"도망쳤다고?"

"응. 국왕도, 국왕의 가족도, 성을 지키는 병사도, 허드렛일 하는 할머니도, 그 심부름을 하는 꼬맹이까지, 우리가 공격하는 걸 알고 모조리 성을 버리고 나갔어."

"성을 버렸다고……?"

"우리가 이곳에 왔을 때, 성은 이미 텅 비어 있던걸. 지금은 어디에 있는지 몰라."

기막힌 이야기였다.

침략자와 싸우지도, 교섭하지도 않고 성을 버리고 도망쳤다? 그 말은 즉, 나라와 백성을 버렸다는 뜻?

그것이 국왕으로서 할 일인가?

확실히 이그니스의 흑의 장군은 싸우기에 버거운 상대일지 모른다. 그러나 나라와 백성을 지키는 것이 국왕의 임무가 아닌가?

알렉산드라는 눈이 휘둥그레진 채 말을 잃었다.

레오니다스는 기다란 몸을 굽혀서 알렉산드라의 얼굴을 들여다봤다. 검은 눈동자에 흉흉한 빛이 서려 있었다. 당장에라도 사냥감에게 달려들어 물어버리려는 짐승의 눈이다.

"남은 사람은 너밖에 없어."

입가에 잔인한 웃음을 짓고 레오니다스가 말했다.

"한마디로 그거야. 넌 버려진 거다. 마녀, 아니, 왕녀 알렉산드라."

"으……."

갑자기 이름으로 불려, 알렉산드라는 몸을 굳혔다.

그렇다는 건 레오니다스는 모든 것을 알고 있었다는 뜻이다.

알렉산드라가 실바의 제일왕녀라는 사실도, 그녀가 마녀라고 불리는 이유도, 그리고 온 나라 사람들이 알렉산드라를 얼마나 두려워하고 있는지도.

다 알고서도 속이 빤히 들여다보이는 연극을 하다니.

'역시 불쾌한 남자야.'

결코 좋아할 수 없다. 아니, 너무 싫어.

알렉산드라는 저도 모르게 손에 들고 있던 책을 레오니다스에게 내던졌다. 레오니다스는 휙 몸을 돌려 책을 피했다. 요란한 소리를 내며 딱딱한 가죽 표지의 책이 바닥에 떨어졌다.

"위험하잖아."

뻔뻔하게 웃는 레오니다스에게 집게손가락으로 손가락질하며 알렉산드라는 소리 질렀다.

"왜 피하는 거야! 맞으란 말이야!"

"싫어. 맞으면 아파."

"당신 따위, 천벌 받았으면 좋겠어. 아니지, 당연히 천벌 받아야지. 천벌 받으라고. 천벌 받아. 그게 운명이야!"

큰소리로 외치며 손에 잡히는 대로 책을 집어 던졌지만, 단 한 권도 레오니다스에게 명중되지 않았다. 던질 책이 다 떨어지자 신고 있던 구두를 양쪽 모두 벗어 집어던지려는데, 두 팔을 단단히 붙잡혔다. 알렉산드라의 두 손에서 구두가 떨어졌다.

"뭐야! 이거 안 놔! 이 야만인!"

알렉산드라는 레오니다스로부터 벗어나려고 했지만, 레오니다스의 손이 너무 크고 악력도 세서 제대로 발버둥 칠 수조차 없었다.

"정말이지, 왜 이렇게 기가 세냐."

분노를 숨기지 않은 채 말하며, 레오니다스는 알렉산드라의 양 손목을 머리 위에서 한 손에 잡아 그녀의 몸을 단번에 끌어올렸다.

맨발의 뒤꿈치가 바닥에서 떠오른다. 마치 양 손목이 꽁꽁 묶여 나무 같은 데에 매달려 있는 것 같았다. 옴짝달싹하지못하는 것이 고통스러워 눈물이 맺힌다.

그래도 알렉산드라는 레오니다스를 노려보는 것을 멈추

지 않았다. 시선을 돌리면 지고 마는 것이라는 생각 때문이었지만, 사실은 무서워서 눈을 떼지 못한 것뿐인지도 모른다.

말없이 서로 노려보고 있는 채로 대체 얼마나 시간이 흐른 것일까.

돌연 레오니다스가 표정을 바꿨다. 난폭하고 사나운 기세 그대로, 검은 눈이 활짝 웃으며 눈가를 접는다.

"이몸을 '야만인'이라고 부른 여자는 네가 두 번째다."

"뭐? 두 번째……?"

"나 참, 귀여운 구석이 없는 여자로군."

하지만 귀엽지는 않아도, 싫지 않아.

그렇게 속삭이는 듯한 느낌이다.

그러나 확인해 보기도 전에 몸이 두둥실 떠올랐다.

"앗?!"

정신이 들었을 때는 레오니다스가 자신을 어깨 위로 메고 있었다.

"잠깐! 뭐야! 내려줘!"

당황해서 팔다리를 바르작댔지만 허리를 꽉 움켜쥔 두터운 팔은 꿈쩍도 하지 않는다.

"바보! 이 야만인! 듣고 있는 거야? 내려달라고! 내려줘!"

소리치는 알렉산드라를 무시하고 레오니다스는 그녀를를 짊어진 채 걷기 시작했다.

"앗……."

눈앞이 흔들린다. 무서워서 알렉산드라는 무심결에 레오니다스의 어깨에 매달렸다. 탄탄한 근육으로 감싼 넓은 어깨는 가냘픈 알렉산드라를 들고도 무거워하지 않는 듯했다. 옷 너머 빈틈없이 밀착한 가슴과 배로 레오니다스의 체온이 전해진다. 야만적인 남자이긴 해도 맞닿아 있으니 따뜻했다.

"디미트리오!"

레오니다스가 그의 부관을 불렀다.

"네, 부르셨습니까. 장군."

아무 일도 없었다는 듯 대답하는 디미트리오에게 레오니다스는 쩌렁쩌렁하게 큰 소리로 지시를 내렸다.

"각 나라 왕에게 편지를 보내겠다. 준비해."

"알겠습니다. 그런데 무슨 내용인가요?"

이를 듣고 알렉산드라는 레오니다스가 실바를 정복했다고 선언할 작정이라고 생각했다. 그러나 레오니다스의 입에서는 상상도 하지 못한 말이 나왔다.

"흑의 장군 레오니다스의 결혼에 관해서다. 난 아내를 맞이하기로 했다."

뜻밖의 이야기였다. 레오니다스의 부관도 놀라움을 감출 수 없는지 소리를 높였다.

"네?! 결혼! 굉장히 갑작스럽군요. 장군께 그런 이야기는 처음 들었습니다."

레오니다스는 매우 유쾌한 목소리로 대답했다.

"아니, 그게 말이지. 지금 정했거든. 갑자기 떠올라서."

"그러시군요. 그럼, 상대 여성분은……?"

무언가 짐작했는지 디미트리오가 불안해하며 물었다.

"뻔하지."

"그 말씀은?"

"이 녀석이야. 이 여자. 난 실바의 제일왕녀 알렉산드라와 결혼하기로 했다."

"네?!"

이번에는 알렉산드라가 놀라서 소리칠 차례였다.

"농담하지 마! 이 야만인! 뭘 누구 마음대로 정하는 거야!"

"왜? 내가 남편이라 불만이야?"

"당연히 불만이지! 누가 당신 같은 남자랑!"

"괜찮아, 괜찮아. 반드시 만족시켜 줄 테니까. 나한테 안겨서 만족 못한 여자는 지금까지 한 명도 없었어."

진심? 진심이야? 이 남자 그런 말도 안 되는 일을 진지하게 생각하는 거야?

무리야. 완전 무리야. 그런 건 세상이 두 쪽 나도 무리라고!

"싫어! 싫다고! 난 당신 따위와는 절대로 결혼 안 해!"

"포기해. 이미 결정 난 일이니까."

결정 났다니? 언제? 어디서? 누가 정했는데? 적어도 알렉산드라가 결정하지 않은 것은 확실하다.

'왜 일이 이렇게 되어버렸지?'

어안이 벙벙한 알렉산드라에게 레오니다스가 다시 한 번 소름 끼치는 말을 한다.

"뭐, 그렇게 하기로 정했으면 가볼까. 좋은 일은 서두르라는 말도 있잖아."

"간다고……? 어딜……?"

듣기 싫다. 무슨 대답이 나올지 무섭다. 그런데 물어보지 않을 수도 없다.

레오니다스가 능청스럽게 답했다.

"결혼한 남녀가 갈 만한 데라고는 뻔하지."

"……."

"일이 이렇게 됐으니까, 어이, 너희들. 당분간 방해 말도록."

레오니다스의 말을 들은 부하들은 박수 치고 휘파람 불고 환호성을 지르는 등 소란을 피웠다.

그러나 알렉산드라는 그럴 때가 아니었다.

"싫어! 난 결혼한다고 말한 기억 없어! 내려줘! 내려달란 말이야!"

결혼한 남녀가 가는 곳. 그곳에서 두 사람이 뭘 하는지 알렉산드라는 책에서 읽어 잘 알고 있었다.

'내가? 이 야만인이랑?'

그건 절대로 '좋은 일'은 아니다.

얼빠져 있는 사이에 동쪽 탑에서 이끌려 나와 정신이 들고 보니 낯선 방의 침대 위. 여기는 아마도 국왕의 일족, 즉 알렉산드라의 가족이 살고 있던 구역일 것이다. 남는 방인지 손님방인지 생활감이 느껴지지 않는 방이었지만, 몇 년간 동쪽 탑에 갇혀 왕궁의 최근 모습을 알 리 없는 알렉산드라에게는 상상도 못했던 일이었다.

마치 짐짝처럼 내던져진 알렉산드라는 감촉이 좋은 침대 리넨 위로 질질 기어 도망가려고 했다. 그러나 흐트러진 드레스 옷자락 아래 슬쩍 보이는 발목을 난폭하게 붙잡혀 손쉽게 도로 끌려갔다.

"꺅!"

난폭한 행동에 자기도 모르게 비명을 질렀다. 참지 못하고 꼭 감은 눈을 살금살금 떴을 때에는 이미 커다란 몸이 덮쳐와 있어 조금도 움직일 수 없었다.

"떨어져……"

알렉산드라가 떨리는 목소리로 명령했다.

"손대도 좋다고 허락한 기억 없어."

"허락 따위 필요 없어."

교활한 미소를 지으며 즉각 받아친다.

"넌 이미 내 여자야. 내 여자를 안는데 누구 허락이 필요하지?"

간단명료한 대답에 뺨과 머리가 확 달아올랐다.

"당신이랑 결혼할 생각 없어!"

"금방 그럴 생각이 들걸."

"누가 당신 같은 사람이랑……!"

내뱉듯이 쏘아붙이자, 레오니다스는 자못 즐겁다는 듯 소리 높여 웃더니 검은 눈으로 알렉산드라를 바라보며 속삭였다.

"마녀여, 이것은 거래다."

"거래……?"

경계심 가득하게 바로 위에 있는 검은 눈을 올려보니 달콤한 목소리가 귓가를 스친다.

"마녀 알렉산드라. 실바의 여왕이 되고 싶지 않은가?"

"여왕……?"

"그래. 널 여왕으로 만들어줄게. 여왕이 돼서 널 '마녀'라고 부르고 탑에 가두고 왕녀로서의 네 인생을 빼앗은 부모와 형제자매에게 복수하고 싶지 않아?"

알렉산드라가 여왕이 된다.

얼토당토않은 이야기였다.

국왕도 왕비도 왕태자도 나라를 버리고 도망친 지금, 성에 남아 있는 왕족은 알렉산드라뿐이다. 혈통으로 따지자면 왕좌에 가장 근접한 사람은 알렉산드라가 된다.

그러나 알렉산드라는 '마녀'였다. 오랫동안 백성들이 두려워해 온 자신이 느닷없이 여왕의 자리에 오른다 한들, 과연 별탈 없이 나라를 다스릴 수 있을까?

"걱정할 필요 없어. 귀찮은 일은 내가 전부 책임질게. 넌 여왕 자리에 떡 하니 앉아 있기만 하면 돼."

"그러면 당신한테는 어떤 이득이 있는데?"

"이익?"

"날 죽이는 편이 훨씬 간단하잖아. 그러면 지도에서 실바의 이름이 사라지고 이그니스는 영토를 확장하게 되겠지. 흑의 장군의 활약을 이그니스 왕은 틀림없이 기뻐할 거야. 엄청난 포상을 내려줄지도 몰라."

제 귀에도 비아냥거림 가득한, 귀여운 데라고는 없는 말투였다. 이제는 레오니다스도 화내리라 생각했지만 레오니다스의 입가에 나타나 있는 미소는 사라지기는커녕 도리어 짙어졌다.

"아쉽게도 이그니스 왕은 아무것도 몰라."

"모른다고?"

"그래. 이그니스 왕의 명령을 받아서 실바에 쳐들어온 게 아니야. 내 맘대로 벌인 짓이지."

"왜, 그런 짓을……."

놀라서 눈이 휘둥그레진 알렉산드라에게 레오니다스는 작게 어깨를 으쓱해 보였다.

"지루해서 죽을 뻔했거든."

"설마 심심풀이로 실바에 쳐들어왔다는 말이야?"

단지 지루했다는 이유로? 국왕의 명령도 받지 않고? 실바를 공격하려 했다고?

"이 얼마나 무책임한……."

기가 막힌다. 기막혀 말도 안 나온다. 요컨대 이 남자의 충동적인 행동 때문에 지금 이렇게 험한 꼴을 당하고 있다는 말인가.

얼떨떨해하는 알렉산드라에게 레오니다스는 괘씸하기 짝이 없는 말을 내뱉었다.

"네 말대로 실바 왕족의 핏줄을 끊어 실바를 멸망시켜도 상관없지만, 그렇게 해서 이그니스의 영토를 넓혀줘 봤자 영감탱이한테만 좋은 일이라고 생각하면 왠지 맥 빠진달까."

덧붙여서 말하면 '영감탱이'는 이그니스 왕일 것이다.

"그 영감탱이를 위해서라면 지금까지 넘칠 만큼 일해 줬어. 나도 슬슬 색다른 즐거움을 찾아도 괜찮잖아?"

"그 말은, 이그니스 왕을 배신하겠다는 뜻이야?"

알렉산드라가 굳은 목소리로 물었다.

레오니다스가 지휘하는 병사들은 대부분 용병 출신으로, 레오니다스의 무예와 용맹함을 좇아 모인, 이른바 레오니다스의 사병 같은 것이다. 레오니다스가 이그니스를 떠나자는 한마디만 한다면 그들은 그 명령에 아무런 의심도 품지 않고 따를 것이다. 그렇다고 이그니스 왕이 선선히 허락해 줄 리도 없지만.

아무리 레오니다스와 병사들이 강하다고 해도, 이그니스와 전면전이 펼쳐지게 된다면 상황이 안 좋을 것은 뻔한 일이다. 만약 이그니스와 동맹을 맺고 있는 다른 국가들이라도 참전해 대군에게 공격당하게 되는 일이라도 생기면, 아무리 레오니다스라도…….

그러나 레오니다스는 천연덕스럽게 말했다.

"아니, 틀렸어. 배신이 아니야."

"그럼, 뭐야?"

"사랑이지, 사랑. 사랑이야기."

"뭐?"

사랑?

"즉, 대강의 줄거리는 이래. 난 실바 왕성에 갇혀 있던 왕녀 알렉산드라를 구출한다. 나와 알렉산드라는 사랑에 빠지게 되어, 두 사람은 결혼한다. 국왕과 왕비, 왕태자는 이미 나라를 버리고 떠나서 남은 왕족은 알렉산드라 한 사람뿐이다. 알렉산드라는 여왕이 되고 나라를 다스린다. 남편인 나는 여왕인 알렉산드라를 돕고, 그 뒤로 실바 왕국은 번성한다. 이그니스 왕도 그런 두 사람을 축복한다. 둘은 오래오래 행복하게 살았다."

"왜 얘기가 그렇게 되지?"

"그야 옛날이야기에서 탑에 갇힌 공주는 자신을 구출해준 용감한 남자와 사랑에 빠지게 마련이잖아? 그리고 나서 수많은 고난을 헤쳐나간 뒤에 서로 사랑하는 두 사람이 맺어져 행복해지거든."

확실히, 그렇다. 대체로 그렇다.

그렇다면 이 경우 탑에 갇힌 공주는 알렉산드라이고 공

주를 구출한 용감한 남자는 레오니다스. 그리고 두 사람은……

사랑에 빠진다?

"뭐야, 지어내지 마! 우린 사랑에 빠지지 않았잖아!"

엄청나게 화를 내며 알렉산드라가 트집을 잡았지만 레오니다스는 듣는 척도 하지 않았다.

"어쨌든. 그렇게 됐다고 하면 뭔가 구색이 맞잖아."

"안 맞아!"

"떼쓰지 마. 뭐가 마음에 안 드는데?"

"떼쓰는 사람이 누군데!"

말이 안 통한다. 이쪽 의견은 들으려 하지 않는다. 어쩜 이렇게 성가신 남자인지.

이런 남자와는,

'절대로 사랑에 빠질 일 없어!'

아무튼 대화할 가치가 없다. 이런 말도 안 되는 연극에 어울려 줄 수 없다.

알렉산드라는 어떻게든 레오니다스에게서 붙잡힌 몸을 빼보려고 바르작거렸다. 그러나 리넨으로 묶인 두 팔은 꿈쩍도 하지 않았다.

올려다본 검은 눈동자에 어두운 빛이 서렸다. 굶주린 짐승의 눈에 맴도는 빛이다. 책에서밖에 본 적 없는 사자라는 맹수에게 습격 받는다면 분명 이런 기분이 들 것이다.

'잡아먹힌다!'

무심코 움츠린 귓가에 뜨거운 숨이 닿았다.

"내 아이를 낳아라. 알렉산드라."

"아……."

"여왕의 아이는 결국 왕이 된다. 내 아이가 왕이 돼. 그러면 난 내 나라를 손에 넣는 거야."

"아……."

레오니다스가 손으로 드레스의 옷깃을 잡았다. 듣기 싫은 소리를 내며 얇은 옷감이 찢어진다.

"아앗……!"

저항할 새도 없이 알렉산드라가 걸치고 있던 검은 드레스는 속옷째 찢겨 천 쪼가리가 된다.

드러난다. 눈보다도 하얗고 투명한 피부가. 풋풋하게 여문 과실 같은 가슴이. 그 위에 조용히 숨 쉬는 장밋빛 꽃봉오리가.

레오니다스의 시선이 피부를 핥듯이 기어 다닌다. 가슴에서 쏙 들어간 배꼽으로. 그 아래 금빛의 엷은 풀숲으로.

그렇게 알렉산드라를 정성 들여 시선으로 유린한 검은 눈은 알렉산드라의 파란 눈까지 다시 돌아와 싱긋 웃는다.

"절벽이군."

비웃음을 당하자 머릿속에 열이 확 올랐다.

"시끄러워! 시끄러, 시끄러, 시끄러!"

그야 확실히 풍만하다고는 말할 수 없는 빈약한 가슴이고, 여자의 매력이 부족한 몸이라는 사실은 자각하고 있지

만, 그렇다고 신경 쓰고 있는 부분을 그런 식으로 노골적으로 말하다니, 해도 해도 너무하다!

저도 모르게 휘두른 손끝이 레오니다스의 뺨에 살짝 스쳤다. 마치 고양이에게라도 할퀴어진 것 같은 상처가 난 뺨을 누르고 레오니다스가 욕을 내뱉었다.

"귀엽지 않은 데다 난폭하기까지 한 여자군."

"아……."

"좀 예의를 가르칠 필요가 있겠는데?"

화가 난 시선에 알렉산드라는 무심코 움츠러들었다.

맞을 것 같았다.

연약하고 무력한 자신은 아무리 발버둥 쳐도 힘으로는 레오니다스에게 맞설 수 없다. 레오니다스가 휘두를 폭력이 무서웠다. 본능적인 공포로 당장에라도 의식이 끊어져 버릴 것 같다.

그래도 알렉산드라는 용기를 쥐어짜 떨리는 입술을 열었다.

"…노, 놓아, 줘……."

"어? 뭐라고?"

"그만두라고, 충고한 거야. 나한테 손대면, 그냥 넘어가지 않아……."

젖 먹던 힘까지 내서 협박한다. 그러나 레오니다스는 겁먹지 않는다. 오히려 재미있다는 듯 되물어온다.

"허. 그냥 넘어가지 않겠다니, 어떻게 할 건데?"

알렉산드라가 대꾸했다.

"몰라서 그래? 난 마녀야. 당신은 마녀의 저주가 무섭지 않아?"

모두 알렉산드라를 두려워했다. 아버지도, 어머니도, 오빠도, 여동생도 알렉산드라를 두려운 눈길로 바라봤다. 마녀의 저주에 겁을 먹고 아무도 알렉산드라에게 다가오지 않았다.

그러나 레오니다스는……

"마녀도 여자잖아."

"뭐……?"

"여자는 안아서 귀여워해 주면 그만이야."

말이 끝나기 무섭게 레오니다스가 알렉산드라의 가느다란 두 다리를 잡았다. 더 이상 벌릴 수 없을 정도로 넓게 벌어지자 알렉산드라는 수치심에 몸을 비틀었다.

"싫어! 뭐하는 짓이야!"

"뭐긴 뭐겠어."

천박한 농담을 던진 레오니다스는 벌어진 다리 사이로 시선을 내렸다.

"아앗……"

보고 있다. 누구에게도 보여준 적 없고 보여줘서도 안 되는 곳을, 여자에게 있어 가장 소중한 곳을, 레오니다스의 냉혹한 시선으로 들춰진다.

견딜 수 없이 부끄럽다. 이런 치욕을 당하는 것은 태어나서 처음이다. 너무나 부끄러워서 이대로 사라지고 싶다. 레오니다스의 시선이 고통스럽다. 비참한 나머지 몸 안쪽부터 불타 무너져 내릴 것 같다.

알렉산드라는 눈길을 돌리고 파란 눈을 꼭 감았다. 이렇게 해도 레오니다스의 시선에서 벗어나지 못한다는 것은 알고 있지만, 자신의 피부를 검사하는 레오니다스의 눈길과 마주하고 싶지 않았다.

무언가가 사뿐히 엷은 수풀을 간질였다. 숨이다. 곧 미지근하게 축축한 말랑한 것이 닿는다. 혀라는 걸 금세 알아차렸다. 단단히 닫힌 처녀의 비밀스러운 문을 레오니다스가 혀끝으로 천천히 덧그렸다.

순간, 등에 짜릿한 전율이 흘러 알렉산드라는 몸을 떨었다.

"싫어. 싫어! 그만해, 그만……."

두려워서 눈물이 맺혔다.

"제발……. 그런 짓, 하지 마……."

알렉산드라가 필사적으로 애원해도 레오니다스는 들으려고도 하지 않았다.

"괜찮다니까. 금방 기분 좋아질 거야."

"거짓말하지 마. 이 야만인!"

"거짓말 아니야. 여자들은 이렇게 해주면 앙앙 울면서 좋아한다니까."

"날 그런 근본 없는 천박한 여자와 똑같이 취급하지 마!"

아무리 소리 질러도 똑같았다.

놔주기는커녕, 레오니다스의 혀는 점점 안으로 들어왔다. 알렉산드라의 그곳을 느릿하게 적시고 꽉 닫힌 문을 밀어젖히려는 듯 간질였다.

레오니다스가 곧 그곳을 충분히 적시고 풀었다고 판단한 다음에는 어떤 행동으로 옮길지, 알렉산드라는 알고 있었다. 경험은 없어도 책에서 몇 번 읽은 적 있다.

레오니다스는 알렉산드라를 범할 작정이다. 레오니다스의 끓어오르는 남자의 상징을 알렉산드라의 그곳에 찔러 넣어 순결을 뺏는다.

'왜 그런 짓을 하는 거야?'

노리개로 삼으려고?

아니다. 이 남자는 나와 결혼하겠다고 했다. 여왕이 되고, 그리고 자신의 아이를 낳아달라고.

이유가 뭐지?

'아, 그렇구나…….'

레오니다스가 말했다. '여왕의 아이는 결국 왕이 된다. 내 아이가 왕이 돼. 그러면 난 내 나라를 손에 넣는 거야' 하고.

레오니다스가 정말로 원하는 것은 나라다. 실바든 어디든 상관없다. 자신의 나라. 레오니다스의 나라.

물론 알렉산드라를 죽여 실바를 멸망시키고 레오니다스 본인이 그대로 국왕이 될 수도 있을 것이다. 실제로 실바의 초대국왕인 야로슬라프도 싸워서 이 땅을 빼앗았었으니까.

하지만 그러기엔 많은 위험이 뒤따른다. 알렉산드라의 아버지와 오빠는 당연하게도 왕위의 정당성을 주장할 것이고, 무엇보다 이그니스 왕의 노여움을 사게 될 것이다. 이그니스는 아크이라 외에도 많은 나라와 동맹을 맺고 있다. 만약 이그니스 왕이 마음먹고 실바를 공격한다면 제아무리 레오니다스가 호전적이고 사나운 남자라고 해도 이길 가망이 희박한 것은 불을 보듯 뻔했다.

그러느니 여왕의 남편이라는 지위를 손에 넣고 여왕 알렉산드라를 돕는다는 대의명분을 세워 권력을 장악한다. 어물쩍 위험을 피하고 보이지 않는 실권자로 실바에 군림한다.

과연. 확실히 그편이 낫다. 명예보다 실을 택한다. 그야말로 영리한 수법이 아닌가. 비겁하고 교활한 흑의 장군에게 제격이다.

거기까지 생각이 미친 순간, 알렉산드라는 숨을 삼켰다.

'이 남자, 진심인가?'

그럼 농담이나 헛소리 같은 게 아니라 진심으로 알렉산드라를 실바의 여왕 자리에 앉힐 작정인 건가?

충격이 가슴을 관통한다. 소름이 끼쳤다. 이그니스의 흑의 장군 레오니다스가 어떤 남자인지 이제야 알 것 같은 기분이었다.

'이 얼마나 무서운 남자인가.'

목적을 위해서라면 수단을 가리지 않는다.

'끔찍해……'

몸속 깊은 곳에서 비명이 터져 나온다.

이 남자가 자신을 아내로 삼으려는 것은 실바 왕국을 소유하기 위해서다.

자신을 안으려는 것은 본인의 피를 이어받은 아이를 실바의 왕으로 삼기 위해서다.

그리고 나는 꼭두각시 여왕이 된다. 화려하게 꾸몄으나 아무런 힘도 없는, 레오니다스의 인형이 된다.

'그런 건 사랑도 뭣도 아니야.'

자신은 그런 일은 조금도 바라지 않는다.

절대로 싫어!

알렉산드라는 필사적으로 머리를 굴렸다.

힘으로 레오니다스에게 맞설 수 없다면, 어떻게든 말로 설득할 수밖에 없다. 이 말도 안 되는 즉흥적인 발상을 거두게 해야 한다. 그게 안 된다면 적어도 늦출 수 있게끔 적당한 구실을 찾아야 한다.

"잠깐… 부탁이야! 잠깐만……! 내 말 좀 들어봐!"

기어코 손가락을 비집어 넣으려고 하는 레오니다스에게, 알렉산드라는 큰소리로 외쳤다.

들어주지 않을지도 모른다고 생각했는데, 레오니다스가 동작을 멈췄다.

"뭔데? 쓸데없는 얘기라면 나중에 해."

"쓸데없는 얘기가 아니야. 당신한테도 무척 중요한 일이야."

레오니다스는 알렉산드라의 다리 사이에서 얼굴을 들고 그녀의 푸른 눈을 들여다본다. 물론 알렉산드라가 도망가지 못하도록 팔다리를 꽉 눌러 꼼짝 못하게 한 채로.

숨이 막혀 헐떡이면서도 알렉산드라는 레오니다스의 검은 눈을 똑바로 바라보며 말했다.

"당신은 중요한 걸 잊고 있어."

"뭐? 내가 뭘 잊고 있는데?"

"난 마녀야. 백성들은 마녀인 날 두려워하고 미워해. 내가 여왕이 된다 해도 백성들은 마녀를 따르지 않을걸. 금세 폭동이 일어날 거야."

한 방 먹인 기분이었다. 레오니다스도 이제는 자신의 즉흥적인 생각을 거둘 수밖에 없으리라.

그러나 레오니다스는······.

"뭐야. 그까짓 거."

"뭐? 폭동이라고. 폭동. 날 화형 시키겠다며 백성들이 성으로 몰려올지도 모른다고."

"괜찮아, 괜찮아. 폭동 따위 무력으로 쫓아버리면 그만이야."

"뭐?"

뭐가 그렇게 간단하지?

"백성이라고 바보는 아니야. 마녀가 두려우니까 이몸을

거스르기보다 고분고분하게 따르는 게 낫다는 걸 금방 알아차리겠지."

"그, 그, 그럴까……."

"당연하지. 자, 이제 얘기는 끝났겠지."

어쩌지? 백성들이 받아들이지 않는 여왕일 거라고 주장하면 분명히 설득할 수 있다고 생각했는데, 계산 밖이다.

더 좋은 방법을 찾아야 하는데. 빨리. 어서.

초조해하는 알렉산드라를 조소하듯 또다시 레오니다스의 손끝이 알렉산드라의 비밀스러운 장소에 닿았다.

"얘기 끝났어? 끝났으면 이어서……."

알렉산드라가 허둥지둥 가로막았다.

"그러니까, 기다려 봐. 기다리라고! 이봐, 잠깐만!"

"뭐? 왜 그러는데?"

"아직 이야기 안 끝났어."

"그럼 얼른 끝내."

"그, 그러니까, 그게, 그……."

젖 먹던 힘까지 짜내어 머릿속에서 할 말을 찾았다. 그래, 말을 잘해야 한다. 이 교활한 남자도 납득할 만큼 그럴싸하게…….

"아, 알았어. 알았다고. 당신이랑, 결혼할게."

그렇게 고하자 레오니다스의 눈에 미소가 번졌다. 아이 같은 미소다. 마치 갖고 싶어 하던 장난감을 마침내 받아낸 아이처럼.

'이 남자, 이런 표정도 짓네.'

어쩐지 진정되지 않는 느낌에 가슴 어딘가가 시끄럽다. 목 끝까지 당황스러움으로 가득 차서 순간 말문이 막혔다.

"대신에……."

"대신에? 뭔데? 빨리 말해."

"대신에, 실바에서는 왕족이 혼인할 때 교회의 허가가 필요해."

거짓말은 아니다. 교회가 허가하지 않으면 정식 결혼이라고 할 수 없다.

"그리고 입회인으로 교회에서 자격이 충분하다고 인정한 두 사람이 있어야 해. 입회인이 참석한 가운데 교회가 정한 의식을 마쳐야 마침내 결혼이 성립되는 거야. 당신처럼 그저 '결혼했다'고 선언한 것만 가지고는 남들이 그 결혼은 무효라고 해도 반박할 수 없어."

"진짜야? 귀찮게……."

"아무리 귀찮아도 필요한 절차를 밟지 않는다면 누구도 당신을 내 남편이라고 인정하지 않을 거야. 만약 절차를 밟기도 전에 내 순결을 빼앗는다면, 당신은 왕녀를 강제로 범한 파렴치한이라고 손가락질 받겠지. 그렇게 되면 날 여왕으로 만들어 여왕의 남편으로서 나라의 정치를 좌지우지하겠다는 당신의 야망은 물거품이 될 거야. 그래도 괜찮겠어?"

필사적으로 호소하자, 레오니다스는 잠자코 있었다.

알렉산드라는 바로 이때라는 듯 여세를 몰아 말을 이었다.

"누구도 트집 잡지 못하게 하려면 약간의 시간과 노력을 들여야 해. 지금 그걸 아끼겠다고 모든 야망을 수포로 만드는 건 상책이 아니야."

레오니스는 잠시 생각에 잠겼다가 이윽고 입가에 미소를 지으며 말했다.

"네 말은 제대로 결혼할 때까지는 '보류' 하자는 뜻인가?"

알렉산드라는 의욕적으로 세차게 고개를 끄덕였다.

"그, 그렇지. 그거야."

알렉산드라의 팔다리를 꼼짝 못하게 누르고 있던 레오니다스가 힘을 뺐다. 몸을 누르고 있던 무게가 사라지자 답답함에서도 해방되었다.

"지금 당장 결혼하고 싶어도 실바 교회의 목사는 죄다 어디론가 도망가 버렸고, 그렇다고 이그니스 교회로 갈 수도 없잖아."

불평하듯 레오니다스가 투덜거렸다.

"뭐, 됐어. 일단 약혼했다고 말해두면 이그니스 왕에게도 변명은 되겠지."

그 말을 듣고 알렉산드라는 간신히 몸에서 힘을 뺐다.

'살았다……'

이그니스의 흑의 장군은 상상 이상으로 제멋대로에 무책

임한 남자였지만, 어떻게 해야 자신에게 가장 이득인지는 염두에 두고 있었다. 그런 그의 계산적인 면을 거꾸로 이용한다면 어찌어찌 무사히 넘길 수 있을 것 같았다.

무심코 안도의 한숨을 내쉬는데 불시에 커다란 손에 턱이 붙잡혔다.

검은 눈이 알렉산드라를 빤히 내려다보고 있었다. 처음 봤을 때와 똑같다. 끝이 보이지 않는 어둠 같은 눈동자.

한번 가라앉았던 긴장감이 또다시 단숨에 높아진다. 아까보다 날카롭고 예리해진 긴장감이 알렉산드라를 몰아세운다.

"약속했다. 여왕 알렉산드라."

레오니다스가 말했다.

"난 널 이 나라의 여왕으로 만들어주겠다. 대신, 넌 내 아내가 되고 내 아이를 낳아야 해."

"아……."

"네가 그 약속을 잊지 않는다면 정식으로 결혼할 때까지 순결을 지켜주겠다고 약속하지."

레오니다스의 손이 떨어져 나갔다.

침대가 삐걱거리고 레오니다스가 알렉산드라에게서 멀어졌다.

알렉산드라는 침대 위에서 떨며 멀어지는 구두 소리를 듣고 있었다.

말로 구슬려서 레오니다스를 단념시킬 작정이었다.

그러나 실제로 터무니없는 요구를 받아들인 것은 자신인지도 모른다. 결국 레오니다스와의 결혼을 승낙해 버렸다.

설마 저 남자는 이렇게 될 것을 예상하고 있었던 걸까.

'농락당한 사람은 나인가?'

등에 오싹하고 전율이 흘렀다.

참으로 무서운 남자다.

흑의 장군 레오니다스.

조금도 얕볼 수 없다.

다음 날.

눈을 떴을 때에 이미 주위는 완전히 환해져 있었다.

낯선 방에서 잠깐 갈피를 잡지 못하던 알렉산드라는 떠올렸다.

'그래. 동쪽 탑에서 구출됐지.'

그리고 레오니다스는 이곳으로 자신을 짐짝처럼 짊어지고 끌고 와서는, 결혼하자고 강요했다.

레오니다스가 떠난 후 잠깐 동안 침대 위에 웅크려 앉아 떨다가 겨우 잠들었던 것 같다.

한숨을 쉬며 알렉산드라는 리넨 위에서 몸을 살짝 움직여 보았다.

온몸이 천근만근이다. 충격적인 일이 한꺼번에 닥쳐서 몸도 머리도 현실을 다 처리하지 못하고 비명을 지르고 있는 것이다

그중에서도 가장 아픈 곳은 목이다. 생각해 보면 누군가와 그렇게 말하고 외치고 소리 지른 것은 정말로 오랜만이었다. 항상 필요한 말 한두 마디를 할 때나 작게 혼잣말할 때 말고는 쓰지 않았던 목이 갑자기 혹사당해 비명을 질러대고 있었다.

꾸물꾸물 몸을 일으키니 명치 부근에서 검은 천이 스르륵 떨어졌다. 레오니다스에게 찢긴 드레스를 끌어당기자 몸을 가까스로 가릴 정도만 남아 있었다.

다시 한 번 아까보다 깊은 한숨을 내뱉었을 때, 침대 옆에 다른 드레스가 준비되어 있는 것을 알아차렸다.

아마 누군가가 동쪽 탑에서 알렉산드라의 소지품을 여기까지 가져왔나 보다. 평소 사용하는 물건들은 일단 갖춰져 있었다. 그 안에는 다른 사람, 특히 남자에게는 보여주고 싶지 않은 물건도 있어서 울고 싶은 기분이 되었지만 금방 머리에서 지워 버리기로 했다.

일단 마음속에 불쾌하거나 괴로운 기분이 들면 점점 더 불쾌하고 괴로워진다. 마치 어딘가 먼 장소에서 흘러온 한 알의 씨앗이 밭 가득히 무성하게 자라 중요한 작물을 망쳐 버리는 것처럼, 즐겁고 밝은 기분까지 잠식한다.

그렇게 되지 않기 위해서는 불쾌하고 괴로운 기분을 마음속에 필요 이상 머무르지 않도록 하는 것이 중요하다.

이는 알렉산드라가 동쪽 탑에서 홀로 지내면서 터득한 지혜다.

다른 드레스와 속옷으로 갈아입고 빗으로 머리를 빗고 침대 아래 놓여있는 구두를 신는다. 어제 레오니다스에게 던졌던 구두였다.

그때 일을 떠올린 순간, 갑자기 레오니다스의 검은 시선이 또렷하게 뇌리에서 되살아나 알렉산드라는 무심결에 몸을 떨었다.

레오니다스. 무서운 남자. 괘씸한 남자.

어떻게든 그 남자로부터 벗어날 방법을 찾아야 한다.

'하지만 그 교활한 남자에게 제대로 선수 칠 수 있는 방법을 간단하게 찾을 수 있을까?'

어렵겠지만 찾아야 한다. 찾지 못하면 그 남자의 아내가 되어버리고 만다.

꼭두각시 여왕이 되어 야망의 희생양으로 살아가게 된다니,

"진짜 싫다⋯⋯."

스스로를 격려하듯 중얼거리며 일어나자, 들창 저편으로 동쪽 탑이 작게 보였다.

가슴속에 작은 동요가 일었다.

평생 저곳에서 나오지 못할 수도 있다고 각오했었다. 만약 나오게 된다면 자신이 죽었을 때일 거라고 생각했는데, 이런 모습으로 그곳을 나올 줄이야.

지금 저 탑이 아니라 이곳에 있는 자신이 너무 이상하다.

레오니다스.

그 남자는 좋든 싫든 알렉산드라의 운명의 톱니바퀴를 돌려놓은 것이다.

가슴속이 더욱 일렁였다. 요동치고 소란스럽게 커다란 파문을 퍼뜨린다.

그 남자는 대체 어떤 남자일까?

책으로 읽었을 때에는 비겁하고 난폭한 남자라는 인상을 받았었다.

실제로 만나보니 생각했던 것 이상으로 제멋대로에 무책임하다. 평범함의 기준에서 완전히 벗어나 있다.

알렉산드라를 실바의 여왕으로 삼고, 자신은 남편으로서 실바의 실권을 손안에 쥐겠다는 말도 안 되는 생각을 떠올린 것만으로도 어이가 없는데, 게다가 바로 실행하려고 하다니. 이건 대담하고 겁 없는 정도를 뛰어넘어 무모하다. 백 명이 있으면 백 명 모두가 그만두라고 충고할 것이다.

그래도 레오니다스에게는 어쩐지 진짜로 해내고 말 것 같은 분위기가 있다. 부하들도 레오니다스에게 전폭적인 신뢰를 보내고 있는 듯하다. 그 증거로 디미트리오라는 레오니다스의 부관을 비롯하여 부하 중 누구 한 사람도 그의 말에 이견을 달지 않았다.

과연. 레오니다스는 많은 군사를 통솔하는 장군으로서도 우수한 남자라는 말이다.

뭐라 해도 지금까지 레오니다스처럼 짧은 시간에 일개 용병에서 이그니스의 장군까지 출세한 자는 한 사람도 없었다. 그 검술 능력이나 지략이 월등하게 뛰어난 것은 분명하다.

호전적인 면도 군인이라면 당연한 일이다. 실제로 전장을 가리지 않는 싸움을 계속해 온 결과로서 레오니다스는 지금의 지위를 얻은 것이다.

알렉산드라는 책으로 느꼈던 레오니다스의 인상을 약간 수정했다.

'난폭한 것은 사실이지만 무턱대고 덤비지는 않는다. 비겁한 것은 인간의 아주 작은 마음속 굴곡까지 헤아리는 수법에 뛰어나기 때문이다.'

레오니다스에게는 대담함과 섬세함이라는 양극단의 성질이 똑같이 존재하고 있다. 이그니스의 흑의 장군은 아무래도 생각보다 훨씬 복잡한 내면을 지닌 남자인 것 같았다.

'게다가……'

가장 신경 쓰이는 것은 가끔 보여주는 그 눈빛.

굳이 나누자면 레오니다스는 적극적이고 활동적인 남자다. 쩌렁쩌렁한 목소리로 익살을 떨어 주위 사람을 웃게 하고 분위기를 고무시키는 기질이 보인다.

그런데 그런 사람이 어째서 그렇게 깊이를 알 수 없는 어두운 눈을 하는 것일까? 그 검은 눈을 볼 때마다 어둠에 사로잡히는 느낌이 들어 몸속부터 떨려온다.

왠지 알 수 없는 느낌에 개운치 않은 마음을 처치 곤란해하며 알렉산드라는 방을 나왔다.

방 밖에는 레오니다스의 병사가 한 명 서 있었다. 감시하는 건가 싶어 살짝 불쾌한 기분이 들었지만, 그 젊은 병사는 알렉산드라의 얼굴을 보더니 싱글벙글 기쁘다는 듯 웃으며 레오니다스가 있는 곳으로 데려가 주었다.

솔직히 레오니다스의 얼굴도 보기 싫었다. 그렇다고 레오니다스의 심기를 거슬러서 괜한 짓을 당하는 것도 어리석은 짓이다. 약간 얌전한 체하면서 고분고분하게 구는 편이 상책일 것이다.

레오니다스는 본래 국왕의 집무실이었던 곳에 있었다. 커다란 책상 위에 서류와 책을 이리저리 펼쳐놓고 어렵다는 표정으로 읽고 있었다.

무엇을 읽는지 신경 쓰였다기보다는 책을 좋아하는 사람으로서 호기심이 앞섰기에 옆에서 레오니다스의 손에 들린 것을 들여다보았다.

레오니다스가 보고 있는 것은 최근 수년간의 여러 가지 보고서. 각지의 지형을 기록한 비망록. 실바의 역사와 최근 사건을 정리한 서류 따위였다.

'의외네.'

이런 번거로운 일은 부하에게 시켜두고 장군이랍시고 거만하게 앉아 있을 줄 알았다.

'그만큼 진심인가?'

알렉산드라를 여왕으로 만들고, 자신이 보이지 않는 실권자로서 실바를 통치하겠다는 터무니없고 즉흥적인 발상을 정말로 실행하려는 건가?

당황스러움에 말도 걸지 못하고 있는데, 알렉산드라가 온 걸 알아차린 레오니다스가 고개를 들었다.

"어이, 잘도 잤네. 벌써 대낮이야."

만면에 미소를 띤다.

어제 이 남자에게 맨살을 보이고 엉뚱한 곳을 핥아지고 만져지다 범해질 뻔했던 일을 떠올리자 뺨이 확 달아올랐다. 붉어진 뺨을 보이지 않으려 알렉산드라는 고개를 돌리고 부루퉁한 목소리로 대답했다.

"덕분에."

레오니다스는 소리 높여 웃고서 '잠깐 질문이 있어' 하고 말했다.

"이걸 뭐라고 읽지? 세? 시? 카? 모르겠다."

손가락으로 가리킨 곳에는 실바의 지명이 쓰여 있다.

"응. 그건 세벨이야. 북부에 펼쳐진, 실바에서 가장 큰 숲이지."

세벨 숲. 알렉산드라에게도 추억 서린 장소이다. 그리움과 함께 그에 상반된 아픔이 알렉산드라의 마음에 오간다.

"너, 읽고 쓸 수 있어?"

알렉산드라는 가슴을 펴고 퉁명스럽게 대답했다.

"당연하지. 실바 왕녀잖아. 왕녀로서⋯⋯."

필요한 교육 정도는 받았어.

그러나 말이 전부 끝나기 전에, 레오니다스가 팔을 뻗어 알렉산드라의 가느다란 허리를 꽉 붙잡았다.

"꺅! 뭐하는 거야?!"

정신 차리고 보니 의자에 앉은 레오니다스의 왼쪽 허벅지 위에 앉혀져 있다. 벗어나려 해도 허리가 단단히 붙잡혀 꼼짝할 수 없었다.

"읽어줘."

숨이 닿을 만큼 아주 가까운 거리에서 레오니다스가 말했다.

"난 읽고 쓰는 걸 잘 못해. 솔직히 말하면 젬병이지. 네가 잘한다니까 소리 내서 읽어줘."

"내가 왜?"

"부탁해."

빌다시피 애원하는 목소리.

"내 군대에는 읽고 쓰는 걸 잘하는 녀석이 없어. 실바 왕의 서기에게 시키면 된다고 생각하고 있었는데, 국왕과 함께 도망쳐 버려서 곤란하다고."

이 시대에 글자는 지극히 극소수의 특권계층이나 수도원에서 특별히 교육받은 서기생의 전유물이었다. 고위귀족 중에서도 충분히 읽고 쓰지 못하는 자가 꽤 있다. 신분이 낮은 용병이었던 레오니다스가 마음대로 읽고 쓰지 못하는 것은 당연한 일이다. 아니, 오히려 글자를 읽을 수 있다는 사실만으로도 상당히 노력한 결과라고 추측할 수 있었다.

"아, 알았어."

알렉산드라는 어쩔 수 없이 승낙했다.

"읽어줄게. 그러니까 이 손 좀 놔줘."

그러나 레오니다스는.

"어? 왜? 이 자세가 너나 나나 잘 보이잖아."

그건 그렇지만, 확실히 맞는 말이긴 한데, 그래도…….

당황해하고 있는데, 레오니다스가 귓가에 어쩐지 야릇한 속삭임을 불어넣는다.

"아니면 이렇게 있으니까 내가 의식돼서 싫어?"

"뭐?!"

"나한테 안겨서 가슴이 두근거리니까 글자를 못 읽겠다고 말한다면 내려주지 못할 것도 없지."

"설마 그럴 리가!"

반사적으로 말이 튀어 나갔다.

"내가 당신 같은 사람 때문에 두근거릴 리가 없잖아."

말을 뱉고 나서 '아차' 싶었지만 이미 늦었다.

"그럼 아무 문제 없네."

비웃음당하고, 결국 이 꺼림칙한 자세를 허락해야 했다.

알렉산드라는 분한 마음에 입술을 깨물며 가능한 한 레오니다스에게 몸을 떨어뜨리려 애쓰며 책상 위 책으로 시선을 내렸다.

아무래도 레오니다스가 지금 훑어보고 있는 것은 각지에서 온 조세보고서인 것 같다.

실바 왕국은 국토 대부분이 무성한 숲으로 둘러싸여 있

기 때문에 농지면적이 작아 남부지방을 제외하면 밀과 보리의 수확량이 만족스럽지 못한 대신 숲의 산물이 풍족하다. 세금으로서 거둬들인 숲의 풍족한 산물을 각국으로 수출하여, 그 돈으로 밀과 보리를 수입해 실바 왕국을 유지해 왔을 터인데…….

"어머? 그런데, 이상하네."

알렉산드라는 최근 몇 년간의 조세 보고서를 책상 위에 늘어놓고 비교해 보며 고개를 갸웃했다.

밀과 보리의 수량이 갑자기 쑥 줄어든 것은 이해한다. 다섯 해 전에 남부지방에서 하천이 범람한 탓일 것이다. 그런데 오 년이 지난 지금, 수확량이 회복되기는커녕 도리어 줄어든 이유는 무엇일까?

알렉산드라는 양피지 위로 손가락을 미끄러뜨렸다.

"여길 봐. 오 년 전 폭우 때문에 그 근방 밭에 상당한 피해가 생겼어. 그 후로 수확량은 내려가기만 했고 인구도 줄었지. 어쩌면 농민이 농지를 버리고 어딘가로 달아났는지도 몰라."

"달아나다니, 어디로 갔는데?"

"몰라. 다른 일거리를 그렇게 쉽게 찾을 수 있었을 리는 없고, 어딘가에서 유랑민이 되었거나, 아니면……."

"객사했을 거라고?"

알렉산드라가 머뭇거린 말을 대신하고 레오니다스는 코웃음 쳤다.

알렉산드라는 적극적으로 몸을 움직여 다른 보고서를 끌어당겼다.

예전에 발생한 폭우의 피해에 국왕이 원조를 해주었다는 기록은 일단 눈에 띄지 않는다. 도와주기는커녕 피해가 난 뒤 수확량이 줄기만 하는데도 세금은 늘어난 판국이었다.

그뿐만 아니라 세금의 사용처도 자세히 알 수 없다니, 무슨 까닭일까?

백성을 버리고 달아났다고 들었을 때도 기가 막혔지만 이 또한 황당무계하다. 자신의 아버지라지만 화가 나서 참을 수 없다.

"믿을 수 없어."

무심코 중얼거린 순간, 알렉산드라는 문득 자신의 몸에 위화감을 느끼고 정신이 들었다.

보고서에 한눈이 팔려 모르고 있었는데 어쩐지 가슴 부근이 간질간질하다. 따뜻하면서도 간지러운, 이상하고도 저릿한 감각이 가슴에서부터 몸속으로 느릿하게 퍼져 나가는 기분이랄까.

"잠깐! 어딜 만지는 거야!"

정신 차려 보니 등 뒤에서 안고 있는 레오니다스가 한 손으로 알렉산드라의 가슴을 주무르고 있었다.

알렉산드라는 당황해서 레오니다스에게 벗어나려고 몸을 비틀었지만, 레오니다스가 다른 손으로 허리를 세게 끌어안아 꼼짝 못 하게 만들었다.

"왜 그래. 네 가슴이 너무 작으니까 주물러서 크게 해주려는데."

"쓸데없는 참견이야!"

"괜찮아. 괜찮다니까. 사양하지 말래도. 뺄 거 없어."

"빼는 거 아니거든!"

아, 진짜 이 남자 뭐지? 이렇게 말하면 저렇게 말한다. 얘기가 하나도 통하지 않는다.

이러지도 저러지도 못하고 몸을 굳히고 있으니, 작은 가슴을 큰 손바닥 안에 넣어 둥글게 주무른다. 간혹 가슴 위 장밋빛 봉우리에 손끝이 부자연스럽게 스칠 때마다 등이 파드득하며 부르르 떨리는 게 분했다.

"약속했잖아."

울고 싶은 기분이 되어 알렉산드라는 항의했다.

"정식으로 결혼할 때까지 안 하기로."

그러나 레오니다스는 물러서지 않는다.

"어. 확실하게 약속했지. 결혼할 때까지 네 순결은 빼앗지 않기로. 하지만 그때까지 널 만지지 않겠다고 약속한 기억은 없어."

"그런 말이······."

"안심해. 끝까지 안 해도 즐길 방법은 무궁무진하거든."

알고 싶지 않다. 그런 방법, 실천하지 않았으면 좋겠다.

한 손이 가슴을 주무르고 다른 한 손이 드레스의 옷자락을 걷어 올린다. 알렉산드라의 부질없는 저항은 아랑곳하

지 않고 커다란 손은 허벅지를 어루만지다 골짜기로 거침없이 비집고 들어갔다.

"아, 싫어……."

속옷 위로 민감한 부분을 쓰다듬자, 참지 못하고 알렉산드라가 몸을 튕겼다.

"오. 너, 젖었어."

레오니다스가 슬쩍 웃음을 흘렸다.

"뭐야. 가슴은 절벽인 주제에 이쪽은 이미 성숙한 여자의 몸이잖아."

"거짓말이야. 거짓말. 거짓말."

"거짓말이라니. 이것 봐."

레오니다스의 손가락이 조심스럽게 닫힌 입구를 덧그리듯 움직이자 몸 안에서 뭔가 촉촉한 것이 흘러나오는 게 느껴졌다.

알렉산드라는 저도 모르게 몸을 떨었다. 여자의 몸은 이렇게 해서 남자를 받아들인다는 지식은 책으로 읽어 알고 있었다. 그러나 알고 있는 것과 실제로 경험하는 것에는 상당한 차이가 있게 마련이다.

몸이 찢길 듯이 당황스럽다. 자신의 몸에 일어난 뜻밖의 변화가 두렵다.

갑자기 등 뒤에서 헛기침소리가 들렸다.

"어……. 그게 그러니까, 장군님. 잠시 실례해도 될까요?"

자신을 부르는 소리에 레오니다스는 알렉산드라를 희롱

하던 손을 멈추고 천천히 돌아보았다.

"디미트리오. 보면 알잖아. 한창 바쁜데."

"아니, 그게, 정말, 충분히 알고 있습니다. 그렇지만 장군, 부디 한 말씀 올리겠습니다. 부탁드릴 테니 그런 일은 좀 더 장소를 분간해서 하시면 안 되겠습니까?"

"뭐?"

"그게, 뭐 그렇게 알렉산드라님과 사이좋게 지내는 편이, 다른 남자의 부인에게 반해서 납치한다거나 결국 화가 잔뜩 난 그 남편에게 고문당할 지경에 이르게 되는 것보다야 훨씬 낫긴 합니다만⋯⋯. 아무리 그래도 말이죠."

디미트리오가 말했다.

"아까부터 병사들이 눈 둘 곳을 못 찾고 있잖습니까?"

그 말을 듣고서야 알렉산드라는 자신이 어디에 있는 건지 떠올리고 작게 비명을 질렀다.

그렇다. 주변에는 레오니다스의 부하들이 있었다. 그 말인즉슨 레오니다스가 자신의 가슴을 주무르거나 다리 사이를 어루만지는 장면을 모두가 보고 있었다는 뜻이다. 그뿐인가, 젖었다느니 하는 말도 들었을 텐데⋯⋯.

'창피해!'

이렇게 부끄러운 적은 태어나서 처음이다. 너무 부끄러운 나머지 머릿속이 마비되는 것 같다. 얼굴도 귀도 틀림없이 빨개졌을 것이다. 온몸에 열이라도 난 듯 뜨겁다.

"어떡해, 싫어!"

정신없이 넓은 가슴을 냅다 밀치고 레오니다스의 무릎에서 뛰어내렸다.

한시라도 빨리 이곳에서 벗어나고 싶었다. 레오니다스의 병사들이 대체 어떤 눈으로 자신을 보고 있었을지 상상하는 것만으로도 몸이 떨린다.

알렉산드라는 뒤도 돌아보지 않고 달렸다.

한 발짝, 두 발짝, 세 발짝…….

그리고 네 걸음을 디뎠을 때 요란하게 굴렀다.

"꺅."

순간 시간이 멈춘 것처럼 주위가 쥐죽은 듯 조용해졌다. 시선이 따갑다. 모두가 찌부러진 개구리처럼 자빠져 있는 알렉산드라를 쳐다보고 있었다.

그 순간 레오니다스가 큰 소리로 웃음을 터뜨렸다.

"풋. 너, 진짜, 최고다……!"

너무 지나치게 웃는다 싶을 정도로 레오니다스는 큰 소리로 가차 없이 웃어댔다.

알렉산드라는 바닥에 납작 엎드린 채로 레오니다스의 웃음소리를 듣고 있었다.

부끄럽다. 얼굴도 못 들겠다. 이게 무슨 굴욕이야.

그렇지만 동쪽 탑의 좁은 방에서 지내고 있으면 달리기는커녕 빨리 걸을 필요도 없다. 알렉산드라가 두 다리로 달리는 방법을 완전히 잊어버리고 말았다고 해도 어쩔 수 없지 않은가.

"으으……."

너무 분해서 입술을 깨물고 있는데, 갑자기 누군가가 등 뒤에서 양쪽 겨드랑이로 손을 집어넣고 안아서 일으켜 주었다.

"히잉……."

레오니다스는 알렉산드라를 가볍게 안아 올려 바닥 위에서 사뿐 일으켰다.

무심코 훔쳐본 레오니다스의 눈이 웃고 있다. 아이처럼 천진난만한 검은 눈동자. 이러고 있으니 그 눈동자 어디에 그런 어둠이 숨어 있는 걸까 의아해졌다.

"디미트리오."

레오니다스가 부관의 이름을 불렀다.

"네. 부르셨습니까?"

"여자에게는 필요한 물건이 있지. 이 녀석에게 물어봐서 필요한 물건을 준비해 줘."

"알겠습니다. 맡겨두십시오."

"그래. 옷도 잊지 말고. 가뜩이나 색기도 없으니, 하다못해 옷 정도는 좀 더 나은 걸로 갈아입혀야지."

레오니다스의 말에 알렉산드라가 곧바로 반박했다.

"색기 따위 없어도 괜찮아. 검은 옷만 입을 거야."

"왜?"

왜냐하면 검정이 마녀에게 어울리는 색이니까.

그러나 그렇게 말하는 것은 왠지 주저되어 다른 말로 쏘아붙였다.

"당신도 검은 옷만 입잖아."

"난 됐어."

레오니다스가 희미하게 웃었다.

"검은 옷은 피가 묻어도 눈에 띄지 않으니까. 전쟁터에서 상처를 입어도 표 나지 않지."

그 말이 맞다. 상처를 입은 것을 적에게 발각되면 그만큼 적의 사기를 올려주게 된다. 특히 장군이라면 더욱 그러하다.

아마도 눈앞에 있는 이 남자는 이제까지 수많은 상처나 통증을 그런 식으로 검은 옷 아래에 감추어가며 싸워왔을 것이다.

강인한 남자다. 육체도, 정신도.

"난……."

무슨 말이든 해야 할 것 같은데 무엇을 말해야 할지 모르겠다.

갈피를 못 잡는 알렉산드라의 파란 눈을 들여다본 레오니다스는 입가에 싱긋 미소를 띠었다.

"옷을 차려입고 남자의 눈을 즐겁게 하는 건 여자의 의무야."

"뭐?"

"가슴이 빈약하면 빈약한 대로 날 즐겁게 해줘."

"하늘이 두 쪽 나도 싫, 거, 든!!"

알렉산드라는 딱 잘라 말하고 발길을 돌렸다.

그 뒤를 디미트리오가 아무렇지 않게 따라 나왔으나, 필사적으로 웃음을 억지로 참고 있는 것이 또렷하게 보여서 부아가 치민다.

정말로 화난다.

'가슴이 빈약해서 미안하게 됐네!'

말없이 화내고 있노라니, 겨우 발작적인 웃음에서 벗어났는지 디미트리오가 말했다.

"죄, 죄송합니다."

알렉산드라가 대답했다.

"그래. 분명히 죄송할 일이야."

"하지만 저렇게 즐거워하는 장군님은 좀처럼 보지 못했거든요."

"즐거워했다고?"

말하자면 알렉산드라를 농락하고 못살게 구는 것을 즐거워한다는 말인가. 알렉산드라가 더욱 표정을 구기는 것을 알아차렸는지 디미트리오는 달래듯이 미소 지었다.

"장군님은 폐하가 귀여워서 참을 수 없으신 겁니다."

"······과연 그럴까?"

"솔직히 말하면 장군님은 여자에 있어선 손이 빠른 분이죠. 그런 장군님이 결혼할 때까지 '보류' 당하고도 가만히 계시는 이유는 단 하나. 폐하의 기분을 소중히 여기고 계시기 때문이 아닐까요?"

디미트리오의 말에 알렉산드라는 귀를 막고 싶었다.

듣고 있을 줄은 알았지만 이런 식으로 직접 언급당하니 더욱 타격이 크다.

결혼식까지 '보류' 라니, 이래서야 왠지 내 쪽에서 나쁘게 굴고 있는 것 같지 않은가—

"어쨌거나."

디미트리오가 말했다.

"저도 장군님께서 약속을 지키게끔 못 박아드리죠. 너무 몰아붙이면 미움받으실 거라고 말입니다."

"상관없어."

알렉산드라가 대답했다.

"이미 더 이상 싫어할 수 없을 정도로 싫어하니까."

농담으로 받아들였는지 디미트리오는 작게 소리 내어 웃었다.

'진짠데.'

속으로 한숨지으며 알렉산드라는 디미트리오에게 다른 질문을 했다.

"다른 얘기지만, 왜 나더러 '폐하' 라고 부르는 거야?"

아까부터 디미트리오는 알렉산드라를 '폐하' 라고 부르고 있었다. 알렉산드라에게 쓰는 호칭으로는 적절하지 않아서 심한 위화감이 들었다. 그러나 디미트리오는 별뜻 없다는 듯 천연덕스럽게 대답했다.

"그야 저희의 여왕이 되실 분이니까요."

알렉산드라는 또다시 깊은 한숨을 내쉬고 싶은 기분이 되었다.

"아직 대관식을 치르지 않았는데도?"

"하지만 장군님이 결정하신 일이죠."

"너도 그 남자의 넋두리를 믿는 거야?"

"장군님은 하겠다고 뱉은 말은 반드시 지키는 분입니다. 그러니까 꼭 여왕이 되시길 바랍니다. 저희는 이미 실바 왕국의 여왕을 모시는 병사입니다."

역시나 놀라움을 금할 수 없었다.

'이야. 대단한 충성심이군.'

이렇게까지 병사들이 레오니다스를 우러러보게 되는 매력은 무엇일까?

"그럼?"

어딘가 의아하다는 생각에 사로잡힌 채, 알렉산드라는 디미트리오의 잿빛 섞인 물빛 눈동자를 올려보았다.

"당신 자신은 어때? 디미트리오. 내가 당신의 여왕이 되는 것에 대해, 당신은 아무 생각도 없어?"

디미트리오가 여자들이 좋아할 법한 달콤한 표정으로 살짝 미소 지었다. 비로소 이 남자의 얼굴을 본 기분이 들었다.

"물론 대환영입니다."

"진짜?"

"당연하죠. 이그니스 왕처럼 추레한 아저씨보다는 폐하

처럼 가련하고 사랑스러운 여왕을 모시는 편이 천만 배는 즐겁지 않겠습니까."

가련하고 사랑스럽다.

입바른 말이라는 걸 알고 있지만 조금 기쁘다.

그도 그럴 것이 누구는 '빈약' 하다느니 '색기가 없다' 느니 하는 말만 하니까.

뇌리를 스치는 검은 눈의 남자를 서둘러 머릿속에서 쫓아내며, 알렉산드라는 디미트리오에게 약간 장난스러운 미소를 보냈다.

"디미트리오는 말을 잘하는구나. 이런 식으로 여자를 꾀고 있는 거야?"

그러나 디미트리오는 검지만 세워 좌우로 흔들며 잘난 척한다.

"설마요. 전 장군님과 다릅니다."

"어머. 정말로?"

"사실입니다. 여자를 꾀는 건 장군님이고, 전 그 반대죠."

"그러셔."

말하자면 그만큼 인기 있다고 말하고 싶은 건가.

"그 장군에 그 부관이네."

어이가 없어 내뱉은 말에 디미트리오가 소리 내어 웃었다.

"아무튼 '폐하' 라고 부르지 마. 왠지 어색해."

뭐라고 토를 달 줄 알았는데 디미트리오는 그 말을 선선히 승낙했다.

"그럼 뭐라고 부를까요? 역시 '마님'이 나을까요."

"기각한다."

방법이 없어 약속하긴 했지만, 그래도 아직 그 남자와의 결혼을 받아들인 것은 아니니까.

알렉산드라는 잠시 생각한 후 말했다.

"그렇지. 이름으로 불러줘."

"그럼, 알렉산드라 공주님?"

"알렉산드라라고 불러. 다른 사람들에게도 날 이름으로 부르라고 전해줘."

"알겠습니다. 알렉산드라님."

디미트리오의 말에 고개를 끄덕이는데 갑자기 바람이 느껴졌다.

복도를 가볍게 지나가는 산들바람이 뺨을 어루만지자, 알렉산드라는 가슴속이 술렁이는 위화감을 느끼고 고개를 숙였다.

이렇게 바깥바람을 느껴본 적이 얼마나 오래된 일인지 모른다.

그러고 보면 이름을 불리는 것도 오랜만이다.

레오니다스가 처음 한 일은 실바의 인구수를 조사하는 것이었다.

그다음은 경작지가 얼마나 있는지, 어떤 작물을 얼마나 수확할 수 있는지, 숲과 강에서 채취할 만한 것이 있는지, 그 밖에 생산할 것이 있는지를 알아보았다.

그때마다 수없이 많은 공지가 자신의 이름으로 내걸리는 것을, 알렉산드라는 전전긍긍하며 지켜보았다.

대관식이 끝날 때까지는 절대로 싫다고 저항한 보람이 있었는지, 지금은 어떻게든 공식적으로 '여왕'이라고 불리는 일만은 면하고 있다. 하지만 레오니다스는 알렉산드라가 실바의 여왕이 될 것이며 자신과 약혼했다는 서신을 각국의 왕에게 보냈다. 물론 글씨를 읽지 못하는 백성에게도 나라 안 구석구석 똑같은 내용의 공지가 전해졌다.

어쩐지 도망칠 길이 점점 막히고 있는 것 같다. 어느 사이엔가 레오니다스의 덫에 완전히 걸려 버린 듯한 기분이…….

"안 돼. 약해지지 말자."

알렉산드라는 스스로를 타이르듯 중얼거렸다.

저런 남자가 말하는 대로 되어선 안 된다. 세상에는 생각처럼 풀리지 않는 일이 있음을 저 오만한 남자에게 뼈저리게 알려줘야 한다.

새롭게 결의를 다지며 알렉산드라는 복도에서 밖으로 걸음을 내디뎠다.

요즘 레오니다스는 줄곧 집무실에 틀어박혀 있었다. 조사를 하거나, 각지에 지시를 내리고 받아온 보고서를 훑거나 했다. 그런 작업은 아침부터 밤까지 한다 해도 좀처럼 진척되지 않는 것이 예사였다.

그런데다 레오니다스가 집무실에 있을 때는 알렉산드라도 한자리에 있어야 했다. 알렉산드라의 의지라기보다는, 한자리에 없으면 레오니다스가 '옆에 있어'라고 시끄럽게 굴었기 때문이다. 하는 수 없이 알렉산드라는 레오니다스의 강요로 작업을 돕고 있었다. 하지만 오늘 레오니다스는 오랜만에 밖에 나가 병사들에게 훈련을 시킨다고 한다.

그렇다는 건 오늘은 온종일 좁은 방에서 레오니다스와 얼굴을 맞대고 있어야 할 필요가 없다는 뜻이다.

해방감이 손끝까지 스민다. 왠지 발걸음이 가볍다. 공기를 들이마시니 평소보다 몇 배는 더 상쾌하게 느껴졌다.

"기분 좋다……."

무심결에 혼잣말까지 내뱉으며 몇 년 만에 걷는 정원은, 알렉산드라가 알고 있는 정원과 조금 달라져 있었다. 아버지인 국왕도, 어머니인 왕비도 원예에 특별히 관심 있는 편은 아니었던 탓에 여기저기 잡초가 무성했다.

그래도 예전과 똑같은 장소에서 조금 자란 보리수나무를 발견했을 때, 약간 가슴이 죄어드는 기분이었다.

이 고통은 무엇일까? 그리움? 아니면 두 번 다시 보지 못할 거라고 생각한 것을 다시 봤다는 감동?

그 애매한 감정을 어떻게 해야 할지 몰라 보리수나무에서 시선을 돌리자, 병사들이 저편에 모여 있는 모습이 보였다.

멀리 있어서 알아보기 어렵지만 아마도 제일 안쪽에서 혼자만 의자에 앉아 팔짱을 끼고 있는 사람이 레오니다스일 것이다. 햇빛 아래 검정 일색인 복장이 유달리 눈에 들어온다.

"나 참. 대단한 인물 나셨군."

알렉산드라는 작게 중얼거리고, 이쪽을 알아채지 못한 것을 기회 삼아 무례하다 싶은 눈길로 레오니다스가 하는 양을 관찰하면서 이것저것 생각했다.

지금 레오니다스가 실바 왕국에서 하고 있는 일들은 전부 타당하다고 말할 수 있는 것뿐이었다. 나라를 다스리려면 우선 현재 나라의 상태를 똑바로 알 필요가 있었다. 만일 알렉산드라가 여왕으로서 무언가 하려고 한다면 레오니다스와 똑같이 했을 것이다.

장군 레오니다스는 야만적이고 잔인하고 난폭한 남자로 이름을 떨치고 있다. 또한 여자를 밝히고 하반신이 무절제하기 그지없다.

마치 본능을 따라 사는 야수 같은 남자다.

그런데 이렇게 착실한 부분도 숨기고 있었다니 조금, 아니, 상당히 의외다.

'교활하긴.'

레오니다스 주제에.

왠지 인정할 수 없다.

갑자기 병사들 사이에서 비명이 났다.

방금까지 검을 휘두르던 병사 한 명이 쓰러져 웅크리고 있었다. 자세히 보니 병사의 다리에서 피가 흐르고 있었다. 아마도 상대방의 검에 맞아 상처를 입은 모양이다.

병사들이 걱정하며 쓰러진 병사 주위를 에워쌌다.

레오니다스로 말할 것 같으면, 역시나 여전히 의자에 떡 하니 앉아 있었다.

'정말 구제불능인 남자야. 부하가 상처 입었으면 걱정 정도는 좀 하라고.'

몹시 화를 내며 알렉산드라는 주위를 둘러보았다.

'분명히 이 부근에 그게 있을 텐데…….'

금세 찾던 것을 발견하고 그것을 한 움큼 꺾어 쓰러진 병사에게 다가갔다.

알렉산드라를 알아챈 병사들이 좌우로 갈라서며 길을 만들었다. 마치 모세가 홍해를 가르는 모습 같다고 생각하면서 병사 옆에 꿇어앉았다. 레오니다스도 무거운 몸을 겨우 일으키고 다가왔다.

"어이. 알렉산드라."

레오니다스를 단호하게 무시하고, 알렉산드라는 상처 입은 병사의 다리로 손을 뻗었다. 아직 젊은 병사였다. 알렉산드라보다 어려 보인다. 고통스러운 듯 눈썹을 찌푸리고 있었다.

알렉산드라는 병사의 다리를 드러내어 상처 부위를 살펴

봤다. 출혈은 많지만 상처는 그리 깊지 않았다. 뼈에도 이상은 없는 것 같다.

"붕대로 쓸 깨끗한 리넨 좀 가져다줄래?"

큰 소리로 외치자 곧바로 요청한 물건이 손안에 들어왔다.

알렉산드라는 뜰 한쪽 구석에서 따온 식물을 병사의 상처에 바싹 눌러 덮고 그 위로 리넨을 지그시 감았다.

"이건 서양톱풀이야."

"서양톱풀……?"

"그래. 상처에 잘 듣지. 이렇게 해두면 피도 금방 멈출 거야."

알렉산드라의 말에 병사들은 서로 얼굴을 마주 봤다. 설마 여기저기 널려 있는 풀로 상처가 낫겠냐는 표정이었다.

알렉산드라는 개의치 않고 하던 일을 계속했다.

"만약 부어서 열이 나면 물에 적신 천을 위에 갖다 대서 식히면 돼. 잠들기 어려울 만큼 아프면 잠이 오는 차를 줄 테니까 말하고."

부상을 입은 젊은 병사는 고개를 끄덕이는 것도 잊은 듯 알렉산드라의 얼굴을 멍하니 쳐다보고 있었다. 다른 병사들도 마찬가지였다.

예전에도 본 적 있다. 이런 표정. 마녀를 보는, 사람들의 시선……

속으로 가볍게 한숨을 내쉬고 알렉산드라가 일어났다.

그대로 발길을 돌려 병사들을 뒤로하고 걸음을 내딛자 뒤에서 거침없이 다가오는 발소리가 들렸다.

"역시, 마녀의 명성은 헛된 게 아니군."

레오니다스였다.

"훈련 중이잖아?"

멋대로 중간에 나와도 되느냐는 뜻을 담아 불쾌함을 내비치자, 곧바로 천연덕스러운 대답이 돌아왔다.

"괜찮아. 사실 내가 있으나 없으나 마찬가지거든."

"직무 태만한 장군님이시네."

"그만큼 병사들이 우수하다는 말이지."

말이 안 통한다. 역시 마음에 들지 않는다.

'정말, 열 받는 남자야.'

속으로 생각하면서 빠른 걸음으로 성큼성큼 걸어가자, 남자는 질리지도 않는 듯 옆으로 따라붙더니 말을 걸었다.

"어디 가?"

더 빨리 걸어도 레오니다스에게 쉽게 따라잡혔다. 어떻게든 따돌려 보려고 반쯤 뛰어가는 순간, 다리가 엉켰다.

'안 돼! 또 넘어진다!'

알렉산드라는 마음의 준비를 했지만, 어쩐 일인지 생각했던 충격은 오지 않았다. 조심스럽게 눈을 뜨자 등 뒤에서부터 다부진 팔에 끌어 안겨 몸이 붕 떠 있었다.

"참 내, 넌 걸핏하면 넘어지냐."

귓가에 레오니다스가 어이없다는 듯 말하는 소리가 들

렸다.

"시끄러, 시끄러, 시끄러."

"그래서? 어디로 가는데?"

"됐으니까, 놔줘!"

"어─디─로─가─ 는─데─?"

집요한 질문에 알렉산드라는 입을 꾹 다물었다.

그렇게 몇 초간 침묵이 이어졌다. 결국 참지 못한 사람은 알렉산드라였다.

"허브 정원……."

중얼거리며 대답하고서야 겨우 몸을 내려주었다.

"허브 정원?"

"예전에 동쪽 탑에 갇히기 전에 내가 만든 곳이야. 아까 다친 병사가 혹시 아파서 잠이 안 온다고 찾아올 때를 대비해서 숙면을 도와주는 차를 준비하려고."

레오니다스가 감탄한 듯 소리를 냈다.

"이야. 대단한데. 그런 것도 할 수 있어?"

"애초에 허브 정원이 아직 남아 있다면 말이지만……."

알렉산드라는 이번에는 아까와 딴판으로 느긋하게 걸음을 옮겼다. 레오니다스는 당연한 일인 것처럼 함께 걸었다.

알렉산드라의 허브 정원은 마당의 가장 변두리인 덧나무 덤불 건너편의 눈에 띄지 않는 장소에 있었다.

생각대로 아주 폐허가 되어 차마 눈 뜨고 볼 수 없을 만큼 초라했다. 그래도 무성한 잡초들을 추려내자 쓸모 있는 허브가 얼마간 근근이 살아남아 있었다.

알렉산드라는 그중에서 라벤더와 캐모마일, 레몬 밤을 조금씩 조심스럽게 뜯었다.

알렉산드라의 손안에 든 식물을 들여다보던 레오니다스가 반신반의한 얼굴로 물어본다.

"이런 풀이 정말 효과가 있어?"

"마녀의 마법을 믿어봐."

"사실이라면 확실히 굉장한 마법이군."

그 말은 알렉산드라의 가슴에 자리 잡은 아픔 속으로 스르륵 숨어들어왔다. 천천히 흔들리며 파문처럼 퍼져 나가는 동요에, 알렉산드라가 그 질문을 입에 담았다.

"당신은 마녀가 안 무서워?"

그 순간, 레오니다스는 눈썹을 살짝 모으고 상쾌하게 웃었다.

"무서워? 왜 내가 너 같은 계집애를 무서워해야 하지?"

"하지만……!"

알렉산드라는 저도 모르게 소리를 높였다.

"하지만, 난 마녀잖아. 다들 날 무서워했어. 아바마마도, 어마마마도, 오라버니도, 동생도……. 그런데 당신은 내가 안 무서워?"

"넌 어떤데?"

도리어 질문받자 알렉산드라는 입을 다물었다.

레오니다스의 목소리는 차분했다.

"넌 스스로를 무서운 마녀라고 생각하고 있는 거야?"

아니.

그렇게 말하고 싶었다.

난 누구도 저주하지 않아. 그럴 힘도 없어.

그러나 마녀로 불리고 손가락질 당해온 날들이 대답을 망설이게 했다.

모두가 나를 마녀라고 부른다면, 분명 나는 정말로 마녀인 거야. 비록 아무에게도 해를 끼치지 않았다 하더라도, 마녀는 마녀인 것만으로도 죄니까.

오랜 세월에 걸쳐 가슴속에 쌓여온 체념이, 알렉산드라가 말을 잃게 했다.

"태어났을 때부터 마녀는 아니었겠지?"

레오니다스의 목소리는 아주 차분했다.

"알고 있어? 내가 왜 마녀라고 불리게 되었는지, 그 이유를."

"글쎄? 난 소문만 들어 알고 있지. 네 입으로 직접 듣지 못했으니 그 소문이 진실인지는 알지 못해."

무심코 시선을 돌리자 레오니다스의 검은 눈이 조금도 흔들림 없이 알렉산드라를 똑바로 응시하고 있었다.

왠지 모르게 눈을 돌릴 수 없었다. 무언가가 끌어당기는 것처럼 검은 눈에 시선을 빼앗긴다.

억지로 눈을 돌리는 데는 상당히 강한 의지력이 필요했다.

알렉산드라는 일어서서 발치에 시선을 떨어뜨리고 작게

중얼거리듯 말을 이었다.

"내가 마녀가 된 건 열한 살 때야."

어릴 땐 알렉산드라도 오빠와 동생처럼 부모님과 가신들에게 깊은 사랑으로 보살핌 받았다. 실바의 제일왕녀로서 아무런 부족함 없이 자랄 수 있었다.

그러나……

"곧 열두 살 생일을 맞이하게 될 즈음이었어. 갑자기 병이 났지. 생사의 갈림길에 섰을 정도로 심각한 열병이었어."

레오니다스는 아무런 말참견도 하지 않았다. 그저 입을 다물고 알렉산드라의 말에 귀 기울였다. 그런 배려를 알아차리고 알렉산드라는 그에 이끌리듯 뒷이야기를 시작했다.

"며칠이나 고열에 시달렸어. 물론 식사는 전혀 입에 대지도 못했고, 물 마실 기력도 점점 약해지니까 왕실 소속 의사가 말했지. 이제 죽을 날만 남았다고. 비탄에 잠긴 아바마마와 어마마마는 최후의 수단에 희망을 걸어보기로 했어."

"최후의 수단?"

"응. 그건 금단의 수단이기도 했어."

절대 사용하면 안 되는 수단.

"그 당시 세벨 숲 속에 한 노파가 살고 있었어."

"세벨 숲? 아아. 북부지방에 있다는, 실바에서 가장 큰 숲 말이지."

"그래. 그 노파는 병에 잘 듣는 약초에 대해 누구보다 잘 알고 있다는 소문이 자자했지. 노파가 옛 민족의 후예라서 지금은 아무도 모르는 옛 지식을 전수받은 거라고 말하는 사람도 있었지만, 사실을 말하자면 확실치는 않아. 분명한 건 그 노파는 모두에게 '마녀'라고 불리며 멸시받았다는 점. 평소엔 노파를 찾아가는 사람이 아무도 없었다는 점. 그리고 사형선고를 받은 환자가 마지막으로 의지할 수 있는 사람은 그 노파뿐이라는 사실이었어."

"그래서 널 그 마녀가 사는 곳으로 데려다 놓았던 거야?"

레오니다스의 질문에 알렉산드라가 작게 끄덕였다.

"그래. 아무도 보지 못하도록 사람들의 눈을 피해서 말이야."

"제멋대로군. 평소엔 미워하다가 곤란해질 때는 이용한다니. 세벨 숲의 마녀는 잘도 그런 사람들을 도와주었네."

"어쩔 수 없다고, 누구나 자신이 이해할 수 없는 것에는 두려움을 느끼는 법이라고 말하더라."

"그건, 그럴지도 모르지만……."

"게다가 그녀는 자신을 업신여기는 사람을 원망하지 않았고, 자신이 알고 있는 지식을 다른 사람에게 베푸는 데 인색한 사람이 아니었어."

마녀로 살아가는 것이 업이라면, 그 업을 담담히 완수할 뿐이라고 생각하고 있었던 듯싶다.

"아무튼 금방이라도 숨이 끊어질 것 같은 날 보더니 세벨 숲의 마녀가 이렇게 말했대. '이 아이는 살아남지 못할 수도 있겠다' 라고."

"위험했나 보군."

"그래도 세벨 숲의 마녀는 날 내버려 두지 않고 며칠 동안이나 꼬박 옆에 붙어서 헌신적으로 간병해 주었어. 그런 보람이 있었는지 목숨을 건질 수 있었지."

몸에 열이 나면 차가운 물을 끼얹는 것으로 역병을 몰아내는, 왕실 소속 의사가 사용하는 일반적인 처방법과는 다른 방법으로 노파는 알렉산드라를 치료했다.

열이 높을 때는 몸을 식히고 약간 체온이 떨어지면 다시 덥힌다. 땀이 나면 속옷이나 리넨을 갈아입혀 청결에 유의한다.

이와 더불어 하루에도 여러 번 허브를 우려낸 약탕을 마셔야 했다. 쓴맛 때문에 억지로 마시기 괴로울 때도 있었지만, 얼마 안 있어 점차 몸이 나아지자 그 효과도 뚜렷하게 나타났다. 캐모마일은 몸을 따뜻하게 만들어주고 민트는 목의 통증을 누그러뜨린다. 레몬 밤의 향이 나도록 우린 물은 그냥 물보다 마시기 편해서, 열이 높을 때에도 목에 스륵 넘어갔다.

"병이 나아갈 즈음엔 내 마음에 세벨 숲의 마녀에 대한 깊은 존경심이 자라 있었어. 나도 그녀의 지식을 배우고 싶었지."

눈을 감으면 '저건 뭐야?', '이건 뭐야?' 하며 질문을 퍼부을 때마다 '시끄러운 꼬맹이구나' 하고 성가셔하면서도 하나하나 알려주었던 세벨 숲 마녀의 온화한 목소리가 지금도 귓속에서 들려오는 것 같다.

"머지않아 세벨 숲 마녀의 허브 정원에 가지런히 늘어서 있는 식물의 이름과 효능을 전부 외우게 되었을 때, 그녀는 책 한 권을 내게 건네주었어. '이 책은 할머니의, 할머니의, 할머니로부터 예부터 전해 내려온 허브 도감이란다. 이 책을 보고 공부하면 될 거야' 라면서."

낡은 책이었다. 닳아빠진 표지를 조심스럽게 열어보니 식물의 그림이 빼곡히 그려져 있고 그 옆에 이름과 특징이 적혀 있었다.

"당황했지. 받아도 되는 책인가 하고. 그러자 세벨 숲의 마녀가 말했어. 자신이 죽으면 지금까지 전해져 내려온 지식도 사라져 버린다. 그러니까 내게 맡기고 싶다. 이 책에 기록된 지식을 지켜주면 좋겠다고. 그렇게 간절하게 부탁하는데 그 책을 안 받을 수는 없었어."

그 뒤로 매일매일 그 책을 탐독했다. 여러 번 되풀이해 읽어서 내용을 전부 외웠다. 지금도 그 책은 알렉산드라의 보물이다. 마녀의 책이라는 이유로 버려지지 않도록 동쪽 탑 서고 한쪽 편에 살며시 감춰두었다. 나무를 숨기려면 숲속에 숨기라고 했다. 책 속에 숨겨두었으니 아무도 찾지 못할 것이다.

"기적처럼 건강해진 나를 처음엔 아바마마도 어마마마도 기쁘게 맞아주셨지. 나도 태어나고 자란 성에 돌아올 수 있어서 기뻤어. 그런데……."

알렉산드라는 그만 목이 메었다. 그 당시의 괴로웠던 기억이 되살아났다.

"어느 날 깨달았어. 날 보는 다른 사람의 시선이 아프기 전과 달라졌다는 사실을."

세벨 숲의 마녀에게 받은 책을 읽고 있을 때, 그 책을 참고해서 도움이 되는 식물을 찾아 걷고 있을 때, 마당 한구석에 세벨 숲 마녀의 허브 정원처럼 허브를 심고 있을 때, 알렉산드라를 보는 사람들의 시선은 싸늘했다.

"결정적인 계기는 동생이 나와 똑같은 병에 걸렸을 때였어."

"동생이라면 제이왕녀인 엘레나 공주 말인가."

"맞아. 동생도 열이 높았는데 조금도 나아질 기미가 없었어. 그래서 세벨 숲의 마녀가 내게 해줬던 대로 엘레나를 간병했지."

그 치료법은 지금까지 실바 왕궁에서 상식으로 통하던 것과는 많은 차이가 있었지만, 알렉산드라는 전혀 개의치 않았다. 그저 엘레나를 돕고 싶었다. 고통스러워하는 어린 동생을 편하게 해주고 싶다는 바람뿐이었다.

"곧 열도 내렸고 동생은 호전됐어. 하지만 그때에는 이미 아바마마와 어마마마는 내 얼굴을 똑바로 쳐다보려고도 하지 않으셨지. 어마마마가 말했어. '알렉산드라가 마녀가 됐어' 라고. '마녀 따위한테 맡겼더니 저 애까지 마녀가 됐어. 이렇게 될 바에야 차라리 죽는 편이 나았어' 하고."

그 말을 듣고서야 해서는 안 될 행동을 했다는 사실을 겨우 깨달았지만, 이미 늦었다.

게다가 미리 알았다 하더라도 역시 같은 일을 했을 거라고 알렉산드라는 생각했다.

세벨 숲에서 마녀라고 불리던 노파와 살았던 시간은 명백하게 알렉산드라를 변화시켰다. 그 변화가 마녀가 되는 일이라 한다면, 확실히 알렉산드라는 이미 마녀인 것이다. 그 낡은 허브 도감을 세벨 숲의 마녀에게 물려받았을 때 마녀라는 이름도 동시에 물려받았다.

"얼마 안 있어 내가 마녀라는 소문이 나라 안으로 퍼졌고, 그중엔 나를 화형시키자는 말도 나왔어. 하지만 국왕은 그렇게 하지 않았지. 날 화형에 처하면 오히려 저주받게 되는 것은 아닐까 두려웠던 거야."

"그래서 결국 동쪽 탑에 가둔 건가. 매정한 부모로군. 친딸을 '마녀' 라고 부르고 가두기까지 하다니."

"……."

"증오스럽지 않아? 그런 부모, 나라면 그야말로 집념으로 저주해서 죽일 만큼 원망할 텐데. 반드시."

그 말이 맞을지도 모른다. 그게 정상일지도 모른다.

'그래도 난…….'

알렉산드라는 작게 고개를 저었다.

"모르겠어."

"모른다니? 왜? 내가 꺼내주지 않았으면 넌 평생 거기에 갇혀 있었을걸. 새장에 갇힌 새보다 비참하게 살다가 허무하게 죽어갈 뿐이었을 거야."

확실히 그 말이 맞다.

누구에게도 보살핌 받지 못하고, 존재를 부정당하고 멸시받아 온 사람.

'그 사람이 나야.'

부모님도, 오빠도, 그토록 필사적으로 생명을 구하려고 돌봤던 동생마저 알렉산드라를 괴물 보듯 쳐다봤다.

그때의 일을 생각하면 마음속이 주체할 수 없을 만큼 떨리기 시작한다.

그래도 이 감정은 풀어야만 한다.

불쾌하고 괴로운 감정은 속에 담아두면 안 된다. 어딘가에 숨겨놓지 않으면 감당할 수 없을 정도로 날뛰어서 마음을 망가뜨린다.

"어쩔 수 없어."

알렉산드라는 입술을 깨물었다.

"그만큼 미지의 것에 대한 공포가 크다는 말이겠지. 부모님도 백성들도 마녀에 대해 잘 몰라. 그러니까 무서운 거야."

하지만 어떻게 행동해야 옳은 것이었을까? 다른 사람처

럼 세벨 숲의 마녀를 두려워하는 것처럼 행동했다면 괜찮았을까? 그녀에게 입은 은혜를 잊고 비난했다면 구원받았을까?

레오니다스가 갑자기 입을 열었다.

"너, 생각보다 멍청하군."

"머, 멍청해……? 내가……?"

"그래. 맞아. 구제불능의 멍청이야."

지금까지 한 번도 그런 말을 들어본 적 없었다. '총명'하다고 칭찬받은 적은 있었지만 멍청하다니, 게다가 구제불능의 멍청이라니.

"모욕하지 마. 사과해. 앞에 한 말 취소해."

"왜? 멍청해서 멍청하다고 했는데, 왜 사과해?"

"뭐라고?"

"마녀에게 들은 말로 네 감정을 속이고 있잖아. 모처럼 이몸이 그 탑에서 꺼내주고 자유롭게 풀어줬는데, 뭐야. 네 마음은 아직도 동쪽 탑에 갇혀 있잖아."

'내, 마음……?'

생각도 해본 적 없는 말에 알렉산드라는 입을 다물었다.

"난 그런 네가 조금도 안 무서워. 무서워하는 녀석들의 심리를 모르겠어. 대체 말이야. 대체, 네 마법이 왜 무서운 거지? 상처에 잘 듣는 약초를 알고 있고, 잠이 잘 오는 차를 만들 수 있다는데, 도리어 잘된 일이잖아. 난 네 마법이 두렵다고 멀리한다거나 하는 쓸데없는 짓은 안 해. 반대로

네 마법을 철저하게 이용해 주지."

"레오니다스……."

"아마 세벨 숲의 마녀는 네게 지식을 전해주면 어떻게 될지 알고 있었을걸. 네게 어떤 불행이 닥칠지 알면서도 네게 지식을 전수한 이유는 자신이 물려받은 지식이 사람들에게 얼마나 중요한 것인지 알고 있기 때문이야. 넌 마녀의 바람을 전수받은 거야. 넌 세벨 숲 마녀의 염원에 응할 의무가 있……."

거기까지 말하고 레오니다스는 갑자기 말을 멈췄다. 그의 시선이 허공을 헤맸다.

"……다고, 내가 말하니까 왠지 거짓말 같네. 우와. 안 어울려. 내가 말했지만 닭살 돋아."

그 말투에 알렉산드라는 그만 작게 웃음을 터뜨리고 말았다.

"진짜 그러네."

"이런 말은 디미트리오가 전공인데. 그 녀석은 어떤 거짓말이라도 뻔뻔한 얼굴로 하거든. 난 흉내도 못 내겠더라고."

알렉산드라는 투덜거리는 레오니다스의 얼굴을 눈으로만 흘끗 살폈다. 언제나 차가운 어둠 같았던 검은 눈이 지금은 조금이나마 다정하게 보였다.

혹시 위로받은 걸까?

'레오니다스에게?'

말도 안 돼. 레오니다스답지 않다.

그래도 조금은 기쁜 걸지도 모르겠다.

"맞아. 디미트리오는 정말 말재주가 좋더라. 여자도 잘 대해줄 것 같아."

레오니다스가 눈썹을 찌푸렸다.

"그 녀석에게 반하지는 마. 소중한 부관이거든. 여왕을 유혹했다 어쨌다 같은 이유로 처형하고 싶진 않아."

"그런 생각을 하다니, 당신이야말로 바보 아냐?"

확실히 디미트리오는 세심하다. 대수롭지 않게 하는 칭찬도 듣기 달콤하고, 기분 좋게 해준다.

그래도…….

'디미트리오를 좋아하게 되진 않아.'

그런 확신이 들었다.

내가 좋아하는 사람은 아마도…….

레오니다스의 목소리가 종잡을 수 없을 정도로 앞서 나가려는 생각을 가로막았다.

"그래서? 세벨 숲의 마녀는 지금 어떻게 됐어?"

알렉산드라는 작게 고개를 가로저었다.

"모르겠어. 그 뒤 바로 행방불명이 됐거든. 다들 죽었을 거라고 하지만……."

어쩌면 그때 세벨 숲의 마녀는 이미 죽음을 예감하고 있었던 걸까? 그래서 알렉산드라에게 그 책을 건네고 지식을 지켜달라고 말한 것일까?

"그러면 네가 최후의 마녀인가?"

레오니다스가 말했다.

"그렇다면 더욱 열심히 써먹어야겠군. 난 이용할 수 있는 건 최대한 이용하자는 주의거든."

"누가 이용당해 주겠대?"

딴 곳을 보며 부루퉁하게 대꾸하면서도, 알렉산드라의 마음은 무언가 알 수 없는 놀라움으로 가득 찼다.

이제껏 알렉산드라의 마법을 이용하겠다고 말한 사람은 한 명도 없었다. 모두 두려워하거나 떨기만 했지, 마녀가 지닌 지식을 가치 있게 받아들인 적은 없었는데⋯⋯.

'이상한 남자야.'

어릴 때에 동쪽 탑에 갇히게 되어 죽 그곳에서 자라 시집갈 나이가 될 때까지, 살아 있는 남자와 만난 것은 처음이라고 할 수 있었다.

그래도 책 속에서 그만큼 여러 남자를 보았다. 다정한 남자. 교활한 남자. 강한 남자. 한심한 남자. 책을 읽으면 남자가 어떤 생물인지 손에 잡힐 듯 이해되었다. 마치 살아 있는 남자가 바로 곁에 있는 것처럼.

그러나 레오니다스는 그중 어떤 남자와도 다르다. 어디가 다르냐고 묻는다면 대답하기 어렵다. 무엇이 다른지도 모르겠다. 허나 지금까지 읽은 책 속 어디에도 이런 남자는 없었다. 그것만큼은 확실하다.

살짝 혼란스러워하며 알렉산드라는 허브 정원을 뒤로하

고 걸음을 옮겼다.

당연하다는 듯 나란히 걷고 있던 레오니다스가 갑자기 발을 멈춘다.

"저게 뭐지?"

레오니다스의 시선을 따라가자 그곳에는 지하로 통하는 문이 있었다.

알렉산드라가 대답했다.

"아. 저긴 묘지로 들어가는 입구야. 지하에 역대 왕들의 무덤이 있어."

"야로슬라프 왕의 무덤도 있어?"

"응. 당연하지."

레오니다스의 눈이 반짝였다.

"그렇다면 경의를 표하기 위해 성묘 한번 해야지."

"성묘?"

"너도 같이 가자."

"내가 왜?"

알렉산드라는 빠져나가려고 저항했지만 부질없었다. 레오니다스에게 팔을 잡혀 질질 끌려서 지하 복도로 동행해야 했다.

빛이 들지 않는 지하는 어둑했고 공기는 싸늘하니 축축했다. 손으로 더듬거리며 좁은 통로를 빠져나오자 얼마 안 있어 넓은 장소가 나왔다.

알렉산드라도 동쪽 탑에 갇히기 전에 몇 번 온 적 있었다. 이곳이 바로 역대 왕들이 묻혀 있는 무덤이었다. 왕뿐만 아니라 왕족이라면 모두 이곳에 묻혔다. 그중에도 맨 안쪽에 있는 가장 커다란 무덤이 실바 초대 국왕 야로슬라프의 무덤이다.

레오니다스는 망설이지 않고 곧장 야로슬라프의 무덤으로 향하더니, 그 앞에서 발을 멈추고 미소 지었다.

"현왕 야로슬라프. 당신의 나라는 내가 접수한다."

레오니다스의 검은 눈 안에 조용한 불길이 타올랐다.

"미안하지만 당신의 후손은 얼간이들뿐이야. 저런 국왕에게 나라를 맡기면 머지않아 망해 버릴걸. 어차피 멸망할 거라면 내가 접수해도 상관없겠지?"

알렉산드라는 떨리는 마음으로 레오니다스의 독백을 듣고 있었다.

레오니다스의 말은 결코 거짓도 허세도 아니다.

조사하면 조사할수록 알렉산드라의 아버지를 비롯한 최근 몇 대의 국왕들은 현왕이라고 불리던 야로슬라프에 비해 지나치게 평범하다고밖에 표현할 말이 없었고, 알렉산드라도 그 사실에 공감했다. 국왕들은 머릿속에 백성에게 조금이라도 많은 세금을 쥐어짜 내어 사치를 부릴 일만 있는 것처럼 보였다.

그러한 국왕이 다스리는 나라라면 곧 어떻게 될 것인가?

알렉산드라는 그 대답을 알고 있었다. 동쪽 탑에 갇혀 있는 동안 읽은 수많은 책 속에 그 대답이 있었다.

국정을 제대로 운영해 나가지 못하는 왕이 다스리는 나라는 그다지 머지않은 미래에 곧 멸망하고 말 것이다.

나라가 망하게 된다면 나는? 나는 왜 지금 이렇게 이 남자 곁에 있는 걸까? 나 또한 레오니다스에게 침략당한 걸까?

한동안 미동도 하지 않던 레오니다스는 갑자기 한숨을 내쉬더니 야로슬라프 왕의 무덤에 꽂혀 있는 한 자루의 검으로 시선을 돌렸다.

길고 커다란 검. 레오니다스가 언제나 등 뒤에 메고 있는 검과 비교해도 손색이 없다.

"그건 야로슬라프의 검이야."

알렉산드라가 레오니다스에게 설명해 주려 했다.

"그 검은 실바 왕의 증표야. 실바의 왕으로 적합한 자만이 뽑을 수 있다고 전해 내려오지. 하지만 아직까지 그 검을 뽑은 사람은 한 사람도 없었어."

그러나 입을 열기도 전에, 레오니다스가 칼자루로 손을 뻗었다.

'뽑지 못하겠지.'

알렉산드라는 생각했다.

지금까지 여러 사람이 뽑으려 시도해 왔지만 그 검은 꿈쩍도 하지 않았다.

그랬는데……

"앗."

레오니다스가 검의 손잡이를 잡은 순간, 야로슬라프 왕의 검은 아무런 저항 없이 땅속에서부터 본모습을 스르륵 드러냈다.

그 모습에 빨려 들어갈 것 같다. 원래 주인을 되찾은 것처럼 야로슬라프의 검은 레오니다스의 손안에서 희미한 빛을 발하고 있었다.

"오. 꽤나 멋진 검이잖아."

레오니다스는 야로슬라프 왕의 검을 공중에 치켜들고 감탄 어린 소리를 냈다.

"손에 쥘 때의 감촉도 무게도 나무랄 데가 없어. 마치 날 위해 특별히 맞춘 것 같아. 이런 검은 만나보기 힘든데."

"그거, 어떻게 뽑았어?"

질문하는 알렉산드라의 목소리는 딱딱하게 떨리고 있었다.

"어떻게라니, 그냥 평범하게 슥 뽑았지."

"그거, 야로슬라프 왕의 검이야."

"어? 이게? 그건 대관식 때 사용하잖아? 틀림없이 국왕이나 왕태자가 가지고 갔을 거라고 생각했는데."

손에 쥔 검을 뚫어지게 바라보는 레오니다스에게 알렉산드라는 살짝 고개를 젓고 대답했다.

"아니. 틀렸어. 대관식에서 사용하는 검은 그 검을 본떠서 만든 가짜야. 그 가짜 검을 가져간 사람은 아마도 올렉 오라버니겠지."

왕태자인 올렉은 탐욕스럽고 집념이 강하다. 어릴 때의 기억에서 짧게나마 알고 있던 오빠는 그런 남자였다. 설령 나라를 버리고 달아나더라도 야로슬라프 왕의 검을 지니고 있으면 자신을 정당한 왕위계승자라고 주장할 수 있겠다고 생각했으리라.

"죽음을 앞둔 야로슬라프 왕은 죽기 직전에, 자신의 시신을 이곳에 묻고 그 표식으로 야로슬라프 왕을 왕의 자리로 이끈 이 검을 꽂아달라 했다고 해."

"그게 이 검인가."

"응. 유언대로 야로슬라프 왕은 여기에 묻혔어. 그런데 임종을 앞두고 수수께끼 같은 말을 하나 남겼지. '실바의 진정한 왕으로 적합한 자만이 검을 뽑을 수 있다'. 그게 야로슬라프 왕의 또 다른 유언이야."

레오니다스의 입가에 희미한 미소가 떠올랐다.

"그렇다는 건, 이 검을 뽑은 내가 실바의 진정한 왕이라는 뜻인가?"

"전설이 맞다면 그런 셈이지."

"하하. 어처구니없군."

레오니다스는 아주 우습다는 듯 웃음을 터뜨렸지만, 알렉산드라는 도무지 웃을 기분이 아니었다.

"하지만 그 검을 뽑은 사람은 이제껏 한 사람도 없어. 역대 왕들도 왕족도 전부. 물론 아버지와 오빠도 마찬가지야."

"그걸 내가 뽑아버렸군? 난 역시 대단해."

"……."

"뭐, 흥미진진한 이야기지만 그대로 받아들일 정도로 어수룩한 사람은 아니거든."

레오니다스가 웃음을 그쳤다. 검은 눈이 고요하게 알렉산드라의 파란 눈을 붙든다.

"그럼 묻겠는데, 이 검을 진심으로 뽑아보려고 한 놈이 지금까지 한 명이라도 있었어?"

"그건……."

"혹시라도 안 뽑히면 어떡하나. 왕으로 인정받지 못하겠지. 그런 생각으로 처음부터 뽑을 생각도 없는 놈만 있었던 거 아냐?"

레오니다스의 말은 일리가 있었다. 분명 그랬을 가능성도 무시할 수 없다.

'그렇지만…….'

알렉산드라가 아직 어렸고 마녀라고 불리기 전이었던 때, 오빠인 올렉에게 들었던 말을 떠올린다. 올렉은 야로슬라프 왕의 무덤으로 몰래 숨어들어 가서 검을 뽑으려고 해봤지만 검은 조금도 움직이지 않았다고 했다.

그때 올렉은 아직 소년이었고, 일단 체력이든 근력이든 어디로 보나 레오니다스가 그때의 올렉보다는 앞설 것도 당연했다. 단지 힘이 부족했기 때문일지도 모른다. 그렇긴 해도…….

"뭐 됐어. 이 검은 내가 갖고 있을게. 여차할 때 써먹을 수도 있을 것 같고, 게다가 모처럼 멋진 검인데 손질도 하지 않고 내버려 두는 건 아깝잖아."

고민에 빠진 알렉산드라와 다르게 레오니다스에게는 아무런 심각한 모습도 엿보기 어려웠다.

"그나저나 전설 따위에 겁먹고 가짜 야로슬라프 왕의 검까지 만들어 모조품을 대관식에서 사용해 왔다니, 실바 국왕들은 못 말리는 겁쟁이뿐이었군. 현왕 야로슬라프도 지금쯤 저 세상에서 통곡하고 있겠다."

"……."

"그건 그렇고, 너 왜 아직도 그런 옷 입고 있어?"

"뭐?"

느닷없이 전혀 다른 화제로 넘어가서, 알렉산드라는 순간 이야기에 따라가지 못하고 눈을 동그랗게 떴다.

"뭐……? 옷……?"

갑자기 옷 이야기는 왜 꺼내지?

레오니다스는 알렉산드라가 어리둥절해하든 말든 싹 무시하고 자신만의 논리를 역설했다.

"가뜩이나 색기 없으니까 그런 수수한 옷은 그만 입으라고 했잖아."

"새, 색기가 없어서 미안하게 됐네요."

"디미트리오가 널 위해 드레스와 보석을 준비해 뒀을 거야. 좀 차려입고 내 눈을 즐겁게 해줄 생각은 없어?"

"그럴 생각이 있을 리가 없잖아! 절대로 싫어!"

무심코 받아치듯 대꾸하자 레오니다스의 입술에서 상쾌한 웃음소리가 터져 나왔다.

알렉산드라는 고개를 휙 돌렸다. 그러나 알렉산드라의 가슴은 아직도 개운치 않은 생각으로 소용돌이치고 있었다.

레오니다스가 진정한 실바의 왕이라니, 말도 안 된다. 그럴 리가 없다.

그러나 실제로 야로슬라프 왕의 검은 레오니다스의 손에 의해 뽑혔다.

그 의미를 생각해야만 한다.

야로슬라프 왕은 본래 아크이라와 벤토스보다 서쪽에 있는, 북해와 가까운 마을 출신이라고 전설에 기록되어 있었다.

어릴 적부터 지혜와 용기가 뛰어났던 야로슬라프는 이십 대 중반이라는 어린 나이로 그때까지 지방 영주끼리 옥신각신 힘겨루기만 하고 있던 실바를 통일했다.

"야로슬라프 왕의 검은 그의 힘의 상징이구나. 야로슬라프가 실바의 국왕이 되기까지의 모든 전투를 그 검은 기억하고 있다는 건가—"

한숨지으며 알렉산드라는 야로슬라프 왕의 전설을 기록한 책을 덮었다.

야로슬로프 왕이 어째서 그런 수수께끼 같은 유언을 남

긴 것인지, 의문에 사로잡힌 알렉산드라는 우선 그의 생애에 관한 책을 펼쳐 보았다. 하지만 결과는 신통치 않았다.

실바에서 현왕 야로슬라프를 모르는 사람은 단 한 사람도 없을 것이다. 그런데도 야로슬라프 왕에 대해 기록한 서적은 너무 적었다.

야로슬라프 왕의 시대는 아득히 먼 옛날로 이제는 이미 전설이 되었다. 찾아보고 싶어도 확실한 것은 더 이상 알 수 없다.

알 수 없는 것은 레오니다스도 마찬가지.

레오니다스가 공식문서에 나타나기 시작한 시점은 그가 이그니스의 장군이 되었을 때부터이다. 그전의 일은 기록으로 거의 남아 있지 않다.

그나마 기록되어 있는 것은 기껏해야 소문이다. 하급귀족 출신이라는 말부터 신분이 낮은 농민의 자식이라느니 외국인이라느니 하다못해 어떤 국왕의 서자라는 둥, 도무지 믿을 수 없는 유언비어뿐이다.

"알 방법이 없구나. 속수무책이네."

알렉산드라는 아까보다도 크게 한 번 더 한숨을 쉬고 일어섰다.

어젯밤에도 늦게까지 책을 뒤적이느라 완전히 수면부족이었다. 눈꺼풀 안쪽이 욱신거린다. 머릿속이 무겁다. 바람을 쐬면 조금 상쾌해질까 싶어서 밖으로 나오니 발이 자연스럽게 허브 정원으로 향한다.

이용할 수 있는 것은 최대한 이용하겠다는 방침을 실현하려는지, 그 뒤로 레오니다스는 바로 부하들에게 명령해서 허브 정원을 정비하기 시작했다.

제멋대로 무성하게 난 잡초를 뽑고 더 넓은 토지를 허브 정원으로 만들기 위해 땅을 일구었다. 새로 일군 밭에는 알렉산드라의 지시에 따라 다양한 허브를 모아 재배했다. 그 수나 종류 면에서 이만큼 근사한 허브 정원은 어디에도 없을 것이다. 세벨 숲 마녀의 허브 정원일지언정 이곳의 절반도 따라오지 못한다.

잘 손질된 허브정원을 둘러보며 바람에 실려온 라벤더의 산뜻한 향기를 가슴속 깊이 들이쉬는데, 활기찬 목소리가 알렉산드라를 맞이했다.

"안녕하세요! 알렉산드라님!"

돌아보니 지난번에 알렉산드라가 상처를 치료해 줬던 젊은 병사였다. 그는 허브 정원을 정비하겠다는 레오니다스의 말에, 가장 먼저 그 역할에 지원했다고 한다.

"허브 정원을 잘 손질해 줘서 고마워."

알렉산드라가 미소 지으며 수고했다고 고마워하자 젊은 병사의 뺨이 발그레 물들었다.

"아뇨! 그게! 전⋯⋯."

젊은 여자에게 면역이 없는지 횡설수설하는 모습이 조금 귀엽다. 활짝 미소 짓는 알렉산드라에게 젊은 병사가 수줍게 말했다.

"저, 전, 병사가 되기 전에 집에서도 밭일을 해서 익숙합니다."

"이그니스 출신이야?"

"아뇨. 좀 더 동쪽에서 왔습니다. 가뭄 때문에 흉년이 계속되니까 공물을 바치고 나면 제가 먹을 쌀이 안 남길래, 그래서 병사가 되었지만, 좀처럼 검술이 늘지 않아서……."

알렉산드라는 그 대답을 듣고 눈썹을 살짝 찌푸렸다.

'어디나 마찬가지구나.'

실바만이 아니다. 어느 나라나 똑같은 병을 앓고 있다. 이상기후로 흉작이 일어나 기근과 빈곤으로 이어진다. 이 병을 고치려 한다면 그 나라의 왕은 상당한 각오를 하지 않으면 안 되리라.

근심이 알렉산드라의 마음을 얇은 베일처럼 덮었다. 그러나 젊은 병사는 그런 알렉산드라를 알아채지 못하고 필사적인 표정으로 말을 이었다.

"저기. 하지만, 전, 알렉산드라님께 감사하고 있습니다. 그런 풀을 바른다고 정말 나을까 처음에는 못 믿었지만 피도 바로 멈췄고 아픈 것도 덜해서 알렉산드라님은 정말 굉장하다고 놀라서, 그러니까 알렉산드라님께 도움을 드릴 수 있어서 엄청나게 기쁘고……."

말하면서 순식간에 얼굴이 새빨갛게 물든 젊은 병사를, 알렉산드라는 눈부신 무언가를 보는 기분으로 뚫어지게 바라보았다.

'어째서? 넌 날 왜 무서워하지 않지?'

레오니다스야 평범함과는 거리가 있는 남자니까 예외로 쳐도, 이 젊은 병사는 왜 알렉산드라를 향한 존경심을 숨김없이 드러내는 걸까?

그의 상처를 서양톱풀로 치료할 때 알렉산드라는 각오했었다. 예전에 가족에게 받은 시선과 똑같은 시선을 받게 되겠지 하고 체념하고 있었다.

그러나 레오니다스의 부하들은 누구 한 사람도 알렉산드라를 두려워하지 않는다. 오히려 위대한 마녀라며 존경한다.

요즘은 몸 상태가 좋지 않은 사람은 알렉산드라를 찾아가는 것이 당연해졌다. 그때마다 알렉산드라는 상처 입은 사람에게는 상처에 듣는 허브를, 감기 걸린 사람에게는 몸을 따뜻하게 해주는 차를, 악몽에 시달려 잠들지 못하는 사람에게는 마음을 진정시켜 주는 향을 처방해 주었다.

그들이 병이 나았다며 '전부 알렉산드라님 덕분입니다' 하고 웃어 보일 때마다 알렉산드라의 가슴은 옥죄듯 아파 왔다.

모두에게 소외받았었다. 사람들에게 미움받았었다.

자신은 그때와 조금도 달라지지 않았다.

그러면 도대체 무엇이 바뀐 것일까?

갑자기 쾌활한 목소리가 들려와 알렉산드라의 생각을 방

해했다.

"이것 봐라. 거기 너. 알렉산드라님께 치근대다니 백만 년은 일러."

디미트리오였다.

젊은 병사는 말 그대로 펄쩍 뛰었다.

"으악! 디, 디미트리오님. 저, 저, 저, 전, 치근대려던 게 아니라……."

"장군님께 들통 나면 큰일 난다. 저래 보여도 장군님은 질투가 심하시거든. 느닷없이 처형된다 해도 이상할 게 없어."

"히이익."

알렉산드라가 쓰게 웃으며 디미트리오를 나무랐다.

"디미트리오. 놀리는 건 거기까지 해."

"죄송합니다. 알렉산드라님. 이 녀석이 겁먹는 게 너무 재밌어서요."

"너도 진지하게 받아들이지 마. 레오니다스는 그런 짓 안 해."

"네. 알렉산드라님……."

풀이 죽어 고개 숙인 젊은 병사에게 알렉산드라가 말했다.

"혹시 네가 좋다면 다음에 허브에 대해 좀 가르쳐 줄까?"

"네? 정말이십니까?"

"그래. 근데 그 대신 열심히 공부해야 해."

"네! 열심히 하겠습니다!"

감격해서 허브 정원으로 달려가는 젊은 병사의 뒷모습을 눈으로 좇으며 다미트리오는 재밌는 듯이 웃었다.

"괜찮겠습니까? 알렉산드라님. 마녀의 비법을 다른 사람에게 알려줘도."

"괜찮아. 난 내가 알고 있는 지식을 독차지할 마음은 없어. 배우고 싶은 사람이 있다면 언제든지 가르쳐 줄 거야."

"욕심이 없으시군요, 알렉산드라님은."

디미트리오가 작게 한숨지었다.

"하긴 그게 알렉산드라님의 본받을 만한 면이죠."

"지금 그 말은 칭찬이야 욕이야?"

"물론 칭찬입니다."

디미트리오가 싱긋 웃었다.

이런 부분에서 디미트리오는 정말 여자를 잘 다룬다.

'그 남자도 조금은 보고 배우면 좋을 텐데……'

"뭐, 어쨌든 저 녀석에게는 잘된 일이네요."

디미트리오가 진지한 얼굴로 말했다.

"저 녀석, 먹고살 입을 하나라도 줄여보려고 용병이 되긴 했지만, 검술이 제자리걸음입니다. 전쟁터에서 살아남지 못할 건 불 보듯 뻔한 일이니까 다른 쪽에서 살 궁리를 찾는 편이 낫죠."

침묵이 흐른다.

더 이상 이곳에 머무르면 왠지 괴로운 기분이 들 것 같아서 알렉산드라는 허브 정원을 뒤로하고 천천히 걷기 시작했다. 디미트리오도 알렉산드라와 나란히 걸었다.

대화 한 마디도 나누지 않은 채, 두 사람은 성의 정문 근처까지 갔다. 바람을 타고 성 밖에서 웅성거리는 소리가 들렸다.

오늘은 왠지 평소보다 떠들썩하다. 성 앞에 사람들이 모여 있는 것 같다. 한두 명이 아니라 수많은 사람이.

알렉산드라가 신경 쓰고 있는 것을 눈치챘는지, 디미트리오가 이유를 알려주었다.

"아. 논밭에 물을 대는 관개공사 때문에 모여 있는 겁니다."

"관개공사?"

"네. 조사해 보니 남부지방에서 오 년 전 하천이 범람한 일 이후로 농작지가 전부 손대지 않은 채로 방치된 사실을 알게 되었습니다. 농민들도 거의 행방불명이고요. 하기야 오 년 전 하천 범람으로 많은 희생자가 나왔다니까 대부분 남아 있지 않겠죠."

알렉산드라는 입을 꾹 다물었다.

'역시나……'

보고서를 봤을 때 예상은 했지만 남부지방에 예상했던 사태가 벌어진 것이다.

"장군님은 사건의 원인이 된 강 자체의 물길을 바로 잡아서 또다시 범람하는 일이 없도록 할 생각이십니다. 그래서 온 나라에 전령을 보내서 포고를 내리셨죠."

"저 사람들에게 부역을 시키려고?"

부역은 세금의 일종이다. 물자가 아닌 노동력을 납부하는 것이다. 예를 들어 공사를 해야 하므로 마을마다 공사할 사람을 보내라는 포고를 내리면 영토 안에 있는 백성 모두 이에 거스르지 못한다. 농촌에서는 싫든 좋든 일손을 빼앗기는 셈이다.

그러나 알렉산드라의 기우와 달리 디미트리오는 작게 고개를 가로저었다.

"아닙니다. 지원자만 받았습니다. 용병을 징집하는 것과 비슷하겠군요."

"저들에게 급여를 주는 거야?"

"급여는 주지 않지만, 식료품이나 지낼 곳, 필요한 도구는 저희가 제공합니다."

"자금은 괜찮아? 아바마마가 도망가면서 값나가는 물건은 전부 가져갔다고 들었는데……."

"말씀하신 대로 금품은 남아 있지 않지만 식료창고에 다음 수확 시기까지 군사 전부 먹을 만큼의 식량이 남아 있었습니다. 역시 짐이 커지니까 가져가지 못했겠죠. 그리고 우리도 군자금이 제법 있습니다. 뭘 하든 돈은 필요하니까요."

그 말을 듣고 겨우 안도했다. 고개를 끄덕이는 알렉산드라에게 디미트리오가 덧붙였다.

"게다가 하천개수공사에 참가하는 자에게는 새롭게 개간한 농지를 싼값에 빌려주는 데다 삼 년간 세금도 완전히 면제입니다. 요즘은 어디에나 흉작이 계속된 탓에 가족을 먹여 살리기 힘들어졌습니다. 상당히 많은 사람이 모였어요."

망가진 밭을 열심히 갈아도 다시 못 쓰게 된다. 그런 생각으로는 누구라도 무기력하게 밭을 방치하게 된다. 그렇게 되지 않으려면 근본적인 개혁이 불가피하다.

물길을 바로잡고 자연재해를 견딜 밭을 새롭게 일군다. 그리고 그곳에 사람들을 정착하게 하여 작물의 생산량을 안정시킨다.

레오니다스의 방안은 트집 잡을 데 없이 올바르다.

"그는, 어떤 사람인 거지?"

알렉산드라가 무심코 중얼거렸다.

정작 국왕인 알렉산드라의 부친은 남부지방에서 일어난 참상을 오 년이라는 긴 시간 동안 전혀 돌아보지 않고 농촌이 붕괴되는 대로 내버려 두었다.

그러나 레오니다스는 실바에 온 지 며칠밖에 되지 않았지만, 국정이 혼란스러운 이유를 분명하게 밝히고 올바른 방향으로 이끌어간다.

이래서야 레오니다스가 훨씬 왕답지 않은가.

야로슬라프의 검에 대해 또다시 생각이 미친다.

어쩌면 야로슬라프 왕은 레오니다스야말로 진정한 왕이라고 인정한 것일까? 그래서 레오니다스가 그의 검을 뽑을 수 있었을까?

"장군님께 관심이 생기십니까?"

갑작스러운 질문에 정신이 돌아온다.

알렉산드라는 디미트리오의 미소에 힘없이 웃어주고 작게 고개를 저었다.

"누가 그런 남자를……."

"솔직하지 못하시네요."

"진심이야."

"알렉산드라님이 그렇게 말씀하신다면 그런 걸로 하겠습니다."

디미트리오는 후후, 웃고서 생각에 잠기듯 먼 곳을 바라봤다.

"알렉산드라님이 장군님을 어떻게 생각하고 계시는지는 알 수 없지만, 전 장군님이 겉보기에는 앞만 보고 무턱대고 달려나가는 사람 같지만 알고 보면 이것저것 머릿속으로 궁리하고 계시는 분이라고 생각합니다. 치밀하다고 할 수 있겠네요. 어떤 일이 어떻게 된다면 어떻게 될지, 앞일의 앞일까지 몇 가지 가능성을 미리 예상해 행동하신다고 할까요."

"그래? 동물적 본능을 최대한 개방시킨다는 느낌이었는데."

"여성 분 앞에서는 그럴지도 모르겠다는 말은, 알렉산드라님에게 해도 될 만한 말은 아니군요."

디미트리오의 입가에 쓴웃음이 피어올랐다.

"여자관계는 어쨌든 간에, 장군님은 서민이 가난하면 나라도 가난해진다고 생각하십니다. 바꿔 말하면 서민이 부유해지지 않으면 나라도 부유해지지 않는다는 말씀이지요."

"확실히 그 말이 맞아. 착취하는 데에는 한계가 있게 마련이지."

"장군님은 가난한 서민의 생활을 잘 알고 계십니다. 문제점이 어디에 있는지도 이해하시고요. 그 역시 본인이 어린 시절 가난한 생활을 경험했기 때문이겠죠."

디미트리오의 말에 알렉산드라가 살짝 놀랐다.

"레오니다스의 어린 시절에 대해 알고 있어?"

알렉산드라의 기세에 밀린 듯 디미트리오가 고개를 저었다.

"아…… 아뇨, 아마 그렇지 않을까 짐작할 뿐 사실은 모릅니다. 장군님은 가족이나 고향에 대해 전혀 말씀하지 않으시니까 뭔가 사연이 있지 않나 싶습니다."

"그렇구나."

아무도 레오니다스에 대해 알지 못한다. 장군 자리에 오르기 전의 일에 대해서는 수수께끼투성이다. 디미트리오가 알고 있는 게 있다면 꼭 가르쳐 주길 바랐는데…….

"저는 용병이 되고 나서 장군님과 만났습니다. 동기였

죠. 장군님이 여러 번 목숨을 구해줬습니다. 아무리 갚으려 해도 갚지 못할 은혜를 입었습니다. 그래서 온 힘을 다해 장군님이 꿈을 이루시는 것을 돕고 싶습니다."

"꿈……?"

"실바를 풍요로운 나라로 만들겠다는 꿈 말입니다. 그걸 위해서 지금 장군님은 최선을 다하고 계시지 않습니까?"

실바를 풍요로운 나라로 만든다? 저 남자가 진지하게 그런 걸 생각하고 있다고?

멍하니 있는데, 옆에서 디미트리오가 말한다.

"이런, 호랑이도 제 말 하면 온다더니."

"어……?"

"장군님이십니다. 아무래도 알렉산드라님을 찾고 있는 모양인데요."

디미트리오의 시선이 향한 대로 눈을 돌리니 유달리 커다란 검은 사람이 굉장한 기세로 다가오는 게 보여서…….

"헉."

놀라 달아나려는데 금방 따라잡혀 허리를 끌어 안겼다.

"이봐. 왜 도망가는 건데? 뭔가 켕기는 짓이라도 했어?"

"안 했어! 안 했지만, 다, 당신이 쫓아오니까……."

"쫓아오니까 도망친다니, 네가 고양이라도 돼?"

"야, 야옹…?"

풋 하고 누군가 웃음을 터뜨리는 소리가 들린다. 그쪽으로 시선을 획 돌리자 디미트리오가 배꼽 빠지게 웃고 있다.

"아무튼 잠깐 와봐."

"어? 왜, 왜?"

"볼일이 있으니까 그러지."

그러니까 무슨 볼일인데?

묻기도 전에 몸이 붕 뜬다.

"꺅."

저항할 새도 없이 레오니다스는 한 손으로 알렉산드라를 안아 올렸다.

"뭐하는 짓이야? 내려줘."

알렉산드라가 항의해 봤자 잠자코 들어줄 레오니다스가 아니다.

"괜찮으니까. 가만있어."

"혼자서 걸을 수 있어."

"안 돼. 이렇게 가는 편이 훨씬 빨라. 넌 툭하면 넘어지니까."

딱 잘라 하는 말에 반박할 수 없었다. 별수 없이 레오니다스의 목에 꼭 매달렸다. 디미트리오가 두 사람 뒤에서 싱글싱글 웃으며 손을 흔들었다. 아무래도 디미트리오는 철저하게 이 남자 편인 것 같다.

'아, 열 받아.'

이를 갈며 분해하는 동안 알렉산드라는 레오니다스에게 안겨 성안으로 들어갔다. 대체 어디로 데려가려는 건가 했더니 알렉산드라가 동쪽 탑을 나온 뒤로 사용하고 있는 방이었다.

레오니다스는 알렉산드라를 침대 위로 아무렇게나 내려 주고 단 한마디로 짧게 명령하듯 말했다.

"벗어."

"뭐?"

알렉산드라는 침대 위에서 뒷걸음질쳤다.

"싫어. 그…… 정식으로 결혼하기 전에는 안 된다고 했 잖아."

"됐고. 빨리 벗어."

"그래도……."

레오니다스는 겁먹고 움츠린 알렉산드라를 아랑곳하지 않고 제멋대로 알렉산드라의 짐을 풀고 안을 살펴보기 시 작했다.

그리고 얼마 지나지 않아 레오니다스는 커다란 손으로 진녹색 드레스를 골라 알렉산드라에게 내밀었다.

"어이. 어서 그 밋밋한 옷은 벗어버리고 이걸로 갈아입 어."

"응? 갈아입으라니?"

"시간 없어. 서둘러. 뭣하면 도와줄까? 이몸이 옷도 벗겨 줘?"

부들부들 떨며 고개를 젓고 알렉산드라가 말했다.

"괘, 괘, 괘, 괜찮아. 내, 내가 갈아입을게."

"그럼, 어서 갈아입어."

'대체, 뭐지? 뜬금없이 옷을 갈아입으라니……'

평소와 다르지는 않지만 지나치게 제멋대로다.

'설명 좀 해주면 안 되나.'

속으로 투덜투덜 불명하면서도 하는 수 없이 알렉산드라는 항상 입고 있던 검은 드레스를 벗어 던지고 레오니다스가 억지로 내민 녹색 드레스를 입었다. 옷 갈아입는 것을 빤히 쳐다보거나 하면 발로 차버리려고 했지만, 레오니다스도 배려는 해줄 셈인지 등을 돌리고 서서 알렉산드라가 옷을 다 갈아입을 때까지 기다려 주었다.

"다 입었어."

그 말에 뒤돌아본 레오니다스는 싱긋하고 얼굴에 미소를 지었다.

"나쁘지 않은데. 아니, 그 옷이 더 낫군."

"무슨 일인데? 설명 좀……."

"잠깐 조용히 해봐."

레오니다스가 가까이 다가와 알렉산드라의 목 뒤로 양손을 둘렀다. 피부에 차갑고 묵직한 것이 닿는다.

"아……."

이건, 보석?

알렉산드라의 목에는 초록빛 보석이 박힌 목걸이가 감겨 있었다.

"비취(翡翠)다."

레오니다스가 그 녹색 보석에 손끝을 대며 가만히 중얼

거렸다.

"저 멀리 있는 동쪽에서 들여온 거야. 널 위해서."

"날, 위해서?"

"생각한 대로야. 그 옷도, 보석도, 네 파란 눈과 잘 어울려."

'어울린다고? 나랑?'

치렁치렁한 소매와 옷자락이 질질 끌리는 드레스. 허리끈도 광택이 도는 녹색이다. 목에는 비취 목걸이를 걸고 있다. 알렉산드라는 비취라는 보석은 희소가치가 높아 매우 고가라는 사실을 책으로 읽어 알고 있었다.

지금 레오니다스에게 나는 어떻게 비쳐질까?

그렇게 생각한 순간, 가슴속 깊은 곳이 술렁거렸다.

'내가 동요하고 있나?'

겨우 이 정도의 일로?

지금처럼 동요한 적은 한 번도 없었다. 이렇게 가슴이 달콤하게 욱신거리는 듯한, 통증 같은 이상한 가슴 떨림은.

"준비도 마쳤으니 갈까?"

갑자기 레오니다스가 말했다.

"응? 어디로?"

되묻자, 레오니다스의 입가에 미소가 싱긋 피어올랐다.

"국경을 지나 아크이라로 간다."

"아크이라?"

"그래. 국경 근처 마을에 아는 사람이 와 있거든. 그 녀석에게 너와 결혼한 걸 보고하러 간다."

아크이라는 실바 국경에 인접한 나라이다.

실바와 비교도 안 될 만큼 넓어서 국토만 해도 실바의 열 배 이상은 된다.

자연의 축복을 받은 아크이라는 대지가 비옥하고 농사짓기에 알맞은 평지도 많은 데다 날씨도 온화하다. 비옥한 토질 덕에 기근에 시달린 적이 적어 아크이라는 안정된 풍요를 누리며 지금까지 번영해 왔다.

이를 뒷받침하듯 도성에서 떨어진 국경의 마을인데도 수로가 잘 정비되어 있어, 농지의 작물이 풍성하게 결실을 맺고 있다. 군데군데 모습을 드러낸 농촌의 풍경도 아름답다.

그러나 알렉산드라는 풍경을 즐길 여유 따위는 손톱만큼도 없었다. 그저 레오니다스의 팔 안에서 몸을 굳히고 말 등에 매달려 있기 바빴다.

"거참. 그렇게 무서워?"

레오니다스가 놀리듯이 속삭였다.

"이래 봬도 평소보다 천천히 달리고 있는 거야. 너 때문에."

일부러 '너 때문에'라고 강조하는 게 얄밉다.

'어쩔 수 없잖아!'

알렉산드라가 속으로 이를 갈았다.

말 같은 건 타보기는커녕 스쳐 지나간 적조차 없는데 무서러워하지 말라는 게 무리다.

"내, 내가…… 말 타고 싶다고…… 말한 적 없거든……."

강하게 불평을 토로해 봤자 그 목소리는 잘게 떨리고 있었다. 그뿐 아니라 흔들리는 말 등에서 혹시 혀를 깨물기라도 할까 봐 입을 크게 벌리지도 못했다.

이래서야 항의가 아니라 우는 소리일 뿐이다.

"더 이상 못해……. 대체 언제쯤에 도착하는 거야……?"

이번에는 정말로 우는 소리를 내자, 레오니다스가 엄청 신기하다는 듯 웃으며 말한다.

"뭐야. 평소의 기세는 어디 갔어?"

"그렇지만……."

"세상에는 승마를 굉장히 좋아하는 공주도 있던데, 같은 공주라도 차이가 크군."

"난 요조숙녀라 그래!"

시비 섞인 농담에 대꾸하면서도 마음속에 무언가가 걸리는 것을 느꼈다.

그것은 레오니다스가 방금 내뱉은 말이다.

'승마를 굉장히 좋아하는 공주'

그 말이 가슴으로 이어진 목 바로 안쪽에 탁 걸리고 메여서 왠지 모르게 기분이 팍 상한다.

'승마를 굉장히 좋아하는 공주라니……. 대체 누구지?'

적어도 알렉산드라는 아니라는 점은 분명했지만, 그 말이 불쾌하리만치 신경 쓰여 어쩔 수 없었다.

그렇게 말하는 레오니다스의 말투에는 특별한 감정이 담겨 있는 듯한 기분이 들었다. 단순히 아는 사람이거나 소문으로 들은 사람이 아니라, 좀 더 친밀한 사람을 떠올리며 하는 말처럼. 방금 한 말은 그렇게 느껴졌다.

디미트리오가 인정한 대로 레오니다스는 여자에게는 쉽게 손을 뻗는다. 지금까지 레오니다스가 만난 여자 중에 신분이 '공주'인 여성도 있었을지 모른다고 생각하니 상당히 불쾌하다.

레오니다스가 그 여자를 떠올리는 것이 마음에 들지 않았다. 그 여자와 자신을 비교하는 것을 용서할 수 없었다.

'뭐지? 이 감정은?'

마치 질투하는 것 같잖아. 레오니다스가 얼굴도 모르는 공주와 깊은 관계였던 것은 아닐까 의심하고, 불성실한 그를 탓한다.

'그럴 리가, 없어.'

마음속으로 부정해 봤지만 어딘가 기운이 없었다.

질투한다는 건 그만큼 그 사람을 마음에 두었다는 말이다. 보통 좋아하지 않는 상대에게 질투 같은 건 하지 않는다.

'내가 이 남자에게 마음을 주었다고?'

결코 그럴 리 없어.

그렇게 말 위에서 계속 흔들리다가 사방에 땅거미가 드리워질 무렵에야 숲 변두리에 있는 건물의 윤곽이 보였다.

돌로 쌓은 그 건물은 농가라기에는 너무 번듯했고 성채라기에는 산뜻한 기운이 감돌았다.

레오니다스는 건물 문가에 말을 세우고 문 앞에 서 있던 보초병에게 말을 걸었다.

"레오니다스가 왔다고 전하라."

이미 레오니다스의 방문을 어떤 식으로든 전한 듯했다. 두 보초병 중 한 사람이 누구인지 묻지도 않고 안으로 사라졌다. 또 다른 보초병이 다가와 말의 재갈을 잡았다.

레오니다스가 먼저 말에서 내려 알렉산드라에게 두 손을 내밀었다.

할 수만 있다면 이 남자의 손 따위는 빌리고 싶지 않았지만 말 등은 깜짝 놀랄 정도로 높았다. 여기에서 혼자 내려가는 일은 상당한 용기가 필요했다.

별수 없이 알렉산드라는 레오니다스에게 두 손을 내밀었다.

몸이 둥실 뜨더니 레오니다스의 가슴팍에 안겨 안착한다. 레오니다스의 체온에 몸이 감싸인 순간, 가슴속이 지끈 욱신거렸다.

그대로 땅바닥에 사뿐히 내려졌다.

왜 이럴까? 마음이 이상하게 두근거려서 시끄럽다. 그래서인지 레오디나스의 얼굴을 제대로 쳐다볼 수 없다. 이런 기분은 처음이었다. 혼란스러워서 고개를 숙였다.

그때.

"레오!"

갑작스레 문 안쪽에서 젊은 여인의 목소리가 울려 퍼졌다.

레오니다스의 온기가 알렉산드라에게서 멀어졌다.

매달리듯 레오니다스를 쳐다보자, 레오니다스의 시선은 이미 알렉산드라가 아닌 문 안에서 나오는 젊은 여인에게 돌아가 있었다.

"이야. 오랜만이야."

아까 알렉산드라를 안았던 팔로 지금은 젊은 여인을 다정하게 살짝 부둥켜안았다. 젊은 여인도 레오니다스의 널찍한 등에 손을 두르고 뺨에 가볍게 입을 맞춘다.

알렉산드라는 묵묵히 그저 친해 보이는 두 사람을 꼼짝 못하고 바라보았다.

가슴속에 바람이 휘몰아쳤다.

저 사람은 누구지?

물어보고 싶다. 알고 싶어.

왜 레오니다스를 '레오' 라고 부르는 걸까? 두 사람은 대체 무슨 사이야?

그러나 묻지 못한다. 알게 될 사실이 두렵다.

만약 '연인' 이라고 답하면 어떻게 반응해야 할지 모르겠으니까. 레오니다스는 분명히 알렉산드라를 '약혼자' 라고 나라 안팎으로 발표하기는 했지만 그것은 실바를 손에 넣으려는 방편일 뿐이다. 그에게는 야심만 있지 자신을 향한 사랑이나 애정 같은 감정은 결코 없다.

욱신.

가슴속에 무언가 날카로운 것에 찔린 듯한 통증이 느껴졌다.

가슴이 아프다. 괴롭다. 숨을 쉬지 못하겠다.

'그 여자를 좋아해?'

마음이 외친다.

'나보다 그 여자가 좋아?'

벌꿀 색의 머리카락. 따스한 호박(琥珀)색 눈동자. 장밋빛 드레스를 입은 그 여인은 무척 사랑스러웠다. 그녀의 빛나는 미소를 본 사람은 분명 단번에 그녀를 좋아하게 될 것이다.

반면에 자신은 어떤가? 빈약한 가슴. 말이 좋아 낭창거린다는 말이지, 마르기만 하고 색기 없는 몸매. 게다가 입만 열면 시건방진 소리뿐. 저 여인처럼 아름답게 미소 짓지 못한다.

줄곧 동쪽 탑에 갇혀 있었던 알렉산드라는 동년배의 젊은 여자를 마주하는 것이 처음이었다. 열등감이라는 감정을 태어나 처음 느낀 알렉산드라는 마음에 큰 타격을 입었다.

못 이기겠다. 내게 저 여인 같은 매력은 없다. 남자라면 누구나 내가 아닌 그녀를 택하겠지.

그렇다. 레오니다스도…….

"그만."

느닷없이 두 사람 사이를 갈라놓는 사람이 나타났다.

"이제 그만 그 더러운 손 치워."

그 젊은 남자는 키가 크고 놀라울 정도로 아름다웠다. 은빛 머리카락이 어우러져 마치 북유럽신화에 나오는 미(美)의 신 같다.

그러나 냉정하게 울리는 남자의 목소리는 새파랗게 갈린 칼처럼 날카로웠고, 레오니다스를 바라보는 물빛 눈동자는 얼음처럼 차가웠다.

"여어. 지크프리트."

목 언저리에 칼이 들어와 있는데도 레오니다스는 신경 쓰는 기색도 없었다. 살랑살랑 은빛 머리카락을 휘날리는 아름다운 남자에게 미소를 보낸다.

지크프리트라고 불린 남자는 칼끝을 레오니다스의 목에 바싹 대고서 몹시 불쾌한 듯한 목소리로 말했다.

"내 아내를 그 더러운 손으로 만지지 말라고 몇 번이나 말해야 하지?"

레오니다스가 대답하는 목소리에 긴장한 구석이라고는 조금도 없다.

"그렇게 딱딱한 소리 하지 마. 닳는 것도 아닌데."

지크프리트의 눈초리가 한층 얼어붙었다. 그 물빛 눈동자를 바라만 봐도 너무 차가워서 얼어버릴 것처럼.

"아니. 닳는다. 당연히 닳아. 그러니까 만지지 마. 보지

마. 얼씬도 하지 마. 내 말을 어기면 어떻게 되는지 알고 있을 텐데?"

"어이. 지크프리트. 여자들은 질투 많은 남자 싫어해."

"뭐? 지금 당장 거꾸로 매달리고 싶다고? 차라리 죽여 달라고 울부짖고 싶어질 만큼 고문 받고 싶다고?"

"할 수 있다면 해보시지. 똑같이 갚아줄 테니."

어린애처럼 말싸움하는 두 사람 사이를 가른 사람은 호박색 눈동자의 여인이었다.

"정말이지. 그만들 해. 레오도, 지크도."

똑 부러지는 말에 그녀보다 훨씬 덩치가 큰 두 남자가 입을 다문다.

"너희들이 그러고 있으니까 알렉산드라 공주가 겁내잖아. 저기요, 정말 대책 없는 사람들이죠?"

갑자기 웃으며 건네는 말에 알렉산드라는 눈을 깜박였다.

"어, 아, 전……."

머릿속에서 '겁내지 않았어요' 같은 말이나 '당신이 제 이름을 어떻게 알죠?' 같은 의문점이 소용돌이친다. 그러나 아무 말도 입 밖에 나오지 않는다.

멍하니 꼼짝 않고 서 있는 알렉산드라에게 느긋한 발걸음으로 다가온 장밋빛 드레스를 입은 여인은, 알렉산드라의 오른손을 양손으로 감싸고 미소 띤 얼굴로 말했다.

"에르윈이라고 해요. 잘 부탁해. 실바의 제일왕녀님."

에르윈.

기억 속 아크이라의 족보에서 그녀가 밝힌 이름을 찾아 낸다.

에르윈. 벤토스에서 시집온 아크이라의 왕태자비. 그리고 남편인 왕태자의 이름은 지크프리트…….

"아."

알렉산드라는 당황해서 걸치고 있던 외투의 모자를 제치고 무릎을 꿇어 앉으며 머리를 숙였다.

"처, 처음 인사 올립니다. 실바의 제일왕녀 알렉산드라입니다. 왕태자비 전하를 알아 뵙지 못하고 큰 무례를…….."

그러나 에르윈은 알렉산드라의 어깨에 손을 얹고 얼굴을 들어 올리라는 듯 살짝 재촉했다.

"괜찮아. 여긴 왕궁도 아니고, 요양 차 와 있는 참이니까. 그렇게 형식 차리지 않아도 돼."

"네……. 송구하옵니다."

"만나보고 싶었어. 그도 그럴 게, 저 레오가 결혼하겠다는 사람이니까. 어떤 사람일까 계속 이렇게 저렇게 상상하고 있었는데, 굉장히 귀여운 분이네. 레오가 빠진 이유도 알겠어."

아니에요.

그 말이 당장에라도 입 밖으로 튀어 나갈 것 같았다.

지금 거기에 있는 남자는 절 조금도 좋아하지 않아요. 저와 약혼한 이유는 실바를 손에 넣기 위해서죠. 저 남자는 야심을 이루기 위해서라면 무슨 짓이든 아무렇지도 않게 할 사람이에요.

'그래. 내 마음을 짓밟을 짓도……'

알렉산드라는 견딜 수 없이 아픈 가슴을 손으로 눌렀다.

그런 알렉산드라를 알아챘는지, 아니면 알고 있기에 구태여 아는 척 하지 않으려는 것인지, 에르윈은 보초병이 잡고 있는 말에게 눈을 돌렸다.

"저 검은 말을 타고 왔어?"

레오니다스가 대답했다.

"어. 내 말이야."

"좋은 말이네."

"당연하지. 난 좋은 말 아니면 안 타거든. 물론 여자도."

"어련하겠어."

에르윈은 레오니다스의 질 낮은 농담에 눈썹을 찌푸리고서 말에게 다가가 목덜미를 다정하게 쓰다듬었다.

"주인을 안 닮은 근사하고 좋은 아이네."

"시끄러워."

"아. 배가 이러지만 않았어도 한번 타보는 건데."

에르윈이 사랑스럽다는 듯 배에 양손을 댔다. 자세히 보니 장밋빛 드레스에 감춰진 배가 살짝 볼록하게 부풀어 있었다.

에르윈은 알렉산드라에게 행복한 웃음을 지었다.

"셋째야."

경축 드린다고 알렉산드라가 축하인사를 건네기 전에, 레오니다스가 따분한 듯 말참견을 했다.

"줄줄이 잘도 낳는군. 정말 뜨겁다니까."

지크프리트가 에르윈의 어깨를 끌어안고 레오니다스에게 의기양양한 웃음을 지었다.

"부러우면 부럽다고 솔직하게 말해."

"쳇."

"일단 일곱 명이 목표야. 더욱 분발해야지."

키가 큰 지크프리트가 몸을 굽혀 에르윈의 뺨에 키스했다. 에르윈은 웃으며 그 키스를 받았다. 그 모습을 보는 것만으로도 두 사람이 서로를 얼마나 사랑하는지 알 수 있었다.

"아이들은 내일 소개해 줄게."

지크프리트의 팔 안에서 말하는 에르윈은 보기 괴로울 정도로 행복해 보였다.

"멀리서부터 와서 피곤하지? 오늘 밤은 푹 쉬어."

"감사합니다."

부르는 대로 에르윈을 따라 건물 안으로 들어가는 알렉산드라의 마음은 속수무책으로 흔들리고 있었다.

레오니다스의 말 목덜미를 쓰다듬으며 에르윈이 했던 말을 듣고, 그제야 이해했다.

"아, 그래…… 그런 거구나."

승마를 굉장히 좋아하는 공주란 바로 이분이었다. 벤토스에서 시집온 아크이라의 왕태자비. 사랑스러운 에르윈. 누구에게나 사랑받는 에르윈.

레오니다스는 이분을 좋아하는 것이다.

"자. 뭐가 좋을까?"

눈앞에는 각양각색의 드레스와 리본 끈이 죽 늘어놓아져 있었다.

"이 파란 드레스가 괜찮을까? 분홍 드레스도 예쁘네. 아. 여기 자수 놓인 드레스도 포기 못하겠어. 아이참, 어쩌지."

에르윈은 들뜬 목소리로 말하면서 드레스를 이것저것 골라 번갈아가며 알렉산드라에게 신이 난 듯 입혀보았다.

"아유. 어쩌겠어? 알렉산드라가 예뻐서 뭘 입혀도 어울리는걸. 이럴 바엔 전부 입어볼래?"

오늘 아침.

레오니다스와 따로 배정받은 침실에서 홀로 눈뜬 알렉산드라는, 잠옷도 채 갈아입기 전에 에르윈에게 납치되었다.

어리둥절해하며 에르윈의 방으로 끌려가니 산더미처럼 쌓인 드레스가 기다리고 있었다. 저항할 새도 없이 에르윈의 옷 갈아입히기 인형이 된 알렉산드라는 곤혹스러웠다. 그러나 그런 알렉산드라의 당황스러워하는 모습마저 에르윈은 재밌어했다.

"자. 이 옷도 입어봐. 제일 어울리는 드레스를 찾는 거야."

연한 장밋빛 드레스를 건네받아 입으면서 알렉산드라는 조심스럽게 물었다.

"저기, 레오니다스는요?"

에르윈은 대수롭지 않게 대답했다.

"응, 지크랑 같이 나갔어."

"왕태자 전하와 같이요?"

책에서 본 내용이 맞다면 이그니스의 장군 레오니다스와 아크이라의 왕태자 지크프리트는 견원지간일 터이다. 이곳에 오자마자 한바탕 말싸움을 벌이기도 했고 말이다.

'하지만, 두 사람이 그러는 건 에르윈님 때문일까?'

알렉산드라의 상상대로 레오니다스가 에르윈을 좋아하는 것이라면, 에르윈의 남편인 지크프리트는 거추장스러운 존재일 것이다. 또한 지크프리트 입장에서도 레오니다스는 사랑스러운 부인에게 치근대는 무례한 남자일 텐데.

"레오가 걱정되니?"

갑작스러운 질문에 알렉산드라는 고개를 저었다.

"아, 아뇨. 그게 아니라. 그저 레오니다스와 왕태자 전하는 사이가 좋지 않다고 알고 있었으니까 의외라서……."

"사실이야. 그 두 사람은 만났다 하면 늘 저런 식이거든. 곤란하게도."

에르윈이 어깨를 으쓱했다.

"처음엔 놀라기도 했지만, 요즘엔 두 사람 나름대로 사이가 좋다는 증거일지도 모르겠다는 생각이 들기 시작했어."

"사이가 좋다는 증거, 인가요?"

"그래. 두 사람은 어딘가 닮은 구석이 있는 것 같아. 예를 들면, 자기 혼자 멋대로 고독에 빠져 버리는 것 같은 느낌이 있다고 할까?"

알렉산드라는 에르윈의 말을 이해할 수 없었다.

"하지만 왕태자 전하에게는 에르윈님이 계시잖아요."

"그건 그렇지. 그래도 지크에겐 내가 결코 달래줄 수 없는 고독이 있어. 그래서 지크가 외로워할 때 적어도 곁에 있어주려고 해."

"……"

"레오에게도 그런 사람이 생겨서 기뻐. 그는 아주 섬세한 사람이야. 사람의 마음을 너무 잘 알지. 그래서 지금까지 많은 아픔도 겪어왔을 거야."

그럴지도 모른다. 에르윈의 말이 옳을지도 모른다.

하지만……

'난 그 남자에 대해 아무것도 몰라.'

저도 모르게 표정이 어두워지고 말았는지도 모르겠다. 알렉산드라를 기운 나게 하려는 듯 에르윈이 말했다.

"괜찮을 거야. 레오를 믿어봐."

"에르윈님."

"자. 신사 분들은 신사 분들끼리 이야기 나누라고 하고, 지금은 여자끼리 즐겁게 보내자."

"……"

"나 막내라서, 사실은 여동생이 있었으면 했어. 알렉산 드라와 함께 있으니까 여동생이 생긴 것 같아서 좋아. 더군 다나 지금은 이렇게 배가 불러서 입을 수 있는 드레스도 별 로 없거든. 내가 치장하고 싶은 만큼 알렉산드라가 대신 멋 부려 줬으면 해."

알렉산드라의 마음을 흔드는 배려심이 느껴진다.

'이분은 어쩌면 이렇게 멋질까.'

그 남자가 이분을 좋아하는 마음도 이해된다.

알렉산드라는 에르윈의 눈을 마주 보고 말했다.

"에르윈님. 정말로 감사드립니다."

미소 띤 호박색 눈동자는 알렉산드라의 마음에 소용돌이 치는 어쩔 수 없는 패배감마저 녹여 버릴 만큼 따뜻했다.

어둠 속에서 무심코 한숨이 흘러나왔다.

잠이 안 와.

어젯밤에도 피곤하긴 했지만 도통 제대로 잠들지 못했 다.

그러나 오늘 밤은 어제 잠들지 못한 것과는 다른 이유로 졸음이 가셔서, 아무리 시간이 지나도 잠들 수 없었다.

알렉산드라는 조용히 일어나 숄을 걸치고 어두운 방을 손으로 더듬어 나섰다.

마침 오늘 밤은 십오야의 보름달이 떴다. 한밤중에도 복 도에 푸른 달빛이 가득 차서 촛대도 필요 없을 정도였다.

천천히 정원으로 내려가니, 이름 모를 나무가 가지에서 흘러넘치듯 꽃을 피워 달콤한 향기가 감돌고 있었다. 실바에서는 본 적 없는 식물이었다.

그 향기를 가슴 깊숙이 들이마시며 그 나무의 뿌리 부근에 마련해 놓은 기다란 나무의자에 앉았을 때, 갑자기 바로 가까이에서 누군가의 기척이 느껴졌다.

깜짝 놀라 소리가 난 곳을 바라보니 복도의 원기둥이 드리운 그림자에서 키 큰 남자가 모습을 드러냈다.

"레오니다스? 뭐야. 놀랐잖아."

알렉산드라가 불평했지만 그에 대답하지 않고 다가온 레오니다스가 잔잔한 목소리로 말했다.

"무슨 일이야? 이 야밤에. 잠이 안 와?"

"맞아. 잠드는 게 왠지 아까워서."

"아깝다고?"

"응. 분명 오늘 너무 즐거워서 그런가 봐."

레오니다스와 지크프리트는 저녁이 다 되어서야 돌아왔다. 그때까지 알렉산드라는 에르윈과 그녀의 두 아이와 함께 한가로이 보냈다.

에르윈의 아이들은 첫째가 아버지에게 은빛 머리카락을 물려받은 남자아이였고 둘째 역시 똑같이 은발이지만 약간 벌꿀 색이 섞여 있어서 어머니 쪽의 피도 물려받은 듯한 여자아이였다.

영리한 왕자님은 어린데도 불구하고 또렷하게 인사해 주

었지만 공주님은 수줍은지 에르윈의 치맛자락에 숨어 좀처럼 얼굴을 보여주지 않았다.

강하고 현명한 아버지. 자상한 어머니. 귀여운 아이들.

그림 같은 행복이 그곳에 있었다.

알렉산드라가 아직 어리고 마녀로 불리기 전에는 자신의 가족도 다른 사람에게 똑같이 보였을지도 모른다. 알렉산드라의 부모는 평범한 사람이었지만 가족끼리 그런대로 사이가 좋았고 그래서 행복했다.

레오니다스는 단지 '그래' 라는 한마디 말만 하고, 허락을 구하지 않은 채 마음대로 알렉산드라의 옆자리에 앉았다.

변함없이 제멋대로인 남자.

그래도 지금 이 순간만은 이 남자의 제멋대로인 점이 약간 고마웠다. 이런 생각을 한다는 것은,

'혹시 내가 외로운 걸까?'

그러나 알렉산드라는 방금 한 생각을 스스로 부정했다.

'아니, 틀려.'

몇 년 동안 동쪽 탑에서 홀로 살았다. 부모님과 오빠, 동생, 백성 모두에게 마녀라고 손가락질당하고 이해받지 못했어도 단 한 번도 외로운 적은 없었다.

그랬던 자신이 겨우 이런 일로 이제 와서 '외롭다' 고 느낄 리가 없다.

방금 전에 떠오른 감정을 마음 한쪽 구석으로 밀어내면

서 알렉산드라가 레오니다스에게 물었다.

"왕태자 전하와 무슨 대화 했어?"

에르윈은 신사 분들끼리 나눌 이야기가 있다고 했다. 그 말대로 레오니다스가 일부러 특별히 아크이라의 왕태자와 옛정을 다지러 온 것만은 아닐 것이다.

"딱히. 특별한 이야기는 아니었어. 우리 결혼식에 반드시 참석하라는 얘기였지."

그 말을 듣고 알렉산드라는 레오니다스의 의도를 손에 잡힐 듯 이해했다.

"그래. 아크이라의 왕태자 전하가 우리 결혼식에 참석한다는 건 결국 아크이라가 날 실바의 여왕으로 인정한다는 뜻이 되니까. 아크이라가 실바를 후원해 준다면 이그니스 왕도 경솔하게 움직이지는 못할 테고 말이야."

알렉산드라의 말에 레오니다스가 쓰게 웃으며 어깨를 으쓱했다.

"정말이지. 넌 머리가 좋아."

"그래도 의외인걸. 당신이랑 지크프리트님이 그렇게 사이가 좋다니."

"사이 안 좋거든. 봤잖아. 마주치기만 하면 바로 싸운다고."

"그럼, 지크프리트님을 왜 만나러 온 거야?"

날카롭게 파고들자 허를 찔린 듯 레오니다스는 한순간 입을 다물더니 약간 진중한 어조로 말을 꺼냈다.

"그야 뭐, 그 녀석 말고는 대화가 통하는 놈이 없으니까."

"지크프리트님이 유능하다는 걸 인정하는구나."

"유능한 게 아니고 음흉한 거야, 그 녀석은. 다들 그 곱상한 얼굴에 속아서 그 녀석이 원래 얼마나 야비한 성격인지 알아채지 못하고 있는 거야."

"정말. 솔직하지 못하네."

정작 지크프리트의 능력을 가장 높이 평가하는 사람은 본인이면서.

"아무튼 당분간 아크이라와 소란을 벌일 생각은 없어."

"그래."

"이몸 말고는 아크이라를 공격할 근성 있는 놈이 없을 테니, 아크이라는 당분간 무사태평하겠지. 그동안 지크프리트가 왕이 되면 더 발전할 거고."

"맞아."

알렉산드라도 그 말에 순순히 수긍했다.

실바에서 아크이라로 향하는 국경을 넘자마자 길이 넓게 정비되어 있었다. 경작지에는 작물이 풍성하게 결실을 맺었고 농가에서는 한가로이 부뚜막의 연기가 올라갔다.

그와 반대로 실바에서는 버려진 마을을 여러 번 보았다. 쓰러진 건물. 잡초로 뒤덮인 농지.

계속 번영하고 있는 나라와 쇠퇴일로를 걸어온 나라의 차이를 뼈저리게 느꼈다.

그리고 조국 실바를 그렇게 만든 원인은 역대 국왕들에게 있었다. 알렉산드라의 아버지도 그중 한 사람.

"실바는 풍요로운 나라가 될 수 있을까."

알렉산드라의 물음에 레오니다스는 딱 잘라 대답했다.

"당연하지. 손쓸 방법이 없다면 모르지만, 해야 할 일은 널렸으니까."

확실히 맞는 말이다. 알렉산드라의 아버지인 국왕이 아무 조치도 취하지 않은 만큼, 앞으로 할 일은 잔뜩 있었다. 아니, 그보다 하지 않으면 안 될 일이 많다고 해야 할까.

레오니다스는 잘해 나가고 있다. 그 근면함과 견실함은 칭찬해주고 싶었다.

'어째서.'

알렉산드라는 마음속으로 동요했다.

'어째서 건방지고 야만적이고 난폭한 남자인 채로 있어주지 않는 거야?'

만약 그랬더라면 지금처럼 혼란스럽지 않았을 텐데. 이다지도 치밀하고 건설적이고 약간은 섬세한 남자라는 사실을 몰랐다면, 끝까지 싫어할 수 있었을 텐데.

어느샌가 레오니다스가 곁에 있는 것이 익숙해졌다.

'이상해.'

내가 낯설게 느껴져.

알렉산드라가 멍하니 생각에 잠겨 있는데, 레오니다스가 느닷없이 알렉산드라의 금발을 그러쥐었다.

"머리, 풀어버렸네."

퍼뜩 정신이 든 알렉산드라는 곁눈질로 레오니다스를 한 번 흘끗 쳐다봤다.

에르윈은 자신이 갖고 있는 드레스 전부를 번갈아가며 알렉산드라에게 갈아입혀 본 후에, 마무리하듯 알렉산드라의 금빛 머리카락을 묶어주었다.

머리를 처음 묶어봐서 쑥스럽긴 했지만 제가 보기에도 나름대로 잘 어울린다고 생각했다. 에르윈도 귀엽다느니 예쁘다느니 대놓고 무조건 칭찬했다.

하지만 눈앞의 이 남자는 그런 알렉산드라를 힐끗 쳐다 봤을 뿐이었다. 완전 무반응이었다. 전혀 관심이 없구나 생각하고 있었다. 내가 머리를 묶든 말든 이 남자에게는 어찌되든 좋은 일인 거야, 하고 살짝 토라져 있었는데…….

"풀지 않으면 잘 때 불편하잖아."

고개를 돌리고 부루퉁하게 말하자, 레오니다스가 약간 아쉽다는 듯 중얼거렸다.

"그런가. 꽤 어울렸는데."

겨우 말 한마디로 기분이 들뜨다니 스스로 생각해도 조금 이상하다. 그럼에도 불구하고 어울린다는 칭찬이 견딜 수 없이 기쁘다.

알렉산드라는 기쁜 마음을 애써 감추며 되도록 쌀쌀맞게 말했다.

"내일 아침에 에르윈님이 다시 묶어주신대."

"그렇군. 우리 부대는 남자밖에 없으니까. 네 시중 들 여자도 필요할까."

"그런 걱정하지 않아도 돼. 혼자 알아서 할 수 있어."

"그래도 넌 그냥 내버려 두면 도통 색기 없는 차림만 하고 있으니까."

"쓸데없는 참견이야."

결국 평소처럼 아웅다웅하고 말았지만, 아직도 가슴이 두근두근하다.

에르윈의 말이 머릿속에 떠올랐다. 갖고 있는 드레스를 전부 입혀본 후 에르윈은 한숨을 쉬며 이렇게 말했다.

「뭘 입어도 예쁘긴 한데, 처음 만난 날 입고 온 녹색 드레스가 알렉산드라에게 가장 잘 어울렸던 것 같아.」

그 드레스는 레오니다스가 알렉산드라의 짐에서 골랐던 옷이다.

「혹시 레오가 골라 줬어?」

그 질문에 알렉산드라는 순순히 수긍했다. 이 멋진 분 앞에서 억지 부릴 수는 없었다.

에르윈은 호박색 눈동자에 진한 웃음을 띠고 즐거운 듯 목소리를 높였다.

「왠지 화나. 결국 알렉산드라를 제일 잘 알고 있는 사람은 역시 레오라는 말이잖아.」

'그런가?'

정말로 그런 걸까?

스스로 묻자 마음이 들떠서 술렁거렸다.

레오니다스가 가장 자신을 잘 이해하고 있다니. 그만큼 알렉산드라를 마음에 두고 있다는 뜻일까?

생각만으로도 가슴이 두근두근 설레는 이유는 왜지?

마치 레오니다스를 사랑이라도 하는 것처럼.

'사랑?'

스스로의 생각에 놀라 알렉산드라는 작게 고개를 저었다.

그렇지 않아. 그럴 리 없어.

왜냐하면 이 남자는 야만적이고, 오만하고, 이기적이고, 다른 사람 이야기도 전혀 듣지 않는 데다가 여자관계도 복잡하고…….

속으로 죽을힘을 다해 레오니다스의 험담을 죽 내뱉고 있는데, 레오니다스가 의심스러운 듯 물었다.

"이봐. 왜 그래?"

"응? 아니, 아, 아, 아, 아무것도…….''

'싫다. 나 정말 왜 이러지?'

그 순간을 얼버무리려고 알렉산드라는 허둥대며 다른 화젯거리를 찾았다.

"그게, 그렇지. 맞아. 에르윈님. 에르윈님."

"에르윈이 왜?"

"당신, 사실 에르윈님 좋아하지?"

정곡을 찔러 당황해할 줄 알았다. 그러나 레오니다스는

당황하기는커녕 입가에 싱긋 미소를 띠고 알렉산드라의 파란 눈을 빤히 쳐다보았다.

"뭐야? 질투해?"

"서, 서, 서, 설마! 누가 질투한다고 그래!"

"쑥스러워하긴. 귀엽게."

"쑥스럽지 않거든!"

레오니다스는 작게 소리 내어 웃고는 약간 목소리를 낮춰 말했다.

"하긴, 예전에 그 녀석을 납치해서 내 걸로 하려 했던 적도 있긴 해."

"그래서 어떻게 됐는데?"

"지크프리트한테 걸려서 고문당할 뻔했지."

"저런."

알렉산드라의 머릿속에 언젠가 디미트리오에게 들었던 말이 스쳐 지나갔다.

"다른 남자의 부인에게 반해서 납치하고 결국 화가 잔뜩 난 그 남편에게 고문당할 지경에 이르는 것보다야 훨씬 낫긴 합니다만."

그럼 그 말은 단순히 농담이 아니라 진짜 있었던 일이었던 것이다. 그것도 납치한 상대가 에르윈이었다니!

"이 바보야! 에르윈님께 무슨 짓을 한 거야!"

화난 만큼 레오니다스의 머리를 딱딱 때리자, 레오니다스는 아프다는 듯 피하면서 변명했다.

"그 부부, 정략결혼인데다 사이가 잘 안 풀리는 줄 알았지."

"뭐?"

"부부간의 불화를 이용해서 에르윈을 내 걸로 삼으면 지크프리트가 수치를 겪을 테고, 잘만 하면 레오니다스가 엄청 화나서 이그니스를 공격할지도 모르잖아. 난 아크이라에 쳐들어가 그 녀석에게 렉터 전투에서의 빚을 갚아줄 생각으로 가득했지만, 이그니스 왕이 완전히 겁먹어선 절대로 아크이라를 건들지 말라고 하니까 손끝 하나 대지도 못하고 조바심만 났지."

구차한 변명이다. 너무 제멋대로라 두통까지 나서 알렉산드라는 관자놀이에 손을 짚었다.

"……어이없는 얘기네. 게다가 실패했고."

"별수 있나. 그 두 사람이 그 정도로 깨가 쏟아질 줄은 예상도 못했어."

"예상도 못한 게 아니라 조사가 부족했겠지. 어쨌든 당신의 패배야. 우선 지크프리트님이 너무 멋지잖아. 적수가 안 되지. 포기해."

단호한 말에 레오니다스가 어깨를 으쓱했다.

"쳇. 왜 여자들은 그런 곱상한 남자를 좋아하지? 나도 잘생겼는데."

"거울이나 한번 보고 얘기해."

"뭐. 됐어. 에르윈은 나와 어울리지 않는 여자야."

의외의 말이라 알렉산드라는 저도 모르게 레오니다스의 얼굴을 쳐다봤다. 레오니다스는 알렉산드라를 보고 있지 않았다. 그 검은 눈은 어딘가 먼 곳을 향해 있다.

"그 녀석은 고원의 양지에서 따사로운 햇볕을 받으며 산들바람을 쐬는 작은 꽃 같은 여자니까."

"아……."

"내 마음대로 꺾으면 안 되는 꽃이라는 건 처음부터 알고 있었어."

레오니다스의 얼굴을 더 이상 쳐다보고 있을 수 없어서 알렉산드라는 눈을 돌리고 고개를 숙였다.

'뭐야.'

가슴속이 무언가 분노 비슷한 감정으로 복받친다.

'뭐야. 역시 에르윈님을 좋아했잖아.'

진심으로 좋아했으니까 놓아줄 수밖에 없었다.

레오니다스의 검은 눈동자가 그렇게 말하고 있는 듯한 기분이 들었다.

진심으로 좋아하는 여자니까 행복하게 만들어 주고 싶었던 것이다.

'그럼, 난?'

레오니다스는 처음 만난 그날 알렉산드라를 능욕하려고 했다. 일단 모면할 수 있었지만, 알렉산드라의 운명은 실바의 미래와 함께 레오니다스에게 잡혀 있는 상태 그대로였다.

'난 좋아하지 않으니까 내 마음, 내 몸, 내 생활방식 같은 건 모조리 짓밟아도 상관없다는 말이야? 레오니다스에게 난 그 정도 여자밖에 안 되는 거야?'

가슴 안쪽에서 무언가 급격하게 치밀어 올랐다.

비참함이었다.

순식간에 비참한 감정이 가슴을 가득 메운다. 아무리 메워도 성이 차지 않는지 온몸에 부풀어 올라 속수무책으로 흘러넘친다.

결국 알렉산드라는 참지 못하고 일어섰다.

'벗어나야 해.'

누가 쫓아오기라도 하듯 그 생각이 머릿속에서 빙글빙글 맴돌고 있다.

'여기에서 벗어나자.'

빨리. 어서.

레오니다스의 곁에 있고 싶지 않았다. 이 남자가 가까이에 있기만 해도 알렉산드라는 이상해졌다.

가슴이 괴롭다. 마치 무언가 끔찍한 것이 가슴을 물어뜯고 나오는 기분이다. 너무 아파서 이제는 숨도 쉴 수 없다.

하지만 한 걸음도 내딛지 못하고 레오니다스의 품에 끌어안겼다.

"어이. 왜 그래? 표정이 이상하잖아."

그 말을 듣고서야 알렉산드라는 자신이 지금 울기 직전이라는 사실을 깨달았다.

"당신이랑 상관없는 일이야."

딱 잘라 말했지만, 레오니다스는 듣는 척도 하지 않았다.

"뭐야. 역시 질투 나?"

"나, 난 질투 따위……."

레오니다스의 숨이 귓불을 지분댔다. 그것만으로 몸속에 쭈뼛하고 뜨거운 전율이 흐른다.

"하지 마! 싫어! 이거 놔!"

알렉산드라는 몸을 비틀어보려고 했다. 그러나 뒤에서 강하게 안겨 옴짝달싹할 수 없었다. 레오니다스의 넓은 가슴은 감옥 같았다. 알렉산드라를 붙잡고 놓아주지 않았다.

절망으로 허덕거리는 알렉산드라의 가슴을 레오니다스가 커다란 손으로 더듬었다. 목덜미를 타고 내려가는 키스. 어디선가 콕콕 쑤시는 저릿한 감각이 몰려든다. 허리 안쪽에 한데 모여 등줄기를 타고 기어오른다.

"싫어! 그만해! 그만!"

자신의 변화가 두려웠다.

"이런 짓 해도 된다고 허락한 기억 없어!"

있는 힘껏 소리쳤다.

레오니다스가 귓불을 깨물며 비웃듯이 말했다.

"괜찮겠어? 큰 소리 내면 사람들 깰 텐데."

"윽."

"나랑 이러고 있는 걸 보여줘도 상관없나 봐?"

그런 말을 들으니 입을 다물 수밖에 없었다.

참아보려 두 눈을 꼭 감고 입술을 깨문다.

기분이 좋아졌는지 레오니다스의 손이 더욱 대담해졌다.

잠옷 위를 더듬어 가슴 위의 뾰족한 부분을 찾아내고 손가락 두 개로 집는다. 민감한 부위가 잠옷과 함께 쓸려서 알렉산드라의 의지와는 상관없이 몸이 제멋대로 움찔 뛰어오른다.

"느꼈어?"

귓가에 대고 불어넣는 속삭임.

알렉산드라는 입술을 깨물고 고개를 젓는 것으로 대답을 대신했다.

"고집이 세군."

레오니다스가 웃었다.

"좀 더 솔직해지라고. 그러면 인생이 즐거워지니까."

"그런 거, 무리야……."

깨물었던 입술을 살짝 열어 한숨과 함께 짜내듯 내뱉었지만, 그 한숨이 너무 달콤했던 것을 분명 레오니다스도 눈치챈 듯싶다.

가슴을 더듬는 손과 반대쪽 손이 잠옷의 옷자락을 걷어 올렸다. 허벅지를 느릿하게 기어 다니는 손이 알렉산드라에게 새로운 열기를 가져다주었다.

"아……."

한번 입술을 여니 다시 다물 수 없었다. 벌어진 입술 틈으로 아까보다 훨씬 달콤한 신음이 흘러나왔다.

이것이 쾌락일까?

몸을 가득 채우는, 자신도 모르게 가까이 다가오는 난폭한 느낌.

그 느낌이 기분 좋은지 나쁜지 알렉산드라는 알 수 없었다. 알고 있는 것은 일단 쾌락에 붙잡히게 되면 저항하지 못한다는 사실 뿐.

이렇게 레오니다스에게 몸과 마음을 유린당하는 것일까?

자신이 아닌 다른 여자를 좋아하는 남자에게 모든 것을 빼앗기게 되는 걸까.

순간, 복받쳐 오르는 눈물을 참지 못했다.

"흑, 흐윽……."

멈추지 못한 눈물이 흘러넘친다. 뺨을 타고 내려간 눈물이 가슴을 만지는 레오니다스의 손 위에도 떨어진다.

"어이. 너, 울어?"

역시 알아챈 모양이다. 레오니다스의 손에 힘이 빠진다.

"이럴 때 우는 건 비겁하지 않냐."

비겁한 사람이 누군데?

받아치고 싶었지만 눈물을 쏟느라 말이 나오지 않았다.

"흐윽, 흑, 흑, 흑……."

레오니다스는 손을 놓고서 울고 있는 알렉산드라를 자신과 마주 보도록 돌려 끌어안았다.

"이거 참. 널 어쩌면 좋냐."

레오니다스는 투덜거리며 알렉산드라의 머리를 가볍게 토닥거렸다. 어린아이를 달래는 것 같은 행동이 왠지 모르게 기분 좋았다.

"괜찮아. 그래, 마음껏 울어."

귓불에 닿는 속삭임.

"내가 이렇게 안고 있을 테니까 울고 싶은 만큼 울어."

그 말이 가슴 속에 감미롭게 스며들어 알렉산드라의 경직되어 떨리는 마음을 살포시 꼭 껴안았다.

'왜?'

알렉산드라는 속으로 레오니다스에게 물었다.

'왜 그렇게 다정하게 구는 거야?'

교활해.

항상 난폭하고 오만하면서, 이쪽의 기분이 어떤지는 조금도 생각해 주지 않으면서 왜 이럴 때만 다정한 거야?

눈물이 멈추지 않는다. 생각도 못한 레오니다스의 다정한 면에 압도된 듯, 계속해서 자꾸만 눈물이 난다.

알렉산드라는 레오니다스의 가슴에 뺨을 가까이 대고 울기만 했다. 아무리 울어도 이 가슴이 받아들여 준다. 그런 느낌이 들어 눈물을 멈추지 못했다.

이 남자가 자신을 뿌리치지 않는 이유는 야망을 이루는

데 필요한 여자이기 때문이다. 아마도 레오니다스는 이용 가치가 있다는 것 외에는 알렉산드라에게 어떤 감정도 품고 있지 않을 것이다.

그래도 좋았다. 지금 혼자 있지 않다는 것이 다행이었다. 꼭 안아 응석을 받아주는 가슴이 있어서 너무나 기뻤다.

하지만 이런 생각을 한다는 건…….

'어쩌면 난, 줄곧 외로웠던 걸까?'

혼자서 동쪽 탑에 갇혀 살아온 시간이 견딜 수 없이 외로웠던 것일까?

지금까지 한 번도 외롭다고 생각한 적 없었다. '마녀'로 불리고, 미움받고, 동쪽 탑에 갇혔던 일을 괴롭다고 느낀 적도 없다.

그러나 그건 외롭고 괴롭다는 감정을 계속해서 외면해 왔기 때문이다. 강한 척 오기 부리며 괜찮다고 허세를 부렸을 뿐이다.

그도 그럴 것이 외롭거나 괴롭다고 의식하기 시작하면 비참하고 슬퍼서 스스로 무너져 버린다. 이 세상에 자신의 편은 한 명도 없다는 고독함에 몸도 마음도 부서진다.

알렉산드라의 머릿속에 레오니다스와 처음 만난 날 들었던 말이 떠올랐다.

레오니다스는 "널 '마녀'라고 부르고 탑에 가두고 왕녀로서의 네 인생을 빼앗은 부모와 형제자매에게 복수하고 싶지 않아?" 하고 말했었다.

그때는 아무 대답도 못 했지만 지금이라면 말할 수 있다.

부모님과 오빠와 동생을 전혀 원망하지 않는다면 거짓말일지 모른다. 그러나 복수는 조금도 바라지 않는다.

그저 외로웠을 뿐이다.

그저 단지 외로웠을 뿐이다.

울고 또 울고, 동쪽 탑에 갇혀 있던 시간 동안 참아왔던 양보다 몇 배의 눈물을 흘리고서야 겨우 조금이나마 기분이 진정됐다.

'나는 이다지도 약한 인간이었나.'

항상 강하게 마음먹자고, 어떤 상황이라도 꿋꿋해야 한다고 스스로를 타일러 왔다. 그런데 왠지 모르게 한 방 얻어맞은 기분이다.

그러면서도 마음속에 상쾌한 바람이 불었다. 동쪽 탑의 문이 열렸던 그 순간에 느꼈던 바람과 같은 바람이다.

손을 가슴에 대고 그 감각을 가득 들이쉬면서 알렉산드라가 물었다.

"당신은 진심으로 날 실바의 여왕으로 만들 생각이지?"

금방 대답이 돌아왔다.

"진심이야. 잘 알잖아. 난 더없이 진심이야."

"그렇게까지 자신의 나라를 갖고 싶어?"

이번엔 대답하기까지 약간 시간이 걸렸다.

"그래⋯⋯. 난 내 나라를 갖고 싶다."

"왜? 이그니스의 장군도 그리 나쁘지 않잖아. 실바에 그

자리를 내려놓을 만한 가치가 있을까? 실바의 국왕보다 이그니스의 장군 쪽이 보수도 높을 텐데."

알렉산드라의 말에 레오니다스가 웃음을 터뜨렸다.

"하하. 네 말이 맞아."

"그렇다면 어째서?"

침묵이 내려앉았다.

레오니다스는 말하고 싶지 않은 걸까? 아니면 말할 수 없는 걸까? 혹은 알렉산드라가 파고들면 안 되는 일인지도 모른다.

그래도 레오니다스를 알고 싶었다. 수수께끼투성이인 레오니다스의 정체를 극히 일부분이라도 알게 된다면 그만큼 레오니다스와 가까워진 기분이 들 테니까.

마음속에 담아둔 생각을 말로 하지 못하고, 알렉산드라는 잠자코 있는 레오니다스를 뚫어져라 쳐다봤다. 울어서 부은 눈은 새빨개져 지금 자신은 상당히 꼴사나운 얼굴을 하고 있을 터지만 그런 일은 개의치 않을 만큼 레오니다스에게 모든 신경을 쏟고 있다.

알렉산드라가 말하지 못한 생각이 전해졌는지는 알 수 없다. 레오니다스는 입을 열어 당돌하게 말했다.

"날 낳은 여자는 유랑극단의 무희였어."

"유랑극단?"

"그래. 동쪽 출신이라는데 확실치는 않아. 어렸을 때 부양가족을 줄이려고 극단에 팔렸지. 흑발에 검은 눈을 한 예쁜 소녀였다고 하더군."

레오니다스의 흑발과 검은 눈은 모친에게 물려받은 모양
이다. 흥미가 생겨 그의 검은 눈을 들여다봤지만 아무런 감
정도 읽을 수 없었다.

"어머니는 춤도 수준급이었다고 해. 그래서인지 어머니
를 마음에 들어 해 여러 번 저택에 불러들인 부자가 있었
지. 어느 날 밤, 그 부잣집에서 불러 가보니까 손님이 와 있
었어. 아직 소년티를 벗지 못한 젊은 남자였는데, 한눈에
봐도 귀한 집 자제임을 알 수 있는 세련된 옷차림을 하고
있었던 모양이야. 그 젊은 남자는 어머니를 몹시 마음에 들
어 했고, 어머니가 처녀라는 사실을 알고서 여행하는 동안
침실에서 자신을 시중들게 했지."

레오니다스의 목소리는 담담했다. 그러나 알렉산드라는
담담한 목소리에 티가 나지 않는 그림자가 드리워졌음을
놓치지 않았다.

신분 높은 사람이 잠자리를 같이하자고 명하면 신분 낮
은 사람으로서는 거절할 수 없다. 하물며 유랑극단에 속한
무희가 그 명령을 거절하는 일은 죽음과 같은 의미였다.

"머지않아 남자가 떠나게 되면서 아이를 밴 어머니는 버
림받았고, 얼마 안 있어 자신의 생명과 맞바꿔 날 낳았지."

"어머님은 목숨을 걸고 당신을 낳았구나."

"뭐, 어디에나 널려 있는 흔해빠진 얘기야. 특별하지 않지."

분명 그럴지도 모른다. 책에서도 비슷한 이야기는 얼마

든지 있었다.

그러나 살아 있는 인간이 하는 말은 문자로 읽은 말보다 훨씬 무겁고 생생하게 알렉산드라의 마음을 울렸다.

"난 유랑극단 패거리에 맡겨졌고 그곳에서 어린 시절을 보냈어. 난 검무와 곡예를 훈련받았지. 수행은 엄격했고 잘하지 못하면 피투성이가 될 때까지 회초리로 맞았어. 게다가 밥도 안 주니까 죽을힘을 다해 익혔는데, 그때 배운 것들이 용병이 되고 나서 도움이 되더군. 세상일이란 게 참 희한해."

이 얼마나 고통스러운 과거인지. 지금은 검은 옷 아래에 가려져 있는 강철 같은 육체와 정신은 그렇게 키우고 단련한 거라고 생각하니 가슴이 아프다.

"그러는 사이 나도 관객들 앞에서 연기를 하게 됐어. 유랑극단과 여기저기 떠돌아다녔지. 어느 날 어떤 부자의 저택으로 불려갔어. 그 저택의 주인은 날 유심히 보더니 말하더군. '그래. 네가 그때 그 아이구나. 머리와 눈동자 색은 어미를 닮았지만 이목구비에 이그니스 왕의 얼굴이 있어.'라고."

"뭐?"

순간, 알렉산드라는 귀를 의심했다. 지금 레오니다스가 '이그니스 왕'이라고 말했나?

"그때까지 난 아버지가 누군지 궁금해한 적도 없었어. 궁금히 여겨봤자 별수 없다고 생각했지. 하지만 그 말을 들자마자 아버지가 어떤 인간인지 무작정 보고 싶어졌어. 난 유랑극단을 빠져나와 이그니스의 용병이 되었다. 병사가 되면 아버지의 얼굴을 언젠가는 볼 수 있을 테니까."

"그럼, 당신의 아버지가…… 이그니스 왕이라는 말이야?"

"그런가 봐. 어머니와 알고 지낼 때는 아직 왕이 아닌 왕태자였다고 하지만."

"이그니스 왕은 이 일을 알고 계셔?"

예상 밖의 사실에 목소리가 떨린다. 하지만 레오니다스는 놀라울 정도로 천연덕스럽게 말했다.

"알고 계실 리가 없지."

"그래도 친자식인데……."

"너도 알잖아? 자식의 신분은 어머니의 신분을 따르는 것이 관습이야. 설령 국왕의 피를 이어받았다고 해도 신분이 천한 여자의 배에서 태어난 나는, 그대로 천민인 거야. 왕궁에서 왕자님들의 무리에 낄 수 있을 리가 없지."

"그건, 그렇지만……."

"이제 와서 내가 당신 아들이라고 밝혀본들 차가운 눈으로 바라볼 뿐이겠지. 왕태자 시절 젊은 혈기로 만든 아이를 '내 아들아' 하고 안아줄 정도로 그 아저씨가 어수룩하지도 않고."

알렉산드라는 혼란스러운 머리로 생각했다. 분명 이그니스의 왕비가 낳은 이그니스의 제일왕자는 아직 십대 중반이라 입태자의 의식도 치르지 않았을 것이다. 그렇게 생각해 보면 레오니다스가 이그니스 왕의 첫째 아들인 셈이다.

정식으로 혼인을 치르지 않은 남녀 간에 생긴 서자가 아버지의 대를 잇지 못한다는 점은 명백하다. 그러나 이그니스 왕에게 그럴 마음만 있었다면 레오니다스는 이그니스 왕의 품에서 자라 지금쯤 이그니스 왕의 측근이 되었을지도 모른다.

"그럼 당신은 아버지를 원망해?"

레오니다스의 가슴에 매달려 알렉산드라는 레오니다스의 검은 눈동자를 올려다보았다.

"실바를 손에 넣고 이그니스를 공격해서 이그니스 왕에게 복수할 생각이야?"

레오니다스는 알렉산드라에게 '부모와 형제자매에게 복수하고 싶지 않아?' 하고 물어봤다. 부모의 보살핌을 받지 못했던 알렉산드라와 자신을 동일시했던 것일까?

그러나 레오니다스는 이렇게 대답했다.

"아니, 복수랑은 좀 달라."

그렇게 말하고 그는 잠시 생각에 잠긴 듯했다.

"그래. 솔직히 이그니스 왕을 봤을 땐 '이 아저씨가 친아버지군' 하는 정도의 느낌 말고는 별생각이 없었어. 그런데 제일왕자를 봤을 때 왜인지는 몰라도 그 녀석이 아버지의 대를 이을 거라고 깨닫자 묘하게 충격적이었지. 형인 나는 아무것도 못 받았는데, 동생인 그 녀석은 나라를 받는다고 생각하니 뭔가 받아들이기 어려웠어. 그때부터였을 거야. 나도 나라를 갖고 싶다, 나라를 갖고 싶다고 머릿속으로 계속 생각했던 것 같아. 이그니스는 내 나라가 아니잖아. 난 용병이니까 장군이 된 지금도 이방인 취급을 받지. 그래, 난 순수하게 내 나라를 갖고 싶은 거야. 내 것이라고 생각되는 나라가."

"어쩐지 응석받이 같네."

알렉산드라가 설핏 웃었다.

"동생한테만 맛있는 과자를 주다니 너무해, 나도 줘, 하고 토라진 형아 같아."

"쳇. 시끄러워."

놀림받은 레오니다스는 불만스럽게 투덜댔다. 그 모습이 더욱 웃음 짓게 하면서도, 알렉산드라의 마음에 슬픔이 차오르게 했다.

부모의 사랑을 받지 못한 레오니다스가 견딜 수 없이 가엾다. 그의 고독함이 가슴을 찌르듯이 아프게 한다.

'우린, 어딘가 닮았구나.'

알렉산드라 또한 부모에게 버림받았다. 누구도 보살펴주지 않아 고독했다.

뭔가 해줄 말이 있을 것 같은데 아무 말도 나오지 않는다.

그렇게 생각하며 알렉산드라가 레오니다스를 올려보았다.

달빛 아래, 레오니다스의 검은 눈동자에는 질문이 가득한 자신의 얼굴이 비치고 있었다.

"난……."

할 말을 잇지 못한 입술에, 봉인하듯 레오니다스는 집게손가락을 살포시 대고서 그 커다란 손으로 알렉산드라의 뺨을 감쌌다.

무슨 행동을 할지 알 수 있었다. 하지만 싫지 않았다. 그래서 가만히 눈을 감는다.

그것이 신호인 양 레오니다스의 몸이 다가왔다.

입술에 숨이 닿는다. 그리고 입술에 입술이.

부드러운 키스.

레오니다스는 몇 번이나 닿았다가 떼는 키스를 반복하고 나서 알렉산드라의 입술을 가볍게 빨고 아쉬운 듯이 물러났다.

천천히 눈을 뜨자 눈앞에 무서우리만치 맑고 검은 시선이 있었다.

레오니다스가 말했다.

"알렉산드라. 넌 어떻게 할 거야?"

"나……?"

"난 내 나라를 갖고 싶다. 그 욕망을 따라 행동할 거야. 그런데 넌? 넌 뭘 하고 싶지?"

계단을 올라온 사람이 알렉산드라임을 알자 동쪽 탑의 보초병들은 창문을 슥 내리고 알렉산드라를 탑 꼭대기의 작은 방으로 들어가게 해주었다.

오랜만에 들어온 방은 마치 처음 찾아온 곳 같았다. 몇 년이나 이곳에서 살았는데도 그 당시 일은 책 속 이야기의 세상보다 멀게 느껴진다.

'이 방, 이렇게 좁았던가.'

어쩐지 이상한 기분을 느끼며 알렉산드라는 작은 창문이 나 있는 쪽으로 걸어갔다. 예전에는 창문이 널빤지로 가려져 있어서 바깥은 전혀 볼 수 없었지만, 지금은 널빤지를 떼어내어 그곳을 통해 들어오는 햇살이 골방을 포근하게 채우고 있었다.

낯설어하면서 창문으로 밖을 내다보니 마당 한구석에 있는 허브 정원이 눈에 띄었다. 허브 정원에는 그 젊은 병사가 부지런히 허브를 손질하고 있었다.

젊은 병사는 동료들에게 '제라드'라고 불리는 듯했다. 멀리 떨어진 남쪽 지방의 단어로 '메뚜기'라는 뜻이라고 한다. 검술 훈련하는 자세가 마치 메뚜기 같다고 동료들이 그를 놀리면서 붙인 별명인데, 본인은 마음에 들어 하지 않지만 허브 정원을 팔짝팔짝 분주하게 돌아다니는 모습은 메뚜기 그 자체라서, 절로 미소가 피어올랐다.

무심코 미소 지으며 지켜보는데, 제라드가 허브 정원 끄트머리의 볕이 가장 잘 드는 부근에 새로이 만든 못자리로 발길을 옮겼다.

그 부근에는 지크프리트에게 받은 몇 종류의 씨앗을 뿌렸었다. 빠른 것은 벌써 싹을 틔워 떡잎이 자라나 있다.

알렉산드라의 머릿속에 지크프리트의 말이 떠올랐다.

아크이라를 떠나는 날 아침, 지크프리트는 작은 꾸러미를 내밀어 알렉산드라의 손에 쥐어 주었다.

"이것은 아크이라 수도원에서 재배되는 허브 씨앗입니다. 아마도 실바에 자라나 있지 않을 만한 것으로 골랐습니다. 어쩌면 기후가 맞지 않을 수도 있겠지만, 괜찮다면 심어 가꿔보세요."

알렉산드라는 두 손으로 공손하게 그 꾸러미를 받았다가, 지크프리트의 말에 깜짝 놀라 그의 얼굴을 바라봤다.

"일부러 가져오신 건가요?"

"허브에 관심이 많은 것 같아서. 본래 수도원이 관리하고 있지만 왕태자의 특권으로 조금 얻어왔지요."

지크프리트의 물색 눈동자에 살짝 장난기 어린 미소가 피어올랐다.

그 말은 아마도 수도사들의 눈을 피해 농장에서 씨를 훔쳐왔다는 의미일 터였다.

황송한 나머지 알렉산드라는 무의식중에 어깨를 움츠렸다.

"송구하옵니다."

"개의치 마세요. 부담 갖지 마세요."

지크프리트는 약간 소리 높여 웃었다.

"아크이라에서도 치료나 요양을 위해 허브를 사용하지만, 수도원이 허브와 허브에 관한 지식을 독점하고 있어서

우리 왕족도 가끔 그들에게 신세를 져야 하죠."

"그렇, 습니까?"

"네. 그래서 모든 사람에게 허브에 대해 가르쳐 주고 싶다는 당신의 생각에 매우 감동했습니다. 원래 이처럼 사람들의 생활에 도움이 되는 지식은 공유해야 하는 것이라고 생각합니다. 왕족이든 서민이든 간에요."

상상조차 하지 못한 말을 들은 알렉산드라는 지크프리트의 얼굴을 뚫어지게 쳐다보았다.

지크프리트는 알렉산드라의 파란 눈을 내려다보며 조용히 말했다.

"실바는 아직도 낡은 전통을 지키는 나라입니다."

즉, 그만큼 미신도 뿌리 깊다는 말이다.

"아크이라라면 당신을 '마녀'라고 부르는 일은 없었을 테죠."

그 말 속에 숨은 연민에 알렉산드라는 마음에 희미한 아픔을 느꼈다. 하지만 그 아픔이 그 이상 알렉산드라를 상처 입힐 일은, 이젠 없다.

외로움도 슬픔도 괴로움도 항상 가슴속에 있었다.

예전에는 그 사실을 인정하는 것이 두려웠다.

그러나 지금은……

알렉산드라는 살짝 미소 지으며 고개를 좌우로 살며시 저었다.

"왕태자 전하. 전 전하에게 그런 과찬을 들을 만큼 대단한 사람이 아닙니다."

"하지만 상처 입고 병으로 괴로워하는 사람을 보면 내버려두지 못하죠. 설령 마녀라고 멸시받을지라도 도와주고 말 겁니다. 제 말이 틀리나요?"

대답할 말을 잃었다.

지크프리트가 아름다운 얼굴로 미소 지었다.

"알렉산드라. 당신은 굉장히 자비로운 사람입니다. 당신 같은 분이 여왕이 된다면 실바는 분명 좋은 나라가 되겠죠."

"전……."

"얼마 안 있으면 난 아크이라의 왕이 됩니다. 전쟁 없는 평화로운 세상을 만들고 싶어요. 아내와 아이들이 웃는 얼굴로 하루하루 살아가는 모습을 지키고 싶습니다. 그때에는, 알렉산드라. 당신이 실바의 여왕으로서 제 꿈을 도와주시지 않겠습니까?"

알렉산드라는 자기도 모르게 한숨을 쉬었다.

지크프리트의 목소리가 지금도 귓속에서 맴돌았다.

레오니다스가 어떻게 설명한 건지는 모르지만 지크프리트는 알렉산드라가 실바의 여왕이 되는 일을 기정사실로 받아들인 것 같다.

그러나 알렉산드라는 아직 결정하지 못했다. 여왕이 될 각오 같은 건 전혀 단단해지지 않았다.

알렉산드라는 아크이라에서의 밤을 떠올렸다.

레오니다스가 말했다.

"알렉산드라. 넌 어떻게 할 거야?"

"난 내 나라를 갖고 싶다. 그 욕망을 따라 행동할 거야. 그런데 넌? 넌 뭘 하고 싶지?"

그런 건 생각해 본 적도 없었다.

동쪽 탑에 갇혀 줄곧 혼자 살아왔다. 그 어떤 꿈도 욕망도 알렉산드라에게는 먼 것이었고, 바라는 일조차 허락되지 않았다.

'내 소원이 뭘까?'

다시 동쪽 탑으로 돌아오고 싶나?

'아니. 그건 아니야.'

제라드와 허브 정원을 가꾸고 싶다. 디미트리오와 쓸데없는 농담도 나누고 싶다. 게다가 에르윈과 다시 만날 약속을 했다. 동쪽 탑의 유폐 생활로 돌아간다면 그 약속을 지키지 못한다.

그렇다면 부모님을 이 성으로 불러들여 예전처럼 사이좋은 가족으로 지내고 싶은가?

그것은, 조금 매력적인 생각이었다. 알렉산드라를 '마녀'라고 부르고 미워한데다 동쪽 탑에 가둔 장본인이지만, 역시 가족에 대한 애정은 알렉산드라의 마음에서 아주 사라지지 않았다. 가족으로 다시 시작할 수 있다면 새롭게 시작하고 싶었다.

그러나 아버지가 국왕으로서 실바에 돌아오게 된다면, 레오니다스가 진행하는 개혁은 전부 백지로 돌아가 버릴 것이다.

모처럼 백성들도 그 개혁에서 희망을 찾아 실바 왕국에도 조금씩 활기가 되살아나고 있는데, 원래대로 돌아가게 된다면 백성들에게 미안해진다.

그보다 레오니다스가 국왕의 귀환을 허락할 리도 없다.

그렇다면 여왕이 되고 싶은 걸까?

'모르겠어.'

그 남자의 아내가 되어 함께 실바를 다스리기를 바라는가?

'모르겠어! 그런 거, 몰라!'

스스로가 이해되지 않아 두려웠다.

대체 어떻게 하고 싶은 걸까?

무엇을 바라는 걸까?

뱅글뱅글 같은 곳만 계속해서 맴도는 생각을, 갑자기 끼어든 누군가의 목소리가 깨뜨렸다.

"이런 곳에 있었군."

레오니다스였다.

단번에 심장이 튀어 오른다.

요즘 항상 이런 상태다. 아크이라의 그날 밤, 레오니다스와 키스를 나눈 후로 알렉산드라의 심장은 아무래도 망가져 버린 모양이었다. 레오니다스가 필요 이상으로 의식되어 평정을 유지하기 힘들었다.

그런 자신의 상태를 들키고 싶지 않아서 알렉산드라는 창문 밖으로 향한 시선을 고집스레 돌리려고 하지 않았다.

"왜. 옛 보금자리가 그리워졌어?"

알렉산드라의 생각을 아는지 모르는지 레오니다스는 태평했다.

"그래도 이 방은 안 돼. 매일 밤 저 계단을 오르는 건 역시 귀찮거든."

매일 밤 오간다는 말은, 즉 그런 뜻……

레오니다스와 그렇게 될 자신을 엉겁결에 상상해 버린 알렉산드라는 새빨개지고 말았다.

"어째서 당신은 그런 저급한 말만 하는 거야?"

항의하는 목소리가 어느새 드높고 날카로워졌다.

"정말 야만스러워. 조금은 지크프리트님을 본받았으면 좋겠어."

바로 그 순간 레오니다스의 목소리가 언짢아졌다.

"뭐야. 너까지 그 녀석 편을 드는 거야."

"그야 지크프리트님은 굉장히 신사적이고 훌륭하신걸. 정말로 에르윈님이 부러워."

"아. 그래. 그러냐. 그렇게 말하기냐. 모처럼 좋은 걸 가져다주러 왔더니만."

"어? 좋은 거?"

"먼 옛날에 쓰인 이야기의 사본 같아. 방방곡곡을 돌아다녀서 널 위해 어렵게 손에 넣었는데. 그래, 갖고 싶지 않다 이거지."

알렉산드라는 홱 뒤돌아 레오니다스의 손안에 든 책을 봤다. 낡은 표지에는 『영웅전』이라고 쓰여 있다. 그 말인즉슨……

'플루타르코스(고대 로마의 그리스인 철학자 · 저술가)의 『영웅전』?

너무 기뻐서 함박웃음을 지으며 알렉산드라는 레오니다스에게 두 손을 내밀었다.

"갖고 싶어! 꼭 갖고 싶어!"

"안 돼. 날 무시한 나쁜 아이한테는 못 줘."

"심술 맞게 말하지 말고 줘!"

손을 내밀자 레오니다스가 책을 잡은 손을 높이 쳐들었다. 레오니다스는 키가 커서, 알렉산드라가 아무리 책을 뺏으려 손을 뻗어도 닿지 않았다. 잘 알고는 있지만 포기는 못하겠어서 필사적으로 책을 향해 손을 뻗는데 레오니다스와 눈이 딱 마주쳤다.

눈치챘을 때는 가슴이 바싹 닿을 만큼 밀착하고 있었다. 그러자 그때까지 느끼지 못했던 레오니다스의 체온이 갑자기 생생하게 느껴져서……

"윽."

알렉산드라는 숨을 삼키고 당황해하며 레오니다스에게

서 떨어졌다.

너무나 부자연스러운 태도에 놀림받지 않을까 했는데, 레오니다스는 아무 말도 하지 않았다. 그저 말없이 알렉산드라를 바라봤다.

요즘은 이렇게 가끔 분위기가 묘해졌다. 그럴 때마다 어떻게 해야 할지 몰라서 알렉산드라는 우왕좌왕했다.

아크이라에서의 그날 밤부터다. 그때 이후로 레오니다스는 알렉산드라를 만지지 않았다. 물론 장난치듯 어깨를 안거나 팔을 잡기도 했지만 어딘가 서먹했고, 예전처럼 욕망으로 끓어오르는 눈길로 바라보거나 가슴이나 몸을 징그럽게 더듬지도 않았다.

환영할 만한 일이었다. 레오니다스에게 희롱당하고 싶다는 생각은 손톱만큼도 없다.

'그런데 왜 가슴이 텅 비어버린 것 같지?'

스스로도 이해할 수 없는 감정이었다.

나에게는 이제 여자로서의 매력을 느끼지 못하는 걸까? 아니면 역시 에르윈님 쪽이 좋은 걸까? 그 때문에 날 만지지 않는 건가? 이제 나 같은 건 어떻게 되든 상관없다는 뜻인가?

머릿속이 뒤죽박죽이다. 스스로도 억제할 수 없다.

이래서야 정말로 레오니다스를 사랑이라도 하는 것 같다. 그것도 이룰 수 없는 사랑. 결코 보답 받지 못할 사랑.

'내가 왜 이렇게 됐지?'

이런 감정은 이상하다. 마치 딴사람이 된 것 같은 기분이다.

고개를 숙이고 얼굴을 돌린 알렉산드라를 어떻게 생각하는지는 알 수 없었다. 레오니다스는 알렉산드라의 눈앞으로 책을 내밀었다.

알렉산드라는 머뭇거리며 책을 받고 소중하게 품에 꼭 안았다.

"넌 아주 이상한 여자야."

레오니다스가 쓰게 웃으며 말했다.

"예쁜 드레스나 비싼 보석을 주면 거들떠보지도 않으면서 이런 걸 받으니 좋아하잖아."

"쓸데없는 참견이야."

아직도 두근거리는 심장 때문에 버거워하면서 알렉산드라가 대꾸했다.

"책 속에 진리가 있거든. 책은 인생을 이끌어줘."

"그럴 리가."

"뭐, 당신 같은 야만인에겐 이해할 수 없어도 어쩔 수 없다고 생각하지만."

"야만인이라……."

레오니다스의 시선이 알렉산드라의 위로 내려앉는다. 시선이 얽힌다.

키스당한다고 생각했다.

아니.

사실은 키스해 주길 바랐다.

레오니다스와 나눈 키스는 아크이라의 그날 밤 한 번뿐.

그 키스는 부드러웠다.

너무, 너무나…….

눈꺼풀 위로 그림자가 진다. 떠밀리듯이 속눈썹을 내리깐다. 숨이 뺨에 닿는다. 조금 뒤에 입술이 스친다.

그때.

디미트리오의 다급한 목소리가 두 사람을 갈라놓았다.

"장군! 큰일 났습니다!"

알렉산드라는 황급히 레오니다스에게서 떨어졌다.

방금 무슨 생각 한 거지? 무슨 짓을 하려고 한 거야?

머리가 어질어질하다. 가슴속이 뒤틀릴 것만 같다.

빙빙 도는 시야 안에서 디미트리오가 말했다.

"두 분 모두 이런 곳에 계셨습니까? 나 참. 성안을 구석구석 돌아다녔잖습니까?"

그 말을 뒷받침하듯 디미트리오는 거칠게 숨을 내쉬었다.

"그래서? 무슨 일인데?"

약간 언짢은 듯 레오니다스가 추궁했다.

"한창 좋을 때 방해했으니까 그만한 용건이 아니면 날려 버린다."

평소대로라면 디미트리오도 가벼운 농담으로 받아쳤을 것이다. 그러나 디미트리오는 지금 그럴 여유도 없어 보였다.

"큰일입니다, 장군. 의외의 손님이 찾아왔습니다."

숨을 헐떡이며 디미트리오가 말했다.

"올렉입니다. 왕태자 올렉이 장군님과 알렉산드라님에게 항복하겠다며 야로슬라프 왕의 검을 들고 왔습니다."

"오라버니가……."

"네. 두 분께 알현을 청하러 왔습니다."

오빠가 돌아왔다.

레오니다스가 무서워서 나라를 버리고 어디론가 달아났던 왕태자.

'레오니다스와 나에게 항복하겠다고?'

그 말은 즉 알렉산드라를 여왕으로 인정한다는 뜻인가? 그리고 신하로서 알렉산드라를 모시겠다는 말인가?

'그럴 수, 있을까?'

왠지 믿을 수 없다. 알렉산드라가 알기로 오빠인 올렉은 유달리 국왕 자리에 집착했다. 물론 알렉산드라는 그녀의 열두 살 무렵까지의 올렉밖에 알지 못한다. 그게 아니면 알렉산드라가 동쪽 탑에 갇혀 있는 동안 오빠가 변한 것일까?

여하튼 만나지 않을 수 없었다.

알렉산드라는 우선 방으로 돌아가서 레오니다스에게 받은 녹색 드레스로 갈아입고 비취석 목걸이를 걸었다.

이렇게 차려입는다 해도 알렉산드라는 알렉산드라. 여왕의 위엄 같은 것은 없을 것이다.

그럼에도 불구하고 자신의 마음을 지탱해 줄 것이 필요

했다. 레오니다스가 고른 드레스. 에르윈이 가장 어울린다고 했던 드레스. 이 드레스를 입고 조금이나마 스스로에게 힘을 주고 싶었다.

치장을 하고 향한 접견실에 레오니다스가 미리 와 있었다. 주저하는 알렉산드라를 옥좌에 앉히고, 알렉산드라를 지키듯 말없이 곁에 꼼짝 않고 섰다.

곧 올렉이 디미트리오에게 끌려 들어왔다. 무장은 하지 않았다. 주머니칼 하나 차고 있지 않았다. 하기야 레오니다스의 건장한 병사들이 양옆에서 끼고 있어서 만에 하나 검을 손에 들고 있다 해도 섣불리 휘두르지 못했을 테지만.

올렉은 알렉산드라의 발치에 무릎을 꿇고 앉아 공손하게 고개를 숙였다.

오랜만에 보는 오빠는 옛날보다 키도 크고 어깨도 벌어져서 완전히 성인 남자가 되어 있었지만, 그럼에도 오빠인 올렉임을 한눈에 알아볼 수 있었다. 어딘가 뺀들거리는 눈빛과 비꼬듯 비틀린 입매도 전혀 변하지 않았다.

올렉이 고개를 들었다. 그 얼굴에 미소가 넘쳐흘렀다.

"많이 컸구나. 알렉산드라."

오랜만에 듣는 오빠의 목소리에는 놀라울 정도로 친밀함이 가득했다.

"요만했던 알렉산드라가 이렇게나 아름다워졌을 줄은 상상도 못했어. 자. 오빠에게 얼굴 좀 제대로 보여줘."

올렉이 일어나서 다가온다. 알렉산드라를 향해 거리낌

없이 손을 내민다.

순간, 어떻게 하면 좋을지 알 수 없었다. 올렉의 손을 뿌리치고 싶다. 그러나 뿌리치는 것도 무서웠다. 무엇보다 올렉의 진의를 알 수 없어 불안했다.

갈피를 잡지 못하는 알렉산드라와 올렉 사이로 갑자기 검이 가르고 들어왔다.

레오니다스의 검이었다.

레오니다스는 알렉산드라를 지키려는 듯 알렉산드라의 앞에서 검을 치켜든 채 냉담한 눈으로 올렉을 노려보았다.

"그 이상 여왕님께 다가오는 것을 삼가라."

레오니다스의 목소리는 지금까지 들어본 적 없을 만큼 차갑고 날카로웠다.

"아무리 남매 사이라지만 여왕 앞에서는 자신의 분수를 알았으면 좋겠는데."

매정한 처사에 화를 내지는 않을까 싶었지만 올렉은 어깨만 살짝 으쓱하고 선선히 물러났다.

"미안하다. 알렉산드라. 오랜만에 다시 만난 동생이라 그만, 너무 기뻐서 들떴나 보다."

"……"

"에이. 표정이 왜 그래. 혹시 동쪽 탑에 갇혔던 일로 날 원망하고 있는 거니? 아냐, 난 반대했었어. 아무리 그래도 너무 가혹하다고. 하지만 아바마마와 어마마마가 두려워하시면서 기어코 동쪽 탑에 보내 버리겠다는데, 어쩌겠니. 별

수 있었겠어? 부모님께서 그렇게 말씀하시면 아무리 나라도 거스를 수 없잖아. 고분고분 말씀대로 따를 수밖에……."

그대로 내버려 두면 올렉의 변명은 언제까지고 이어질 것 같았다.

예전부터 그랬다. 오빠는 언제나 변명만 했다. 올렉에게 걸리면 어떤 잘못도 전부 다른 사람 탓이 되었다.

"변명은 그만해요."

알렉산드라가 딱 잘라 말했다.

"그보다 용건이 뭔가요? 전 왕태자 전하."

비아냥대는 말에 올렉의 입매가 일그러졌다. 알렉산드라와 똑같은 파란 눈에 한순간 증오의 불꽃이 타올랐지만 금세 잠잠해지더니 자못 섭섭하다는 듯한 표정을 지었다.

"미안해. 알렉산드라. 오랜만이라 그만 기뻐서."

"……."

"아. 그래. 그렇지. 용건 말이지. 아니, 그러니까 네가 실바의 여왕이 될 거라는 말을 듣고 조금이라도 힘을 보태고 싶어서 서둘러 달려온 참이야."

"내게 힘을?"

"이래 보여도 난 전 왕태자니까. 도움이 될 거라고 생각했지. 여러 가지로 말이야."

올렉이 싱글싱글 웃었다.

'믿을 수 있을까?'

믿어도 될까?

상대는 적어도 피가 이어진 오빠다. 되도록 믿고 싶다. 하지만……

"그 말은 오라버니가 신하로 물러나겠다는 뜻인가요?"

질문을 받은 올렉은 두말없이 수긍했다.

"물론, 그럴 거야. 여왕 폐하를 위해 이 한 몸 아끼지 않고 일할게."

"전 여기 레오니다스와 약혼했어요. 곧 우리가 결혼하고 나면 날 대하는 것처럼 내 남편에게도 충성하겠다고 맹세해 줄 건가요?"

역시 이 질문에는 곧바로 대답이 돌아오지 않았다.

올렉은 어딘가 미심쩍은 시선으로 레오니다스를 흘낏 보더니 크게 어깨를 으쓱하고 한숨을 쉬었다.

"전 왕태자인 내가 그 녀석 같은 하천한 인간을 모셔야 한다니 원래는 말도 안 되는 일이지만, 여왕 폐하의 명령이라면 어쩔 수 없지. 받아들일게."

굉장히 무례한 태도였지만 알렉산드라는 입 밖으로 내어 지적하지 않았다. 태연을 가장해 옆에 있는 레오니다스의 안색을 살폈지만, 레오니다스도 태연한 얼굴을 하고 있었다. 아마 레오니다스는 이런 취급에 익숙해져 있는 것 같았다. 그것이 혈통에 기대지 않고 자신의 힘으로 출세한 자의 숙명인 것이다.

알렉산드라는 올렉에게 시선을 되돌리고 천천히 질문을

던졌다.

"야로슬라프 왕의 검을 가져왔다고 했죠?"

올렉은 크게 고개를 끄덕였다.

"그래. 왕의 증표가 없으면 너도 대관식에서 곤란하잖아?"

그 말이 신호인 양 디미트리오가 조용히 커다란 검을 두 손으로 받쳐 들고 알렉산드라 앞에 내밀었다.

알렉산드라는 묵직한 무게감이 느껴지는 그 검을 집어 들어 확인했다.

"틀림없네요. 이건 대관식에서 항상 사용하던 야로슬라프 왕의 검이군요."

그 말의 의미를 제대로 이해할 수 있는 사람은 레오니다스뿐이다. 이 검은 분명 대관식에서 사용된 것이지만 진짜 야로슬라프의 검은 아니다. 실제 야로슬라프 왕이 휘둘렀다는 전설의 검은 지금 레오니다스가 보관하고 있다.

그런 사정에 대해선 아무것도 모르는 올렉은 기쁘다는 듯 고개를 끄덕였다.

"모조품을 가져와서 귀여운 동생을 속이진 않아. 이것 봐. 그때 난 흠집도 여기 떡하니 있잖아?"

그 말을 듣고 자세히 보니, 검의 손잡이 부근에 조그만 흠집이 남아 있는 것을 확인할 수 있었다. 이것은 어린 시절 올렉이 장난으로 돌을 던져서 생긴 흠집이다.

그러고 보니 그때도 올렉은 온갖 변명을 해대며 결국 모든 것을 알렉산드라의 잘못으로 돌렸다. 그 때문에 알렉산드라는 부모님에게 호되게 꾸중을 들었었다.

"아바마마와 어마마마는 지금 어떻게 지내고 계세요?"

알렉산드라의 질문에 올렉은 말을 고르듯 대답했다.

"거처는 밝힐 수 없지만 두 분 모두 건강하셔. 일단 불편함은 없이 지내고 계시지."

"아바마마와 어마마마는 돌아오지 않으시는 건가요?"

"두 분 모두 거기 검은 남자를 극단적으로 무서워하시잖니. 게다가 변함없이 미신을 맹신하고 계셔서 일이 이렇게 된 건 역시 마녀의 저주 탓이라고 말씀하고 계실 정도니까, 좀 무리겠지."

"그럼 오라버니는 왜 돌아오신 거죠?"

몹시 싫어하던 여동생 앞에 무릎을 꿇는다는, 올렉에게 있어선 더없이 굴욕적일 일까지 하면서 실바로 돌아온 이유는 무엇 때문일까?

"그건……."

올렉은 조금 머뭇거렸다.

"그건, 그래, 맞아. 난 얼마 전까지 실바의 왕태자였잖아. 왕태자의 자리를 내려놓은 지금도 역시 실바라는 나라에 책임을 가지고 있다고 생각해. 동생인 네가 여왕이 된다는데 오빠인 내가 실바를 내버려 둘 수는 없지 않겠어?"

'도망친 주제에…….'

알렉산드라는 속으로 대꾸했다.

'모조리 내팽개치고 도망친 전적이 있는 주제에, 무슨 염치로 이제 와서 저런 말을 하는 거지?'

"알겠어요. 일단 이 검은 받아두겠습니다."

알렉산드라가 선언하듯 말하자 올렉은 만족스러운 웃음을 띠었다.

"기쁘다. 알렉산드라. 믿어줘서."

"오라버니의 처우 말인데요. 당분간 손님으로 대우해도 괜찮겠죠?"

"물론, 상관없어."

"단, 무기 소지는 삼가주세요. 조금이라도 이상한 행동을 보이면 반역으로 의심받게 된다는 사실을 잊지 마세요."

'반역'이라는 말을 듣는 순간 올렉의 눈동자에 날카로운 기색이 스쳤다. 그러나 금세 복종하듯 숙인 고개 아래 감추어 보이지 않았다.

"그럼, 오라버니. 오랜 여행으로 피곤하실 테니 눈 좀 붙이세요. 지금 방을 준비시키죠."

그 말에 올렉은 알렉산드라에게 고개를 깊숙이 숙인 후 방을 나갔다. 디미트리오와 나머지 병사들도 올렉을 포위하여 물러났다.

그 모습을 가만히 지켜보고 있던 알렉산드라는 올렉의 뒷모습이 보이지 않게 되자 간신히 깊은 한숨을 내뱉으며 어깨에서 힘을 뺐다.

긴장했다. 이렇게 긴장한 적은 난생처음이다. 지금도 등에 식은땀이 흘러내리고 머릿속은 어지러웠다.

"제법 잘했어. 여왕님."

그렇게 말한 레오니다스가 알렉산드라의 머리를 토닥토닥 가볍게 쓰다듬었다.

조그만 어린아이의 응석을 받아주는 것 같은 행동이다. 그러나 지금은 그 행동이 왠지 모르게 기분 좋았다. 지치고 굳은 가슴이 느슨하게 풀리고 치유받는 기분이다.

후, 가느다란 숨을 토하고 일어난 알렉산드라가 올렉이 가져온 검을 레오니다스에게 건넸다.

레오니다스는 한 손으로 가볍게 그 검을 들어 올려 하늘을 향해 쳐들었다.

"역시, 뭔가 좀 부족해. 진짜가 훨씬 손에 붙어."

그런가? 검에 익숙하지 않은 알렉산드라는 둘의 차이를 알 수 없었다.

"이거, 어떡할까?"

레오니다스의 말에 알렉산드라는 옥좌 위를 손가락으로 가리켰다.

"원래 저기에 걸려 있었어."

벽에는 검을 걸기 위한 쇠 장식 두 개가 어딘지 허전하게 나란히 놓여 있었다.

"의외로 무방비하네. 대관식에서 사용하는 중요한 검이잖아."

듣고 보니 맞는 말이다. 예전에는 어렸기 때문에 거기까지 신경 쓰지 않아 깨닫지 못했지만, 확실히 조금 소홀하게 다루어지고 있었다.

"아마 이 검이 모조품이어서 그런가 봐."

"맞는 말이네."

"도둑맞아도 또 만들면 된다는 생각이었겠지."

그래서 올렉도 애석해하는 기색도 없이 이 검을 건네준 것이리라.

"그렇다면 이 검은 다시 저기에 걸어둘까."

레오니다스가 올렉이 가져온 검을 벽에 걸었다. 가짜임을 알고 있지만, 제자리에 야로슬라프 왕의 검이 걸려 있는 모습을 보니 어쩐지 기분이 좋았다. 그것만으로도 왕을 한 번 잃었던 옥좌가 조금이나마 다시 숨 쉬는 듯 보였다.

"진짜는 어떻게 했어?"

알렉산드라의 물음에 레오니다스는 뒤돌아 말했다.

"내가 보관하고 있어. 제대로 손질도 해뒀지."

"그래."

"네 멍청한 오라버니의 눈에 닿지 않는 곳에 숨겨두는 편이 좋겠지?"

"응. 그래야지."

고개를 끄덕인 알렉산드라는 머리를 숙인 채로 조용한 목소리로 은밀하게 충고했다.

"오빠는 그다지 믿지 않는 편이 나아."

"처음부터 안 믿었는데."

"옛날부터 그랬어. 오빠는 다른 사람을 곤경에 빠뜨리고 즐거워하는 사람이야. 오빠 혼자서 일을 꾸미지는 못하겠지만 그래도 조심하는 게 상책이야."

"그야 난 두말할 것 없이 조심할 생각이지만, 그래도 괜찮겠어? 그 녀석과 대립하게 되어도. 너한테는 피가 이어진 오빠잖아?"

그렇게 듣고 나서야 그 사실에 생각이 미쳤다.

레오니다스가 오빠인 올렉을 해칠 것을 걱정하는 것이 정상일 텐데, 자신은 그 반대만 걱정하고 있었다. 오빠인 올렉이 아니라 레오니다스를 지키고 싶다고 속으로 빌고 있었다.

어느샌가 알렉산드라의 마음은 오빠인 올렉에게서 완전히 멀어져 있었다. 지금 알렉산드라에게는 오빠인 올렉보다 레오니다스가 훨씬 가까운 존재였다.

알렉산드라의 마음이 괴로움으로 가득 찼다.

가족과의 연을 억지로 멀리해야 하는 슬픔. 그리고 그토록 싫어했었는데 언제부터인가 마음속으로 숨어 들어와 자리 잡은 남자에 대한 달콤한 놀라움과 욱신거림.

"어쩔 수 없어. 가까운 시일 내에 오빠의 진짜 의도를 밝혀낸다면 손쓸 방도가 생길 거야."

"그래."

"저런 오빠라도 옛날엔 나와 잘 놀아줬어. 공부도 가르쳐 주고. 짓궂은 장난도 자주 걸었지만 그래도 오빠를 미워하진 않았어. 친오빠를 이런 식으로 의심해야만 하다니, 어쩐지 속상해."

레오니다스의 커다란 팔이 알렉산드라의 등을 감쌌다. 그 품에 가볍게 안겨 넓은 가슴의 포로가 된다.

"미안. 널 여왕으로 만들겠다고 하지 않았다면 이런 아픔은 맛보지 않아도 되었을 텐데."

느닷없는 사과에 알렉산드라는 살짝 웃었다.

"그럼, 그 계획, 그만둘 거야?"

"그건 그거고, 이건 이거지."

"정말, 자기 멋대로야."

"마음대로 말해라."

알렉산드라의 머릿속에 다시 한 번 레오니다스의 말이 맴돌았다.

"알렉산드라. 넌 어떻게 할 거야?"

"난 내 나라를 갖고 싶다. 그 욕망을 따라 행동할 거야. 그런데 넌? 넌 뭘 하고 싶지?"

올렉에게 나라를 넘기고 싶지 않다.

그것만은 명백하다.

올렉에게 나라를 맡긴다면 다시 실바의 국토는 황무지로 방치되고 백성은 착취당하는 존재로 전락하게 된다.

그건 안 된다. 절대로 허락 못한다.

그러면서도 자신이 여왕이 되어 나라를 잘 다스릴 수 있을까를 생각하는 순간, 마음이 약해진다.

아마도 알렉산드라 스스로 여왕이 되겠다고 결정하지 않았기 때문이리라.

하는 수 없이 레오니다스의 야망에 말려들었을 뿐. 자신의 의지가 아니었다.

그 생각이 알렉산드라를 몹시 망설이게 했다.

이대로 있으면 어차피 레오니다스가 의도한 대로 일이 흘러가게 될 것은 확실하다. 알렉산드라는 여왕이 되고 레오니다스는 그 남편이 된다. 레오니다스는 그의 바람대로 자신의 나라를 얻고 이 나라의 숨은 권력자가 된다.

하지만 실은, 일이 그렇게 흘러가는 것도 나쁘지 않겠다는 생각이 들기 시작했다.

본인의 입장이야 어떻든, 레오니다스가 실바를 다스리게 되면 알렉산드라의 부친이 국왕이었던 시절보다 풍요로워지게 될 것이다. 적어도 백성을 위해서는 그편이 낫다.

'그럼, 난?'

이대로 흐지부지하게 레오니다스와 결혼해도 괜찮은 걸까? 다른 여자를 마음에 두고 있는 이 남자와…….

요즘은 줄곧 이런 상태였다. 레오니다스와 자신에 대해 생각하기 시작하면 기분도 머릿속도 심하게 어지러워져, 아무 생각도 할 수 없었다. 가슴이 괴롭고 애달파서 숨도 쉴 수 없었다.

"뭐가 그렇게 불안해?"

고래를 숙인 채 아무 말 하지 않는 알렉산드라의 태도를 이상하게 생각했을 것이다. 레오니다스는 살며시 알렉산드라의 금발을 쓰다듬으며 속삭였다.

"괜찮아. 내가 널 반드시 여왕으로 만들어줄게."

머릿속이 녹을 정도로 감미로운 속삭임이었다. 그런데도 왠지 마음은 얼어붙었다.

"넌 아무 걱정할 필요 없어. 내가 지켜줄게."

솔직하게 기쁜 마음이 들었지만 한편으로는 너무 슬펐다.

상반된 두 감정 사이에서 알렉산드라는 간신히 그 이유를 깨달았다.

정말로 듣고 싶은 말은 그게 아니었다.

지금 내가 원하는 말은 좀 더 다른 말인데…….

이른 아침.

아직 제라드도 작업을 시작하지 않은 이른 시간에 알렉산드라는 혼자 허브 정원을 찾아왔다.

품에는 낡은 천으로 감싼 물건을 꼭 껴안고 있었다. 상당히 길고 무거운 것이었다. 힘이 없는 알렉산드라로서는 들고 걷는 일조차 상당히 애먹을 정도로.

그 안에는 진짜 야로슬라프 왕의 검이 들어 있었다. 레오니다스가 야로슬라프 왕의 무덤에서 뽑았던 그 검이다.

알렉산드라는 레오니다스에게 건네받은 검을 부드럽게

무두질한 가죽에 감쌌다. 그 위를 낡은 리넨으로 감싸고, 그 위에 마지막으로 낡은 천에 둘둘 말아 안에 무엇이 들었는지 알 수 없게 만든 다음 방에서 가지고 나왔다.

숨길 장소를 신중하게 골라야 한다. 누구에게도 발견되지 않을 장소. 의심받지 않을 장소. 그러면서도 여차할 때는 바로 끄집어낼 수 있는 장소.

여러모로 궁리해 봤지만 다른 곳은 생각나지 않았다.

알렉산드라는 긴장으로 두방망이질 치는 가슴을 어떻게든 가라앉혀 보려 노력하며, 허브 정원 한쪽 구석에 있는 작업 용구를 간수해 두는 작은 헛간의 문짝을 열고 그 안에 낡은 천에 감싼 야로슬라프 왕의 검을 쑤셔 넣었다.

이곳은 특정인을 제외하고는 안을 살펴볼 일이 없었고, 누구라도 이런 곳에 야로슬라프 왕의 검이 있을 거라고는 생각지 않을 장소이다. 적어도 올렉은 더럽거나 천민이 작업하는 장소를 싫어해서 이곳에 다가올 가능성이 한없이 낮았다.

헛간의 문을 닫자, 어떻게든 큰일을 해치웠다는 허탈감이 엄습했다. 마음 깊은 곳에 맺힌 허탈감을 한숨과 섞어 내뱉고, 알렉산드라는 허브 정원으로 향해 주위를 찬찬히 둘러보았다.

어딜 보나 잘 가꿔져 있었다. 특히 지크프리트에게 받은 씨앗을 심은 곳은 특별히 면적을 여유롭게 두고 밭두둑도 넓게 정비되어 있었다. 제라드가 이곳을 얼마나 소중히 가꾸는지 알 것 같았다.

알렉산드라는 몸을 굽혀 태양을 향해 애처롭게 열린 떡 잎을 손끝으로 쓰다듬었다.

"건강하게 자라줘."

그리고 사람들에게 도움이 되어주렴.

중얼거리고 있을 때 바로 근처에서 갑작스러운 인기척이 나는 것을 알아차렸다.

올렉이다.

두근.

가슴이 심하게 고동쳤다.

혹시 헛간에 야로슬라프 왕의 검을 숨기는 것을 들켰을까?

아니, 그럴 리 없다. 그만큼 신중하게 주위를 살폈었다. 그때는 누구의 기척도 느껴지지 않았다.

아무 일 없다는 듯 알렉산드라는 올렉에게 시선을 돌렸다.

"좋은 아침이에요, 오라버니. 희한한 일이네요. 오라버 니가 이런 곳에 다 오고."

올렉은 그 말에 대답하지 않고 알렉산드라의 곁으로 다 가와, 시시하다는 듯 허브 정원을 훑어보았다.

"너, 아직도 이런 걸 만들고 있었니."

예전과 똑같다. 어린 알렉산드라가 어설픈 손놀림으로 어깨너머로 익혔던 허브 손질을 하고 있었을 때 올렉은 그 녀를 바보 취급하는 시선으로 바라봤었다.

"이런 걸 왜 좋아하지?"

올렉이 구두 끝으로 떡잎을 찼다. 이제 막 움트기 시작한 여린 잎이 흙 속으로 뭉개졌다.

"심하잖아요. 무슨 짓이에요."

"그렇게 화낼 필요는 없잖니. 고작 잎인데."

"고작이라뇨. 이 잎은 지크프리트님께서 주신 아주 소중한 허브란 말이에요."

올렉에게는 알렉산드라가 화내고 있는 것보다 '지크프리트'라는 이름이 훨씬 중요한 일인 듯했다. 알렉산드라가 그 이름을 언급하는 순간 낯빛을 바꿔 바라봤다.

"지크프리트라면, 아크이라의?"

"그래요. 아크이라의 왕태자 전하죠."

"만났어?"

"네. 만나 뵈었죠. 매우 총명하시고 상냥한 데다, 인간적으로도 존경할 만한 분이세요."

올렉은 입을 다물었다. 방금 알렉산드라가 한 말의 의미에 대해 이것저것 따져보는 눈치였다.

그 이상 올렉이 꼬치꼬치 캐묻는 게 싫어서 알렉산드라는 자리를 벗어나려 했지만 허락되지 않았다.

"도망가지 마. 알렉산드라."

"그렇지만……."

"오랜만에 만났잖니. 때마침 방해꾼도 눈에 띄지 않으니 오누이끼리 마음을 터놓고 이야기나 나누자꾸나."

알렉산드라는 올렉과 나눌 이야기가 전혀 없었다. 몇 년이나 얼굴도 마주한 적 없는 오빠와 옛이야기를 하고 싶지도 않았다.

평소 같으면 어떻게든 이유를 대고 도망쳤을 상황이었지만, 생각해 보니 올렉의 진의를 살필 좋은 기회였다.

생각을 고쳐먹고 알렉산드라는 올렉의 뒤를 따랐다.

아무래도 올렉은 왕가의 무덤으로 향하는 듯했다. 왕가의 무덤이 있는 지하실로 가는 방향에서는 헛간이 보이지 않는다. 그 말은 알렉산드라가 야로슬라프 왕의 검을 숨기는 것도 보지 못했을 거라는 뜻이다.

슬며시 안도하면서도 야로슬라프 왕의 검에 생각이 미치자 암담해졌다.

야로슬라프 왕의 무덤에 이제 검은 없다. 레오니다스가 뽑아버렸다. 그 사실을 올렉이 알면 무슨 사달이 벌어질지 걱정이 되어 참을 수 없었다.

제발 되돌아가면 안 되려나?

알렉산드라의 그런 바람을 꺾듯이 올렉은 지하묘지로 발을 옮겼다.

축축한 흙냄새. 오랫동안 햇빛이 들어오지 않아 탁한 공기. 좁은 통로는 어두워서 손으로 더듬으며 나아가지 않으면 걸음걸이도 불안하다.

이윽고 겨우 야로슬라프 왕의 무덤 앞에 도착하자마자 올렉은 눈을 부릅뜨고 짐승 같은 소리를 내질렀다.

"검이 없잖아!"

깜짝 놀란 알렉산드라가 뒷걸음질쳤다.

"누구야?"

올렉이 뒤돌아서서 말했다.

"누가 왕의 검을 뽑았어?"

알렉산드라는 떨면서 작게 고개를 내저었다.

"모, 몰라요……."

사실대로 말할 수는 없다. 말할 수 있을 리가 없다.

그러나 올렉은 간단하게 진실을 알아내고 말았다.

"그 검은 남자야?"

"저는 아무것도 몰라요……."

"그 녀석이야? 그 녀석이 진정한 왕의 증표인 그 검을 뽑
았어?"

"그러니까, 모른다고 했잖아요."

갑작스레 어깨를 세게 잡혔다. 손톱이 피부로 파고들 정
도로 손끝에 힘이 실려 있었다.

"아, 아파……. 놔주세요."

알렉산드라가 버둥거려도 올렉은 손을 놓지 않았다. 오히
려 알렉산드라의 어깨를 잡은 손에 더욱 강한 힘을 실었다.

"그 남자랑 잤어?"

"오, 오라버니……."

"그 남자한테 안겼어? 그래서 그렇게 그 남자를 감싸는
거야?"

"아, 아니에요……."

"이 매춘부가!"

억센 힘에 밀린 알렉산드라의 몸이 축축한 흙 위를 여러 번 굴렀다. 일어나지도 못하고 웅크린 알렉산드라의 위로 올렉의 욕설이 빗발쳤다.

"자. 말해. 어떻게 그 검은 남자를 유혹했지? 네가 먼저 다리를 벌리고 꼬셨어? 그래?"

"아냐……! 난 그런 짓……."

"네가 무슨 짓을 했는지 알기나 해? 넌 나라를 팔았어. 너 같은 여자는 실바 왕족의 수치야. 몸을 팔아 남자에게 빌붙다니, 이 얼마나 더러운……."

"아뇨……. 난……."

"그렇게 여왕 자리를 손에 넣고 날 내려다보니까 기분이 어땠어? 기분 좋았어? 최고였어? 즐거웠니? 이 나를 내려 다보니까?!"

'아냐……!'

알렉산드라는 속으로 외쳤다.

'난 나라를 팔지 않았어! 오빠를 내려다보지도 않았어!'

레오니다스를 유혹했다니, 말도 안 되는 의심이다. 아직 알렉산드라는 처녀니까.

그러나 그 사실을 말해본들 격분한 올렉이 들어줄 리 만무하다.

축축한 흙바닥 위에 웅크린 채로 알렉산드라는 그저 떨고만 있었다. 눈가에 눈물이 어렸다. 심한 굴욕감에 마음이 부서질 것 같았다.

얼마나 그렇게 있었는지 모르겠다.

갑자기 올렉이 땅 위에 무릎 꿇고 앉아 알렉산드라의 어깨를 살짝 안았다.

"미안. 동생아. 좀 지나치게 흥분했나 봐."

손바닥 뒤집듯 간살스러운 목소리였다. 온몸에 오싹한 한기가 지나갔다.

알렉산드라가 어떻든 올렉은 신경 쓰지 않고 상냥한 목소리로 속삭였다.

"알고 있어, 알렉산드라. 너라고 좋아서 그 남자의 노리개가 되었겠니? 그렇게 안 했으면 목숨을 잃게 되었겠지. 살기 위해서 어쩔 수 없었을 거야. 그렇지?"

"난……."

"괜찮아. 내가 돌아왔으니까 이젠 걱정 마. 내가 그 지옥에서 널 꺼내주마. 둘이서 힘을 합쳐 그 검은 남자를 쫓아버리고 예전처럼 아름답고 평화로운 실바를 되찾자. 그리고 이번에야말로 아바마마와 어마마마를 불러 가족끼리 사이좋게 사는 거야."

한순간 꿈을 꾼 것 같았다.

알렉산드라가 아직 '마녀'로 불리기 전, 행복했던 시절의 가족을 되찾을 수 있지 않을까 하는.

그러나 그 꿈은 환상이다.

이젠 그 시절로 돌아갈 수 없다.

밀랍 양초의 불빛이 테이블 위에서 이리저리 흔들렸다.

테이블을 둘러싸고 앉아 있는 사람은 세 명.

알렉산드라와 레오니다스. 그리고 올렉.

저녁 식사로 나온 포도주 탓인지, 올렉은 굉장히 수다스러웠다. 아까부터 쓸데없는 얘기만 떠들어대고 있었다.

레오니다스는 특별히 말참견하지 않고 올렉이 하고 싶은 대로 내버려 두고 있었다. 그 태도로 보아서는 적당히 흘려듣고 있는 건지, 진지하게 귀 기울여 듣고 있는 건지는 알 수 없었다.

알렉산드라는 어쩐지 불안한 마음으로 그런 두 사람을 지켜보고 있었다.

이 성에 온 뒤로, 올렉은 손님의 본분을 지키며 얌전하게 있었다. 가끔 억지를 부려서 병사들을 난처하게 하기도 했지만 그리 심각한 것은 아니어서 의외로 조용한 나날을 보냈다.

그러나 알렉산드라는 올렉이 일을 꾸미고 있다는 의심을 씻을 수 없었다. 그래서 이렇게 술자리에도 동석한 것이다.

특히 오늘 밤은 올렉이 그토록 까닭 없이 싫어하는 레오니다스에게 먼저 동석을 청해왔다. 무언가 꿍꿍이가 있는 것이 분명했다.

물론 레오니다스가 올렉보다 훨씬 힘이 세고 검술도 한 수 위다. 체격도 뛰어나다. 싸움이 나게 되더라도 올렉에게 승산은 없었다.

알고 있지만, 걱정이었다. 레오니다스에게 눈을 뗄 수 없었다.

'이건 다 레오니다스가 내 말을 안 들어줘서 그래.'

올렉과 무덤에 다녀온 날, 알렉산드라는 곧장 레오니다스에게 무덤에서 있었던 일을 말했다. 올렉을 조심하라는 충고도 했다.

그러나 레오니다스는 의미 모를 말만 하며 알렉산드라의 말을 무시했다.

왠지 사이가 멀어진 기분이다. 알렉산드라는 그날의 일을 떠올렸다.

"오빠를 추방하는 편이 좋을지도 몰라."

알렉산드라가 간신히 레오니다스를 붙잡고 자신의 방으로 끌어들이자마자 내뱉은 첫마디였다.

"오빠가 뭔가 좋지 않은 일을 꾸미고 있어. 실은 내게 항복할 생각 따윈 전혀 없는 거야."

그러나 레오니다스는 알렉산드라의 염려는 아랑곳하지 않고 다소 쌀쌀맞게 대답했다.

"그건 처음부터 알고 있었어. 녀석이 뭔가 꾸미고 있다는 것도."

"하지만……."

"왜 이제 와서 그런 말을 하지? 올렉에게 무슨 얘길 들었어?"

알렉산드라는 저도 모르게 머뭇거렸다.

여자의 무기를 이용해 레오니다스를 유혹했다느니 나라를 판 더러운 여자라느니 하며 멸시받았던 말을, 설령 잘못된 의심을 받았다고 해도 레오니다스 앞에서 말하고 싶지 않았다.

그러나 레오니다스는 알렉산드라가 머뭇거리는 이유를 다르게 오해한 것 같다.

"뭐야. 오랜만에 오빠를 만나더니 뭔가 심경의 변화라도 생겼나 봐?"

"그렇지 않아."

"어차피, 자기랑 검은 남자를 쓰러뜨리고 실바를 손에 넣자느니 하는 말이라도 들었겠지."

정곡이다.

무심코 휘둥그레진 눈으로 바라보자, 레오니다스가 코웃음 쳤다. 레오니다스의 눈에 그림자가 진다. 알렉산드라를 향한 의혹 때문에 검은 눈이 더욱 어둡게 물든다.

"그래서, 어쩔 거야? 올렉과 짜고 날 쓰러뜨릴 건가?"

"내가 왜 그러겠어."

"정말?"

"당연하지. 만약 그럴 생각이라면 오빠를 추방하자고 당신에게 충고하지 않았겠지."

정론이라고 생각했다. 이렇게 말하면 레오니다스도 이

해할 것이다.

그러나 레오니다스는…….

"네 말이 함정이 아니라고 누가 장담할 수 있을까?"

레오니다스의 커다란 손이 알렉산드라의 뒤통수를 감쌌다. 그리고 억지로 들어 올려 얼굴 가까이에서 들여다본다.

"원래 넌 날 싫어했어. 네 오빠라는 작자와 짜고 자고 있는 내 목을 베려고 한다 해도 이상할 게 없잖아. 내 말이 틀려?"

알렉산드라가 잘게 떨면서 대답했다.

"아니야. 그런 짓 안 해."

"왜, 그렇게 단언하지?"

"올렉 오빠보다 당신이 백성을 잘 다스릴 거라고 생각하니까."

"그 말을 어떻게 증명할 건데?"

증명.

그런 게 가능할 리 없다. 이 마음속을 갈라 보인다고 해도 레오니다스가 믿지 않으면 아무런 의미가 없다.

고개를 숙여 입술만 깨물고 있는데, 갑자기 허리를 강하게 끌어 안겼다.

"너, 이제 그만 내 여자가 되라."

"레오니, 다스……."

"내 여자가 되면 네 말 믿어줄게."

그대로 입술을 억지로 포개어온다.

턱을 당겨 어떻게든 달아나려 하지만 쉽게 따라잡은 레오니다스가 강하게 다문 입술을 우격다짐으로 벌리려고 한다.

난폭하게 들어온 혀가 알렉산드라의 혀에 닿았다. 달아날 여유도 주지 않고 휘감아 강하게 빨아올린다.

너무나 폭력적인 키스.

'아크이라에서는 그렇게 부드러웠는데…….'

그때의 일이 떠오르자 눈물이 맺힌다.

이런 난폭한 키스는 싫어. 좀 더 부드럽게 해줘.

알렉산드라의 마음을 배려하지 않고 레오니다스는 드레스의 옷자락을 걷어 올렸다. 드러난 허벅지를 커다란 손이 더듬었다.

"윽…… 응응……."

그만하라고 외치고 싶었지만 입술이 막혀 있어서 소리도 내지 못했다. 저항한답시고 레오니다스의 등을 주먹으로 통통 쳐 보았지만 너무나 약해서 부질없었다.

레오니다스의 손가락이 다리 사이로 들어왔다. 닫힌 그곳을 강제로 비집어 연다. 질척한 소리를 내며 손끝이 안으로 들어왔다. 민감한 곳이 덧그리듯 만져지자 등에 뜨거운 전율이 흘렀다.

'싫어…….'

막무가내로 밀어붙이는 행동에 마음이 찢어지는 것 같다. 그런데도 몸은 알렉산드라의 마음을 배신하고 쾌락을 갈구한다.

이대로 조금씩 빚을 갚듯 레오니다스에게 안기게 되는

걸까? 올렉이 말한 대로 레오니다스의 노리개로 전락하는 걸까?

'그런 건 싫어!'

그 마음이 평소보다 배는 되는 힘을 불러일으켰나 보다. 있는 힘을 다 쥐어짜 내어 레오니다스를 밀치자 허를 찔렸는지 레오니다스의 팔 힘이 조금이나마 느슨해졌다. 그 틈을 놓치지 않고 알렉산드라는 레오니다스의 품에서 빠져나왔다.

레오니다스의 검은 눈에 분노와 닮은 격렬한 빛이 떠올랐다. 자신을 따르지 않는 알렉산드라를 향한 조바심으로 소용돌이쳤다.

알렉산드라는 질세라 파란 눈으로 레오니다스를 노려보았다.

"난 실바의 여왕이 되어도 상관없어. 올렉 오빠에게 맡기기보다는 그편이 조금이라도 나을 테니까. 하지만, 그래도, 당신에게 안기는 건, 죽도록, 싫어."

목소리가 높아진다. 가슴이 떨린다. 숨도 쉴 수 없다.

"난 당신의 소유가 아니야. 당신의 도구도 아니야. 당신 마음대로 할 수 없어."

"알렉산드라······."

"날 안아도 되는 사람은 내가 사랑해도 될 만한 남자뿐이야. 내 사랑을 원한다면 발밑에 엎드려서 사랑해 달라고 빌든지."

일방적으로 내뱉고 알렉산드라는 방을 뛰쳐나왔다.

가슴이 찢어질 것 같았다.

그날 이후로 레오니다스와 진지하게 대화한 적이 없다.

알렉산드라는 레오니다스의 얼굴이 보이는 순간 뒤돌아서 달아났고, 레오니다스는 쫓아가려는 기색도 없었다.

너무나 노골적인 두 사람의 태도가 걱정스러웠던 모양이다. 디미트리오도 무슨 일 있느냐고 조심스럽게 물어왔지만, 알렉산드라는 '아무것도 아니야'라고 대답하는 것 외에 다른 방도가 없었다. '사랑싸움은 칼로 물 베기입니다'라는 말을 들어도 웃을 수밖에 없었다.

멍하니 그 일을 떠올리며 촛불을 바라보고 있는데, 올렉이 비어버린 술잔을 채우려고 포도주병을 집어 들더니 작게 혀를 찼다.

"뭐야……. 벌써 비었잖아."

내심 슬슬 자리를 파하길 바라며 알렉산드라는 조심스럽게 말했다.

"더 마실 거예요? 누군가에게 가져오라고 분부를 내릴까요?"

방 입구에 심부름을 담당하는 병사들이 대기하고 있었다. 그들에게 명령하면 금세 포도주를 가득히 채운 항아리를 날라다 줄 것이다.

그러나 올렉은 고개를 살짝 젓고 일어났다.

"아니. 내가 다녀올게."

"하지만……."

"괜찮다니까. 이래봬도 이 성에서 오래 살았으니까 말이야. 어디에 뭐가 있는지, 나도 그 정도는 알고 있어."

남의 말은 듣지 않겠다는 태도였다. 그렇다고 온 힘을 다해 막을 수도 없는 노릇이라, 방을 나가는 뒷모습을 지켜볼 수밖에 없었다.

작게 한숨 쉬며 별생각 없이 레오니다스에게 시선을 돌리자 레오니다스도 알렉산드라를 보고 있었다.

두근.

가슴이 심하게 뛰어올라 알렉산드라는 그만 눈을 돌리고 말았다.

생각지도 않게 둘만 남게 되어 동요했다. 공기가 긴장된다. 말은커녕 숨도 내뱉기 힘들다. 레오니다스의 존재가 필요 이상으로 의식되어 피부까지 찌릿하게 소름이 돋는다.

알렉산드라는 긴장으로 온몸을 뻣뻣하게 굳혔다.

'언제부터 이렇게 한심한 여자가 되어버린 걸까?'

침착하지 못한 자신이 견딜 수 없이 한심하다.

곧 제자리에 돌아온 올렉이 새 술잔을 세 개 나란히 놓고 그 안에 자신이 가져온 술을 따랐다.

"너도 마셔."

내밀어진 술잔 안의 술은 희미한 촛불 아래서도 확연히 알아볼 정도로 선명한 진홍빛이었다. 어떻게 봐도 포도주는 아니었다.

의심스러워하는 알렉산드라의 얼굴을 보고 올렉이 웃어 보였다.

"산딸기 와인이야."

숲이 울창한 실바는 산딸기 와인 제조도 성행했다. 특히 세벨 숲의 산딸기 와인이 유명해서 알렉산드라의 부모님도 좋아했다.

"잠시지만 실바를 떠나 있었잖아. 실바의 산딸기 와인이 그립더라."

올렉이 술잔 안을 슬쩍 들여다보며 말했다.

"봐. 이 색깔. 소름 끼칠 만큼 예쁘지?"

올렉은 곧장 술잔의 술을 단숨에 들이켰다.

그 모습을 끝까지 지켜본 후에 알렉산드라도 술잔에 입 술만 살짝 댔다. 과일 향기가 달콤하고 산뜻했다.

그런데…….

'산딸기 와인이, 이런 맛이었나?'

의아해하는데, 너무 마신 탓인지 올렉이 심하게 기침했 다. 그러면서도 그가 레오니다스에게 산딸기 와인을 권했 다.

"자네도 마셔."

어쩔 수 없이 한 모금 마신 레오니다스가 눈썹을 찌푸렸 다.

"달아."

"에이, 에이, 에이. 그렇게 말하지 마. 자네도 앞으로 실바를 통치하고 싶다면 실바의 특산물 정도는 알아두는 편이 좋잖아."

그렇게 말하면서 레오니다스의 술잔에 술을 채우는 올렉은 완전히 취해있었다. 자세히 보면 눈가도 빨갛게 물들어 있었다.

올렉이 자신의 술잔에도 술을 따르며 말했다.

"자네 부대에는 여자가 한 명도 없지."

레오니다스가 고개를 끄덕였다.

"그래. 빨래나 밥해주는 여자를 데리고 다니는 부대도 있다지만, 내 부대에서는 전부 병사들이 하고 있지."

"색기라곤 하나도 없는 부대로군."

"여자는 내분의 원인이야. 빨래나 밥은 남자가 해도 되고, 여자만이 할 수 있는 일이 필요할 땐 여자를 사러 가면 돼."

"하하. 맞는 말이야."

올렉이 웃었다.

"그럼, 지금 성에 있는 여자는 이 녀석 한 명이겠네.:

턱짓으로 가리키자 알렉산드라가 울컥했지만 올렉은 별로 신경 쓰지 않았다.

"그래서 말인데, 어때? 흑의 장군. 내 여동생의 맛은?"

"……."

"규중처녀나 다를 바 없어. 어쨌거나 계속 동쪽 탑에 갇혀 있었으니까."

자못 즐거운 듯 올렉이 소리 높여 웃었다.

레오니다스는 무표정했다. 그저 싸늘한 시선으로 올렉을 바라봤을 뿐이다.

"정말이지, 자네도 희한해. 이 녀석은 마녀잖아? 아니면 마녀에게는 남자를 감쪽같이 꾀는 특별한 속임수라도 있는 거야? 있잖아. 가르쳐 줘. 우리끼리만 아는 얘기로 하고."

"이제 그만하세요."

더 이상 듣고 있을 수 없어 알렉산드라가 끼어들었다.

"그런 얘기 듣기 싫어요."

"너한테 물은 게 아니잖니."

비웃는 듯한 올렉의 목소리.

"이건 남자끼리의 대화야. 그렇지? 흑의 장군."

"……"

"그래서, 어땠어? 이 녀석의 몸이 마음에 들었어?"

친오빠면서 왜 저런 추잡한 말만 내뱉는 걸까? 게다가 이렇게 집요하고 끈질기게.

너무 화난 나머지, 올렉의 뺨을 내려칠 뻔했다. 그러나 알렉산드라가 행동에 옮기기 전에 레오니다스의 커다란 손이 알렉산드라의 가는 손목을 붙잡았다.

레오니다스는 알렉산드라를 흘끗 쳐다보고는 올렉에게 싱긋 웃어 보였다.

"네 말대로 남자끼리의 대화지."

"그럼. 그렇고말고."

"오빠인 사람에게 말하기는 좀 그렇지만, 이 녀석은 가슴도 작지, 색기도 없지, 고집 세지, 정말 눈곱만큼도 귀여운 구석이 없어. 어떻게 하면 이만큼 귀엽지 않은 여자가 태어날 수 있는지 신기할 따름이야."

"그렇지!"

오빠인 올렉뿐 아니라 레오니다스까지 이런 심한 말을 할 줄이야.

알렉산드라가 참지 못하고 일어나려는데, 레오니다스가 잡은 손목에 힘을 줘서 억지로 끌어당겼다.

"그런데 말이야."

레오니다스의 눈에 어두운 불꽃이 서려 있다.

"그래도 이 녀석은 나한테 소중한 여자야. 내 여자가 모욕당하는 데 참고 있을 생각은 없어. 설령 상대가 이 녀석의 오빠여도 말이지."

레오니다스를 에워싼 기운이 단숨에 위험한 색을 띠었다.

올렉은 한 방 먹은 듯 입을 다물고 몸을 움츠렸다.

"두 번 다시 그런 말 입에 담지 마. 농담이라도 함부로 입을 놀렸다간 혓바닥을 뽑아줄 테니."

"히익."

올렉의 입에서 새된 비명이 나왔다.

알렉산드라는 올렉을 협박하는 레오니다스의 옆모습을 그저 얼떨떨하게 쳐다보고 있을 따름이었다.

이렇게 감싸줄 줄 몰랐다. '소중한 여자'라는 말에 가슴이 뜨거워진다. 혹 그 말이 '야망'을 이루는 데 '소중'하다는 의미일지라도 레오니다스에게 자신이 특별한 존재라고 생각하니 형언할 수 없는 기쁨이 솟아오른다.

"알렉산드라. 가자."

자리에서 일어난 레오니다스에게 어깨를 안겨 그가 이끄는 대로 알렉산드라도 따라갔다.

"이런 맛없는 술은 이젠 사양한다. 당신과는 두 번 다시 술 안 마셔……."

레오니다스가 갑자기 말을 끊었다. 어깨에 올린 손에 급작스럽게 무게가 실리며 레오니다스의 커다란 몸이 알렉산드라의 어깨를 짓눌렀다.

"뭐야……. 왜 이러지……?"

레오니다스가 온몸을 잘게 떨고 있었다. 호흡이 거칠어지고 이마에 땀이 맺혀 있었다.

취한 것은 아니다. 레오니다스는 알렉산드라가 깜짝 놀랄 만큼 술이 강했고, 취했다고 보기에는 상태가 이상했다.

"이제야 약효가 나는군."

올렉의 입가에 비릿한 미소가 피어올랐다.

"혹시나 그 들짐승 같은 놈에게는 효과가 없는 건가 하고 조마조마했는데. 역시 마녀의 딸기야. 효과만점이군."

그 말에 퍼뜩 놀라 알렉산드라는 올렉을 쳐다봤다.

"마녀의 딸기라니……? 설마, 코리아리아?"

코리아리아. 실바 숲에서도 가끔 눈에 띄는 식물이다. 그

식물에 열리는 선명한 붉은색 열매는 매우 달콤하지만 무시무시한 독으로 가득하다. 멋모르고 먹은 아이들이 중독사하는 사건도 일어나서 농민들 사이에서는 '마녀의 딸기'라고 부르며 두려워한다는 사실을 알렉산드라도 알고 있었다.

그렇다면 아까 올렉이 가져온 산딸기 와인. 그 와인은 코리아리아로 만든 술이었단 말인가. 처음에 올렉이 먼저 마시는 모습을 보고 안심하고서 입에 댔건만, 그 자체가 함정이었다. 올렉은 분명 마시지 않았다. 마시는 시늉만 했을 뿐. 그리고 실내가 어두운 것을 기회 삼아 기침하는 척 뱉어버렸을 것이다.

알렉산드라는 아주 살짝 입만 댔다. 소량이라 특별한 이상증세는 나타나지 않았다. 레오니다스는 얼마나 마셨지? 한 잔? 두 잔? 어쨌거나 어서 토해내게 해야 한다.

"거기! 아무나 좀 와봐!"

알렉산드라가 큰소리로 외쳤다.

레오니다스의 몸 상태는 점점 악화되고 있었다. 온몸이 경련하고 몸에 힘이 들어가지 않는 듯 서 있는 것조차 불안해 보였다.

"누구 없어! 디미트리오!"

그러나 알렉산드라의 목소리에 대답하는 사람이 아무도 없다. 조금 전까지 방 앞에서 대기하고 있던 병사마저 얼굴을 보이지 않았다.

"어떻게 된 일이지……?"

당황해하는 알렉산드라를 보며 올렉이 코웃음 쳤다.

"무슨 짓을 한 거예요?"

"글쎄."

"대답해요! 오라버니! 대답하라고! 대답해!"

그러나 올렉은 묵묵부답이었다. 알렉산드라를 바보 취급하듯 엷은 미소를 띠고 있을 뿐이다.

알렉산드라는 기가 막혀 할 말을 잃었다.

무슨 일이 일어난 건지 자세한 것은 모르겠다. 알고 있는 사실은 올렉이 레오니다스에게 독이 든 와인을 마시게 했다는 것. 독이 든 와인 때문에 레오니다스의 생명이 위험에 빠졌다는 것. 또한 올렉은 알렉산드라에게도 독이 든 와인을 건넸다는 것. 친동생인 알렉산드라도 독살하려 했다는 것.

"비겁한 인간!"

떨리는 목소리로 알렉산드라는 올렉에게 욕을 퍼부었다.

"항복한답시고 성안으로 몰래 들어와서는 독을 쓰다니, 믿을 수가 없어. 한 나라의 왕태자였던 사람이 이런 간사한 속임수를 쓸 줄이야, 이 무슨, 수치도 모르는……!"

"파렴치하다니, 어처구니가 없네."

올렉은 어깨를 으쓱 올렸다.

"원래 독약을 쓰는 건 너희 마녀들 특기잖아. 난 그 수법을 흉내만 냈을 뿐이야."

말도 안 되는 핑계다. 변명이라고 해도 정도가 지나치다.

"난 독 같은 건 사용한 적 없어. 내 지식은 사람들을 지키기 위한 거지, 남을 해치기 위한 게 아니야."

엉겁결에 반박했지만, 올렉에게는 통하지 않았다.

올렉의 파란 눈에 어두운 그림자가 비친다.

"네 허울 좋은 말은 그만하면 싫증나도록 들었어. 이젠 신물이 나."

"오라버니……"

"두 번 다시 그 입 못 놀리게 만들어주마."

정신을 차리니 올렉의 오른손에 단도가 들려 있었다. 아마 옷 속에 숨겨온 듯하다.

어슴푸레한 방 안에서 촛불의 희미한 불빛에 반사된 칼날이 반짝거렸다. 그 불길한 모습에 알렉산드라는 숨을 삼켰다.

"코리아리아의 독으로 얌전하게 돼질 것이지."

올렉이 단도를 치켜들었다.

어깨 위로 레오니다스의 몸이 축 늘어져 있었다. 뜻대로 도망칠 수도, 흉기를 피하거나 막을 수도 없었다.

견디지 못하고 눈을 꽉 감고 작게 움츠리는데, 머리 위에서 금속이 맞부딪히는 맑은소리가 울렸다.

"시끄러……"

레오니다스다.

독이 퍼지는 몸으로 어떻게든 검을 잡아 올렉의 단도를 막아낸 것이다.

"약한 개가 시끄럽게 짖는다는 말이 사실이군."

거친 숨. 안정되지 않은 시선. 지금이라도 끊길 것만 같은 의식을 간신히 의지로 버티고 있는 상태일 것이다.

"끈질긴 놈."

올렉이 분하다는 듯 내뱉었다.

"하지만 언제까지 지껄일 수 있을까."

"……."

"봐, 손끝이 떨리고 있잖아. 이젠 검을 잡고 있는 감각도 사라졌지? 이래서야 흑의 장군도 갓난아기나 다름없군. 지금이라면 나라도 널 손쉽게 죽일 수 있겠는데."

"올렉……. 이 자식……."

레오니다스의 입에서 저주 섞인 신음이 절로 흘러나왔다. 그러나 올렉의 말대로 검을 쥔 손이 와들와들 떨려서 이젠 검을 들어 올리는 일도 힘겨웠다.

알렉산드라는 레오니다스를 보호하듯 커다란 몸을 품에 꼭 안았다.

레오니다스는 몽롱한지 알렉산드라가 하는 대로 그녀의 품에 안겼다. 그런데도 손에 쥔 검을 놓지 않는다. 그 모습에 안타까움이 솟아오른다.

"도망가……."

레오니다스가 헐떡이면서 중얼거렸다.

"난 여기 두고…… 혼자서…… 도망가……."

알렉산드라는 작게 고개 저었다.

"당신이 날 지켜준다고 말했잖아. 약속을 지켜야지."

레오니다스를 안은 팔에 힘을 준다.

그때.

아득히 먼 곳에서부터 땅 울림과 비슷한 소리가 울려 퍼졌다.

금속이 맞부딪혀 내는 거슬리는 소리. 저마다 내지르는 고함. 많은 사람이 행진할 때 나는 발소리.

올렉의 입가에 히죽 웃음이 떠올랐다.

"이제야 왔네."

"뭐?"

불쾌한 예감이 들었다. 소리의 정체를 알아내려고 귀 기울이자 그 소리가 점점 이쪽으로 다가오는 것이 느껴졌다. 성 안에서도 큰 소리가 났다.

"적습이다!"

"적습……?"

알렉산드라가 작게 따라 말하고 올렉을 쳐다봤다.

"설마…… 오라버니가……?"

"그래. 알렉산드라. 전부 내가 계획했어."

올렉이 흐뭇한 듯 고개를 끄덕였다.

"확실히 실바의 병력은 그 녀석의 부대보다 약간 부족해. 정면으로 흑의 장군과 맞섰다면 이길 수 없는 건 불 보듯 뻔하잖아. 그래서 물 항아리에 협죽도의 잎을 넣고, 성으로 불어오는 바람의 방향대로 협죽도를 태웠지. 이걸로 성에 있던 병사 몇 명은 쓸모없게 돼버렸을걸. 거기다 그 녀석의 목숨은 지금 바람 앞의 등불이야. 이런 상황이라면 내게도 승산이 있어. 그렇지 않니?"

"무슨 말을……."

협죽도는 선홍색의 꽃을 피우는 수목이다. 겉보기에는 아름답지만 잎과 줄기, 가지에도 독성분이 있다. 꽃을 피운 가지를 꽂아두었던 물을 마신 말이 중독을 일으키고, 잘못 해서 장작으로 태우다가 연기를 들이마신 사람이 쓰러지는 일이 있는 등 그 위력이 무시무시하다.

"미안. 알렉산드라. 왕위는 내가 받을게."

엷은 미소를 지으며 올렉이 말했다.

"실바의 귀족들은 전부 내 편이야. 물론 아바마마와 어마마마도."

"아……."

"어쨌든 원래 내가 왕태자였으니까. 내가 왕이 되는 게 맞지. 그게 당연해. 너 따위한테 왕위를 건넬 줄 알아……. 너한테…… 너 따위한테……!"

광기 서린 목소리였다.

그 목소리가 말해주고 있었다. 왕위에 오르기 위해서라면 수단을 가리지 않는다고. 어떤 비겁한 짓도 꺼리지 않는 다고.

자기도 모르게 분노가 목으로 치밀어 올랐다.

"왕위는 오빠의 장난감 따위가 아냐!"

"뭐라고?"

올렉의 눈이 분노로 물든다. 개의치 않고 알렉산드라는 쏘아붙였다.

"국왕은 국토와 백성에 대한 책임을 져야 해. 나라를 잘 꾸려 나가려는 의지도 이상도 없는 오빠는 국왕이 될 자격이 없어!"

"네 허울 좋은 말은 이제 구역질난다고 말했지!"

올렉이 단도를 번쩍 치켜들었다.

"죽어라! 알렉산드라! 너 먼저 저 세상에 보내주마!"

이젠 끝이라고 생각했다. 이번에는 정말로 올렉의 칼을 막을 수 없다.

"장군!"

그러나 다음 순간, 내려쳐진 단도가 요란하게 바닥을 구르고 있었다.

바들바들 떨며 눈을 돌리자 디미트리오가 레오니다스를 부축한 알렉산드라와 올렉 사이를 가로막고 있었다.

"디미트리오!"

"알렉산드라님! 장군님은? 설마 칼에 찔린 겁니까?!"

디미트리오는 검을 고쳐 잡아 빈틈없이 올렉에게 겨누면서 물었다.

"아니. 독을 마셨어."

"독이요? 이 녀석 짓입니까?"

"응, 맞아. 서둘러 해독하지 않으면 목숨을 잃을 거야."

"이 비열한 놈!"

평소 여자들이 좋아하는 디미트리오의 다정한 눈이 쌍심지를 켜고 불이 일어났다.

"하필 독을 이용할 줄이야. 비겁한 놈. 남자라면 남자답게 검으로 정정당당하게 승부하는 게 어때?"

올렉이 혀를 차며 대답했다.

"상대가 인간이라면 정정당당하게 승부했지. 하지만 인간 이하의 야만인들과 정면으로 싸울 마음은 없어. 내 검이 더러워지잖아."

"이 자식……!"

"괜찮은 거야? 우물쭈물하다간 그 녀석 죽는다고."

순간, 디미트리오가 레오니다스에게 주의를 돌렸다. 그 틈을 놓치지 않고 올렉은 디미트리오와 간격을 벌려 방의 출구로 달려나갔다.

"코리아리아는 맹독이야. 이제 곧 온몸이 경련하다가 숨이 멎겠지. 그 녀석이 발버둥 치며 괴로워하는 모습을 못 봐서 유감이야."

"올렉!"

"썩 나가. 실바는 내 거야. 너희들에게 안 넘겨줘."

일방적으로 통보한 올렉의 뒷모습이 멀어졌다.

디미트리오는 뒤쫓아가지 않았다. 그보다 지금은 해야 할 일이 있었다.

"알렉산드라님. 상처는 없습니까?"

디미트리오의 말에 알렉산드라는 고개를 저었다.

"난 괜찮아. 그보다 전투 상황은 어때?

"좋지 않습니다."

"그래……."

"우선 이곳은 저희들끼리 버티고 있겠습니다. 알렉산드라님은 장군님을 데리고 어딘가로 몸을 숨기세요."

괜찮겠어?

목까지 올라온 말을 알렉산드라는 꾹 참았다. 지금은 디미트리오의 말대로 하는 수밖에 방법이 없다. 무엇보다 레오니다스가 걱정된다. 이곳에서는 마음껏 치료하지도 못한다.

"제라드에게 짐수레를 준비시키겠습니다."

"그렇게 해."

"장군님을 부탁드립니다."

"반드시 살릴 거야. 디미트리오도 몸조심해."

알렉산드라의 말에 디미트리오는 미소 짓고 고개를 끄덕였다.

정신이 드니 세벨 숲 속에 있었다.

세벨 숲은 매우 울창하다. 아무도 가장 깊숙한 곳까지는 가지 못한다는 소문이 날 정도로.

만약 가장 깊숙한 곳까지 갈 수 있는 사람이 있다면 분명 마녀뿐일 것이다.

그렇다면 세벨 숲 속에는 마녀의 나라가 있는 것일까?

인간 세상에서 쫓겨난 마녀들이 그곳에 모여 숨죽여 살아 가고 있을까?

그런 생각을 하며 마른 풀을 밟고 안쪽으로 향했다.

숲 속에서 알렉산드라를 반겨준 사람은 나이 든 마녀였다.

「살아 있었네.」

알렉산드라가 말하며 마녀에게 다가갔다. 웃고 있는 건지 두려움에 떨고 있는 건지 스스로도 모르겠다. 그저 억지로 짜내어진 듯한 경외심만이 마음속 깊은 곳에 있었다.

「많이 자랐구나.」

마녀가 말했다.

「할머니가 살려준 덕분이야.」

감사의 말을 전하자 마녀는 살며시 웃었다.

「아니야. 내가 살린 게 아니란다. 너 스스로 살아남은 거 야. 난 아주 조금만 도왔을 뿐이지.」

「하지만…….」

「넌 강한 아이야. 알렉산드라. 어쨌든 실바의 여왕이 될 아이니까. 보렴. 야로슬라프 왕도 그렇게 말하잖니.」

알렉산드라의 품 안에서 야로슬라프 왕의 검이 살짝 열을 띠었다. 마치 그렇다고 말하듯이.

「내가 실바의 여왕이 될 수 있을까? 실바의 여왕이 되어도 괜찮을까?」

「무슨 말을 하는 거니?」

마녀는 한쪽 눈썹을 올리고 허리에 손을 댔다.

「넌 이미 여왕인걸. 저길 봐.」

손가락으로 가리킨 쪽을 바라보자 그곳에 지크프리트와 에르윈이 있었다.

「축하해. 알렉산드라.」

「정말 귀여운 여왕님이야.」

옆에는 디미트리오와 제라드가 보였다.

「축하드립니다. 알렉산드라님.」

「평생 여왕님을 따르겠습니다!」

그들의 뒤에는 레오니다스 휘하의 병사들이 있었다. 실바의 백성도 여러 명 모여 있다. 그중에는 올렉도 있었다. 지금은 어디에 계시는지 알지 못하는 아버지, 어머니 그리고 동생도……

저마다 축하인사를 건네는 그들에게 당황스러워하면서도, 알렉산드라는 그저 한 남자의 모습만을 찾았다.

검은 머리카락. 큰 키. 넓은 어깨. 단단한 팔. 야만적이고 난폭하고 여자를 좋아하고, 가끔은 쓸쓸해 보이는 검은 눈동자를 가진, 나의……

그토록 찾았던 남자가 알렉산드라의 바로 곁에 있었다.

「레오니다스……」

겨우 안심하면서도, 동시에 가슴이 애달픔으로 가득해진다. 검은 눈을 올려다보니 레오니다스는 알렉산드라의 금발을 쓰다듬으며 가만히 미소 짓는다.

「축하해. 여왕 알렉산드라.」

「고, 고마, 워……」

「어때? 난 약속을 지켰다고.」

「그, 그렇네……. 그런, 가……?」

「약속을 지켰으니 이제 난 필요 없지?」

「뭐……?」

「잘 있어, 알렉산드라. 이제부턴 혼자서 잘해봐.」

무슨 말이야? 그게 가능한 일이야?

'안 돼. 혼자 내버려 두지 마!'

외치고 싶지만 목소리가 나오지 않는다.

'혼자서는 잘해 나갈 수 없어. 이젠 무리야. 외로운 건 싫어. 부탁이야. 날 두고 떠나지 마. 곁에 있어줘. 난, 당신을……'

"!"

퍼뜩 잠에서 깼다.

알렉산드라는 몸을 일으켜 주위를 둘러보았다. 이곳은 세벨 숲이 아니었다. 온화하고 엷은 햇살이 비치는 조용한 방 안이다.

"꿈, 꿨나 봐."

그래, 꿈이다. 아무래도 레오니다스를 간호하다가 깜빡 선잠이 들었나 보다.

그나저나 완전 악몽을 꾸고 말았다. 레오니다스가 사라지는 꿈. 자신을 버리고 어딘가로 떠나는 꿈.

"누가 보낼 줄 알고……."

중얼거리며 일어난 알렉산드라는 침대 위로 시선을 떨어뜨렸다.

침대 위에는 폭신한 리넨을 덮은 흑발의 남자가 누워 있다.

핏기 잃은 뺨. 메마른 보라색 입술이 살짝 열린 채 거칠게 숨을 내쉬었다.

레오니다스가 독을 마신 후로 이틀이 꼬박 지났지만 상태는 조금도 나아지지 않았다. 아니, 오히려 나빠지고 있다는 사실을 인정하지 않을 수 없다.

의식은 혼탁하고, 가끔 눈을 뜨더라도 불분명한 헛소리만 한다. 사소한 의사소통조차 할 수 없었다.

알렉산드라는 가만히 손을 뻗어 레오니다스의 이마 위로 흘러내린 검은 머리카락을 쓸어 올렸다.

자세히 보니 의외로 이목구비가 단정하다는 걸 알게 되었다. 마치 그리스의 바다에서 끌어올린 아름다운 조각처럼.

'분명 눈을 감고 있어서 그래.'

레오니다스의 검은 눈동자는 언제나 강하고 격렬한 눈빛으로 알렉산드라를 압도한다. 레오니다스의 생김새가 반듯하다는 사실을 알아채지 못할 정도로, 싫든 좋든 알렉산드라의 시선을 빼앗는다.

알렉산드라는 질리지도 않고 레오니다스의 잠든 얼굴을 뚫어지게 바라보았다.

그렇게 얼마나 시간이 흘렀을까. 조각상이라도 되는 양

꼼짝 않고 있는 알렉산드라의 등 뒤로 옷자락 스치는 소리가 스르르 다가와 말을 걸었다.

"상태는 어때?"

에르윈이 걱정하는 목소리로 물었다.

알렉산드라는 작게 고개를 젓고 대답했다.

"아뇨……. 여전해요……."

에르윈은 드레스의 옷자락을 조용히 정리하여 알렉산드라 옆의 의자에 앉았다. 에르윈의 얼굴은 평소와 달리 침울하게 가라앉아 있었다. 에르윈이 얼마나 레오니다스의 몸 상태를 걱정하는지 알 수 있었다. 아주 솔직하고 상냥한 사람이다. 그러니까 레오니다스에게 사랑받는 것이리라.

알렉산드라는 에르윈을 마주 보고 고개를 깊숙이 숙였다.

"정말 죄송합니다, 에르윈님. 폐를 끼쳐 드려서."

실바 성을 탈출한 뒤 알렉산드라는 곧장 아크이라로 향했다.

아크이라가 어떻게 나오게 될지 모르는 상황에, 오히려 위험한 행동이었는지도 모른다.

만일 아크이라 왕이 올렉을 왕으로 인정한다면 알렉산드라는 반역자로 붙잡히게 될 것이다. 그렇게 되면 알렉산드라와 레오니다스의 목숨은 없었다.

하지만 알고 있다 해도 달리 의지할 곳은 어디에도 없었다.

불안한 마음으로 아크이라의 국경을 넘자 아크이라의 병사들이 마중 나와 있었다. 성을 탈출할 때 파발꾼에게 서둘러 들려 보낸 친서를 읽은 지크프리트가 급하게 보내준 모양이었다.

그렇게 알렉산드라와 레오니다스는 극진한 대우를 받으며 아크이라의 왕도에 들어갔고, 지금은 왕성 안쪽의 조용한 방에 숨어 있었다.

"괜찮아. 신경 쓰지 않아도 돼."

에르윈의 호박색 눈동자에 부드러운 미소가 떠올랐다.

"지크도 얼마든지 머물러도 괜찮다고 했어."

"감사드립니다."

"그런데 이렇게나 치명적인 독이 든 열매가 있는 줄은 몰랐어. 아크이라에도 있을까? 있다면 모두에게 주의하라고 알려야겠어."

그렇게 말한 에르윈은 레오니다스의 얼굴을 들여다보며 작게 중얼거리듯 물었다.

"레오. 언제까지 잘 생각이야? 빨리 잠에서 깨지 않으면 네 사랑하는 알렉산드라가 슬퍼할 거야."

"에르윈님⋯⋯."

"여자를 울리다니 용서 못해. 깨기만 해봐, 벌을 줄 테니. 그러니까 어서 눈을 떠. 그래야 뭐라도 할 수 있잖아."

에르윈의 말에 마음속이 서서히 따스해진다. 조금씩 약해지던 희망이 희미한 빛을 띤다.

에르윈은 알렉산드라의 어깨를 끌어안고 타이르듯 말했다.

"알렉산드라. 너도 조금은 쉬어야지."

"네……."

"이러다간 네가 먼저 지쳐 버리겠어. 레오가 깨어났을 때 건강하게 웃는 얼굴로 맞아주는 것도 네 임무야."

"네."

당부의 말을 남긴 에르윈은 조용히 방을 나갔다.

얼마나 상냥한 분인지 모르겠다.

'진짜, 언니 같아…….'

레오니다스가 끌리는 것도 당연하다.

더 이상 마음은 혼란스럽지 않았다. 레오니다스가 누굴 좋아하든 상관없었다.

그러니까…….

"어서 눈을 떠……."

이틀이 더 지났다.

레오니다스의 의식은 아직도 혼돈 속을 헤매고 있어서 알렉산드라의 말에 대답해 줄 수 없었다. 그래도 알렉산드라는 레오니다스에게 말을 걸었다.

"디미트리오에게 연락이 왔어. 안 좋은 소식이라 미안하지만, 성은 오빠 손에 넘어갔대. 오빠는 자신이 적법한 왕위계승자임을 내세워 제 시대를 누리고 있다나 봐."

올렉은 우물에 독을 풀었다. 독초를 태워 바람 부는 방향으로 연기를 날렸다. 그때 셸바 성에 있는 레오니다스의 군사 중 대체 얼마만큼의 병사가 제대로 싸울 수 있었을까. 게다가 군사들을 지휘해야 할 장군이 독으로 쓰러져 있었으니 모든 병사들은 대혼란에 빠졌을 것이다.

"그래도 안심해. 디미트리오와 네 부하들은 무사히 탈출했다고 해. 지금은 뿔뿔이 흩어져서 잠복하고 있대. 역시 흑의 장군의 병사들은 참 강하단 말이야."

디미트리오가 보낸 전령에는 이런 말도 덧붙여 있었다.

『모두 장군의 명령을 기다리고 있음. 실바 성을 탈환할 만반의 준비 완료.』

그 말을 떠올리는 것만으로도 알렉산드라의 가슴이 뜨거워졌다.

그들은 원래부터 실바 출신도 아니다. 이그니스 출신도 그다지 많지 않은, 각지에서 어중이떠중이로 모인 용병집단이다.

그런데도 알렉산드라에게 레오니다스의 부하들은 이제 가족과 다름없었다. 피가 이어진 가족보다도 훨씬 정겹고 그리웠다.

"모두들, 조금만 기다려."

알렉산드라는 꿀물을 입에 머금고 살짝 입을 맞대어 레오니다스의 입안으로 흘려 넣었다. 아주 약간의 물과 벌꿀만으로 레오니다스는 목숨을 간신히 붙들고 있었다. 그밖에 할 수 있는 일이라고는 방의 온도나 통풍을 확인하고 몸과 리넨을 청결하게 유지하는 정도였다. 나머지는 레오니다스가 살고자 하는 의지에 달려 있었다.

"괜찮아……."

알렉산드라는 스스로를 타이르듯 중얼거렸다.

"수많은 전쟁을 헤쳐 나온 강한 사람인걸. 독 따위에 지지 않을 거야."

하지만…….

그때 갑자기 레오니다스의 입술이 움직인 듯 보였다.

알렉산드라는 그 입가에 부랴부랴 귀를 갖다 댔다.

"왜 그래? 뭔가 하고 싶은 말이 있는 거야?"

그러나 돌아오는 대답은 없었다. 혼탁한 의식으로 잠꼬대라도 중얼거린 것일까.

그래도 포기하지 못하고 레오니다스의 잠든 얼굴을 뚫어져라 바라보는데, 입술이 떨리듯 다시 움직인다.

'추워.'

그렇게 들리는 것 같았다.

"추워? 한기가 느껴져?"

알렉산드라는 필사적으로 되물었다.

"부탁이야. 대답해. 레오니다스."

그러자 아까보다 좀 더 분명한 목소리가 레오니다스의 입술 밖으로 흘러나와 문장을 이루었다.

"추워……."

서둘러 뺨이나 목덜미에 손을 짚어 열을 쟀다. 열이 올랐나? 잘 모르겠다. 우왕좌왕하고 있는 중에 레오니다스가 몸을 부들부들 떨기 시작했다.

"추워……. 추워……."

알렉산드라는 어쩔 줄 몰라 꼼짝도 못하고 서 있었다.

올렉이 말한 대로, 코리아리아의 독을 마시게 되면 가벼운 경우에는 구토나 구역질로 끝나지만, 치사량을 섭취하면 의식을 잃고 마지막에는 온몸에 경련이 일고 숨이 멎는다.

어쩌면 결국 그때가 닥쳐오게 된 것일까?

레오니다스가 죽을 때가?

"싫어."

힘없이 중얼거린 알렉산드라는 레오니다스에게 매달렸다.

"싫어……. 죽는 거, 싫어……."

줄곧 '마녀'라고 불렸다. 조금은 사람에게 도움을 주는 '마법'도 부릴 줄 알았다. 그러나 실제로는 이렇게나 무력하다. 레오니다스의 몸속에 돌아다니는 독을 지금 당장 흔적도 없이 없앨 마법도 알지 못한다.

절망이 알렉산드라의 마음을 좀먹고 있었다.

'이제 내가 할 수 있는 일은 아무것도 없는 거야?'

그렇게 생각하자 고통과 괴로움으로 가슴이 찢어질 것 같다.

당장에라도 무너져 버릴 것 같은 자신에게 용기를 북돋으며, 알렉산드라는 가만히 일어나 드레스의 허리띠를 끌렸다.

아무것도 할 수 없다면 적어도 따뜻하게 해주고 싶었다. 레오니다스가 지금 느끼고 있는 추위를 조금이라도 누그러뜨리고 싶었다.

옛날에 세벨 숲 마녀의 거처에 있었을 때. 고열에 시달리는 작은 어린아이가 찾아온 적 있다. 세벨의 마녀는 춥다고 보채는 아이를 품에 안아 덥혀주면서 알렉산드라에게 가르쳐 주었다.

"사람의 체온을 올릴 때는 사람의 피부가 좋아. 할 수 있다면 맨살을 맞대는 게 가장 좋지. 엄마가 아기에게 젖을 먹일 때처럼 다정하게 안아주렴. 그렇게 하면 기분도, 몸도 안쪽에서부터 따뜻해진단다."

알렉산드라는 입고 있는 옷을 전부 벗어 던지고 침대 위로 올라갔다. 그리고 레오니다스의 잠옷 앞을 풀고 바싹 달라붙었다.

'정말이네…….'

사람의 피부란 아주 따뜻했다. 가슴속 깊숙이 스며들어 훈훈하게 덥혀주는 좋은 기분.

"기분, 좋아……."

단지 맞닿아 있는 행위가 이다지도 기분 좋은 일인 줄 몰랐다.

"저기. 레오니다스. 당신은 어때? 내 살이 닿아서 기분 좋아?"

대답하지 않은 거란 걸 알고 있었다. 그래도 묻지 않을 수 없었다.

왜냐하면.

"사실은 말이야, 좋아해. 사랑해. 제발 죽지 마."

언제까지나 내 곁에 있어줘.

그 바람이 닿은 것일까?

귓가에서 힘없이 이름을 부르는 목소리가 들렸다.

"알, 렉, 산드라……."

알렉산드라는 깜짝 놀라 레오니다스의 얼굴을 쳐다봤다. 검은 눈에는 약하나마 의지의 빛이 깃들어 있었다.

"레오니다스! 알겠어? 날 알아보겠어?"

그러나 레오니다스는 고개를 끄덕일 힘도 이젠 남아 있지 않은 모양이었다. 알렉산드라를 보던 멍한 눈도 금세 닫히고 만다.

"레오니다스! 정신 차려."

알렉산드라는 필사적으로 소리 질렀다.

"부탁이야. 대답해. 대답해 봐. 이건 명령이야."

레오니다스가 약간 웃은 듯한 기분이 들었다. 그러나 되돌아오는 말은 없었다.

평소처럼 대꾸해 줬으면 좋겠다. '너란 녀석은 이럴 때도 명령투냐' 하고, 어이없다는 목소리로 비아냥거렸으면 좋겠다.

이젠 그런 비아냥거림도 듣지 못하는 것일까? 언제나 화만 냈지만 사실은 레오니다스와 아옹다옹 말다툼하는 일도 즐거웠는데.

"부탁이야……. 레오니다스. 죽지 마……."

알렉산드라의 파란 눈에 눈물이 흘러넘친다. 한 방울 두 방울 뚝뚝 흘러내린 눈물이 레오니다스의 뺨과 이마를 조용히 적신다.

살며시 레오니다스가 눈을 떴다. 힘없는 시선이 알렉산드라의 파란 눈을 붙든다.

"난, 이젠, 틀린 것 같아……."

"레오니다스……!"

"결국, 널 못 안은 게, 미련에 남아……."

"바보야. 그런 게 미련에 남는 거야?"

알렉산드라는 레오니다스의 뺨을 두 손으로 감싸고 이마에 입술을 떨어뜨렸다.

"좋아. 몸이 나으면 원하는 만큼 안게 해줄게."

"정말… 이야……?"

"그래. 약속할게. 어긴다면 죽여도 돼."

그러니까, 부탁이야. 죽으면 안 돼. 계속 내 곁에 있어.

그 말을 소리 내어 말하기도 전에 갑자기 강한 힘이 허리를 끌어당겼다.

"어……?"

당황할 틈도 없이 무릎이 벌려져 레오니다스의 다부진 허리에 앉아 있었다.

"뭐, 뭐야……? 무슨 일이야……?"

"원하는 만큼 안게 해준다며?"

"뭐……?"

"방금 네 입으로 말했잖아. 약속 지켜."

말하자마자 레오니다스는 두 손을 알렉산드라의 허리에서부터 미끄러뜨려 엉덩이를 쥐었다. 뒤에서 뻗은 손가락이 다리 사이를 비집고 들어온다. 부드럽게 맞닿아 있는 곳을 덧그리듯 쓰다듬으며 담담히 젖어가는 입구를 여는 손에도, 알렉산드라는 어리둥절하기만 했다. 뭐가 뭔지 이해하지 못하고 같은 곳을 빙글빙글 돌고만 있었다.

분명히 말했다. '원하는 만큼 안게 해줄게'라고. 하지만 그 말은 지금 당장 죽을 것 같은 레오니다스에게 어떻게든 힘이 나게 해보려고 꺼낸 말이다. 지금 바로 해도 된다는 의미가 아니었다.

레오니다스는 거의 빈사 상태였는데? 그런 몸 상태로 보통 이런 행동을 취할 수 있을까? 알렉산드라의 허리를 끌어안은 팔 힘은 강하진 않아도 당장 죽을 것 같은 사람의 힘은 아니었다.

"혹시 춥다는 말은 거짓말이었어?!"

"뭐. 그런 셈이지."

레오니다스의 입가에 싱긋 웃음이 피어올랐다. 확실히

조금 수척해지긴 했지만 검은 눈동자에 아까까지 보였던 연약한 빛은 없었다. 대신 좀 더 사나운 빛이 서렸다. 노골적일 만큼 강렬한 욕망의 색이.

"사실 네가 입으로 물을 흘려 넣어줄 때쯤부터 의식이 돌아왔었어."

"거짓말……."

"네 얼굴이 너무 진지하니까 조금 놀라게 해줄까 했지."

그래서 춥다고 하고 일부러 덜덜 떨기까지 했다는 말인가? 명연기가 따로 없다. 완전히 속았다. 덕분에 해선 안 될 말까지 무심결에 말하고 말았는데!

"믿을 수 없어! 잘도 처녀의 순정을 갖고 놀았겠다!"

알렉산드라는 레오니다스의 팔 안에서 벗어나려고 발버둥 쳤다.

그러나 병상에서 갓 일어난 주제에 레오니다스의 팔은 강하고 다부져서, 금세 더 찰싹 안기고 말았다.

"드디어, 사랑한다고 말했네."

레오니다스가 속삭였다.

"거봐. 사랑이야기 맞지?"

알렉산드라는 귀까지 새빨갛게 물들이고 굳어버렸다.

그래. 말하고 말았다.

좋아해. 사랑해. 제발 죽지 마.

레오니다스가 듣지 못할 거라고 생각해서 솔직한 마음을 털어놓았다.

사실은 훨씬 전부터 이미 깨닫고 있었다. 어느 사이엔가 버릇없고 야만적이고 난폭한, 그러나 어딘가 고독한 영혼을 지닌 이 남자를 좋아한다는 사실을.

그러나 인정하기 무서웠다. 자신이 아닌 에르윈에게 끌리고 있을 레오니다스를 용서할 수 없었다. 일방적으로 레오니다스를 좋아하는 것은 너무 슬펐다. 이용당할 뿐인 존재가 되어 괴로웠다.

하지만 그래도, 하고 알렉산드라는 생각했다.

그래도, 레오니다스를 잃는 것보다는 낫다.

이대로 레오니다스가 죽었다고 가정하면 견딜 수 없이 무서워졌다. 이 세상에서 혼자 살아가는 일은 불가능하게 느껴졌다.

지금 이렇게 살아서 곁에 있어주는 것만으로도 만족한다.

왜냐하면.

사랑하니까. 사랑한다. 난 이 남자를 사랑해.

사랑하는 마음이 무엇보다 소중하다는 사실을 드디어 깨달았으니까.

왠지 울고 싶은 기분이 복받친다. 이 기분은 뭘까? 행복이라기엔 애달프고 슬퍼하기엔 감미로운 통증.

그 통증에 떠밀리듯 알렉산드라가 고백했다.

"그래. 레오니다스. 난 당신을 마음 깊이 사랑해."

"알렉산드라……."

"설령 당신 마음이 사실은 에르윈님을 향하고 있더라도

이젠 신경 쓰지 않아."

레오니다스의 두 손이 알렉산드라의 뺨을 감쌌다. 그대로 끌어당겨 입술만 닿아 가볍게 키스한다.

"넌 정말 바보구나."

레오니다스의 검은 눈에 쓴웃음이 떠올랐다.

"전에도 말했잖아. 옛날이야기에서 탑에 갇힌 공주는 구출해 준 용감한 남자와 사랑에 빠지게 마련이라고. 그리고 수많은 고난을 헤쳐나간 뒤에 서로 사랑하는 두 사람이 맺어져 행복해진다고."

"레오니다스……."

"사랑에 빠진 건 공주만이 아니야, 이젠 좀, 알아채라."

그 말은 곧 자신도 마찬가지라는 의미. '나도 널 사랑해'라는 뜻.

"아……."

알렉산드라의 눈에 다시 눈물이 흘러넘친다.

그러나 그 눈물은 레오니다스의 죽음을 각오했을 때와 달리 따뜻하다. 알렉산드라의 파란 눈을, 눈가를, 뺨을 촉촉하고 부드럽게 적신다.

"좋아해. 정말 좋아해. 레오니다스. 당신의 여자가 되고 싶어."

"바보 같은 소리. 처음 만난 그날부터 넌 이미 내 여자였어."

레오니다스가 웃는다.

"이렇게나 안달하게 만든 여자는 네가 처음이야. 기다린 답시고 지금까지 참아온 날 칭찬하고 싶을 정도야."

안달하게 할 마음은 없었다고 생각하며 알렉산드라가 물었다.

"그럼, 그 약속, 지킬 생각 없었다는 말이야?"

"당연하지."

"너무하네."

"그래도 다른 약속은 꼭 지켜줄게. 내가 널 반드시 여왕으로 만들어주겠어."

불과 얼마 전까지는 그런 말을 들을 때면 당황스럽기만 했다. 자신이 여왕이 된다는 건 상상도 할 수 없었다.

하지만 지금은 레오니다스를 위해 실바의 여왕이 되는 것도 나쁘지 않다고 생각한다. 레오니다스와 함께 나라를 풍요롭게 다스려서, 다른 어느 나라보다 훌륭하게 변한 실바를 레오니다스에게 주고 싶었다.

그러나 그 말을 입 밖에 내는 것은 부끄러워서, 알렉산드라는 눈물로 얼룩진 얼굴에 잘난 척하는 표정을 짓고 과장되게 고개를 끄덕이고서 말했다.

"알아서 처리하라."

레오니다스의 검은 눈에 불길이 인다. 한없이 깊은 어둠 속에서 순수하기까지 한 욕망이 떠오른다.

"그럼, 여왕님 분부대로."

갑작스레 다가온 손이 아래에서 밀어 올리듯 풋풋한 과

실 같은 가슴을 감싸 쥔다.

"변함없이 조그만 가슴이군."

"싫어…… 말하지 마……."

"그래도 촉감은 더할 나위 없이 좋아. 물론 감도도."

양쪽의 장밋빛 꽃봉오리가 동시에 손끝으로 꼬집히고 비틀리자 등에 뜨거운 전율이 흘렀다.

"앗……."

달콤한 한숨이 흘러넘친다. 몸속에 뜨거운 것이 확 퍼진다.

"아, 싫어…… 왠지, 무서워……."

레오니다스에게 가슴을 농락당한 적은 몇 번 있었지만 이렇게 마음까지 맡겨본 적은 처음이다. 미지의 감각으로 떠는 알렉산드라를 끌어안고 레오니다스가 귓가에 속삭였다.

"뭐가 무서워? 기분 좋은 거겠지."

"기분, 좋아? 이런 게……?"

"기분 좋잖아? 봐. 이렇게 젖었는데……."

레오니다스의 손끝이 부드러운 살을 비집고 안으로 들어온다. 흠뻑 젖은 그곳은 스스럼없이 들어가는 손가락에 아무런 저항도 하지 않았다. 도리어 적극적으로 끌어들인다.

"아아……."

통증과 비슷한 전율이 등에 짜릿하게 흘렀다. 머릿속이 저릿하다.

무섭다.

하지만 그만두길 바라지는 않는다. 오히려 좀 더 해주길 원한다. 수렁에 질질 끌려 빠지는 것 같은 공포. 그러나 그 감각은 너무나 감미롭다.

"기분 좋다고 말해."

달콤한 속삭임이 꼬드긴다.

"그렇게 말하면 더 기분 좋아질걸."

기분 좋다고? 이게 기분 좋은 거야?

모르겠다. 하지만 온몸을 휘젓는 열에 머릿속까지 흐트러져 이젠 제대로 된 사고를 할 수 없다. 레오니다스가 바라는 대로 알렉산드라는 떨리는 신음을 내뱉었다.

"좋아……. 기분, 좋……."

그 말에 응답하듯 레오니다스의 손가락을 감싸고 있는 부드러운 주름이 꽉 다물린다. 알렉산드라의 안쪽을 더듬는 레오니다스의 손가락의 모양까지 확연히 느껴질 정도로 빡빡하게 조인다.

등줄기를 가로지르는 열기가 정수리에서 새하얗게 터진다.

뜨겁다. 몸이 안쪽부터 타들어 가 흐물흐물 녹아내리는 것 같다.

"엄청나게 조이는데."

레오니다스가 말하면서 알렉산드라의 안에서 손가락을 뺐다.

"아……."

무심결에 새어나온 목소리에는 실망이 짙게 어려 있었다. 레오니다스가 이를 알아채고 일그러진 미소를 지었다.

"뭐야, 아쉽나 봐?"

"나, 난⋯⋯."

저도 모르게 천박한 행동을 했다는 부끄러움에 알렉산드라의 눈가가 축축해졌다. 레오니다스는 그 눈가에 살짝 키스하고 정욕에 젖은 목소리로 속삭였다.

"걱정 마."

"레오니다스⋯⋯."

"금방 다른 걸 넣어줄 테니까."

그가 두 팔로 강하게 허리를 잡았다. 그대로 레오니다스의 다리 위로 무릎을 세워 앉힌다.

열기에 빠진 다리에는 힘이 제대로 들어가지 않았다. 덜덜 떨리는 몸을 버티지 못하고 레오니다스의 뜨거운 가슴에 두 손을 붙인다.

허리를 한 번 튕겨 하반신을 빈틈없이 밀착했다. 닿은 것만으로도 느낄 수 있었다. 레오니다스의 그곳이 뜨겁게 달아올라 있었다. 알렉산드라의 안으로 들어가고 싶다고 일어선 채 부드러운 주름을 꾹꾹 누른다.

"응, 웃⋯⋯."

그 순간 기대감으로 등이 떨렸다. 이 크고 단단한 것으로 밀어 올려진다. 상상만으로 온몸이 기다리지 못하겠다는 듯이 와삭거리며 오그라든다.

그러나 레오니다스는 말과 달리 곧바로 그렇게 해주지 않았다.

찰싹 하반신을 밀착한 채로 허리를 잡고 흔들었다.

민감한 부분을 마찰하는 뜨거운 육체. 레오니다스의 그곳은 흠뻑 젖은 부드러운 주름에 빈틈없이 맞물려 있어 이젠 똑같을 정도로 푹 젖어 있었다.

맞닿은 부분에서 때때로 떨어지는 젖은 소리가 너무나 음란했다. 그 음란함에 떨리는 알렉산드라의 안쪽은 그칠 줄 모르고 물기로 넘쳐흘렀다.

이제는 이 감각이 기분 좋은지 아닌지 상관없었다.

이 감각에 저항할 수 없다는 사실만 느낄 수 있었다. 야만적이고 거칠고 난폭하다. 그러나 어딘가 애달프다. 레오니다스를 향한 충동을 참을 수 없었다.

처음 경험하는 쾌락으로 흔들리며 알렉산드라는 교성을 내질렀다.

다리 사이를 왔다 갔다 하는 그것은 사납게 날뛰고 있어 당장에라도 안으로 들어올 것 같다. 그런데도 몇 번이나 입구만 스치고 지나친다.

이런 게 아니다. 이런 게. 뭔가 부족하다. 좀 더 레오니다스를 깊게 느끼고 싶다.

점점 애타는 기분과 몸을 주체하지 못하고 알렉산드라는 욕망에 잠긴 목소리로 호소했다.

"넣어줘……. 이제 그만, 넣어줘……."

그 말을 들은 레오니다스가 쓰게 웃었다.

"어이. 처녀 주제에 유혹하기야?"

"그렇지만, 안이 욱신욱신해……. 이젠 돌아버릴 것 같아……."

"너란 녀석은 정말……."

알렉산드라는 저도 모르게 움찔거렸다.

화났을까? 싫은가? 천박한 여자라며 질렸을까?

그래도 어쩔 수 없다. 그만큼 이 쾌락이라는 감각은 흉포했다.

"아……. 나……."

레오니다스의 허리 위에 앉아 떨고 있는데, 갑자기 꽉 끌어 안겨서 잡아먹힐 것 같은 키스를 당했다.

"나 참, 처녀라고 배려해 주는 사람 마음도 몰라주고."

"응……?"

"네가 그럴 마음 들게 만든 거니까, 각오해."

"뭐? 무슨?"

'내가 언제 그런…….'

레오니다스는 변명할 새도 주지 않고 알렉산드라의 허리를 두 손으로 추켜잡았다.

무슨 일이 일어나고 있는지 깨달을 여유는 없었다.

마치 열기를 띤 기둥 같은 것이 가르듯이 아래로부터 알렉산드라의 부드러운 안쪽으로 침범한다. 알렉산드라의 애액 덕분에 그것은 아무런 저항도 없이, 은밀하게 계속 욱신거리는 좁은 길의 깊숙한 곳까지 단숨에 밀고 들어왔다.

"웃."

각오는 했지만 처녀막이 찢기는 아픔은 상상 이상이었다. 날카로운 칼에 찔린 것 같은 아픔이 몸속을 꿰뚫고 지나갔다.

아파. 아파. 이어진 곳에서 욱신거리는 고통이 간헐적으로 퍼진다. 잔뜩 벌려진 고관절이 삐걱대며 비명을 질렀다.

그런데도 가슴에 말로 표현할 수 없는 안도가 흐른다.

몸속에서 레오니다스를 느낀다. 빈틈없이 레오니다스와 이어져 있다.

그렇게 생각하자 이 아픔마저 사랑스러웠다.

"아프지?"

그 말에 알렉산드라는 고개를 끄덕끄덕했다.

"참아봐. 금세 좋아져."

이번엔 한 번 끄덕 고개를 내렸다.

꼼짝달싹 못하고 그저 떨고만 있는 알렉산드라의 허리를 움켜쥐고 레오니다스가 천천히 흔들었다. 알렉산드라의 순결한 기관에 자신을 길들이고 그 모양까지 새기려는 듯 알렉산드라의 안을 느릿하게 휘저었다.

고통이 사라진 것은 아니었다. 그런데도 레오니다스의 몸짓에 몸속에서 무언가 깨어난 느낌을 받았다.

"아……. 좋아……."

손가락으로 농락당할 때의 느낌과 비슷하지만, 좀 더 크고 깊게 도취되는 감각이 알렉산드라를 감쌌다. 몸 전체 여기저기에서 한데 모여 하나의 커다란 감각으로 흐른다.

어느샌가 격하게 밀어 올려졌다. 이어진 장소가 흐물흐물하게 녹아서 지금은 쾌감만 자아낸다.

폭풍우가 지나간 것처럼 흐트러진 몸과는 반대로 마음은 평안으로 가득 찼다.

겨우, 드디어, 채웠다. 줄곧 텅 비어 있던 마음에 지금은 레오니다스가 있다.

누군가의 것이 된다는 일은 이런 뜻이었다. 자신은 지금 레오니다스의 것이 되었다.

"사랑해……. 레오니다스……. 당신을 사랑해……."

손을 내밀자 커다란 손이 맞잡아준다.

통했다는 기쁨에 미소 짓자, 레오니다스가 손끝에 키스했다.

그대로 끌어 안겨, 아까보다 더욱 세게 밀어 올리는 힘에 알렉산드라는 약하게 비명을 질렀다.

쾌락의 정점에 오른 순간, 귓가에서 레오니다스가 무언가 말한 듯한 기분이 들었다.

나도, 널 사랑해.

그 말은 몸도 마음도 녹여 버릴 만큼 달콤하고도 달콤한 속삭임이었다.

"아. 역시 병상에서 일어나자마자 하는 건 고되고만. 허리가 지끈지끈해."

귓가에서 레오니다스가 엄청나게 투덜거렸다.

알렉산드라는 곁눈으로 레오니다스의 얼굴을 흘깃 쳐다보고 쌀쌀맞게 딱 잘라 말했다.

"그럼 안 하면 됐잖아."

겨우 의식이 돌아와 몸을 일으켜 보려 했지만, 나흘이나 잠들어 있었던 탓인지 레오니다스는 처음에는 제대로 서 있는 일조차 어려울 정도로 휘청거렸다.

지금도 알렉산드라의 어깨를 빌려 겨우 발을 내딛는 상태다. 정말이지, 잘도 그런 짓을 했다.

알렉산드라가 반쯤 기가 질려 있는데, 레오니다스가 히죽히죽 웃으며 알렉산드라의 귓불에 키스한다.

"쑥스러워하긴. 유혹한 건 너잖아. 알몸으로 덤벼든 주제에."

"그건 당신이 춥다고 해서 그런 거잖아! 유혹할 마음은 없었거든!"

씩씩거리는 알렉산드라를 싹 무시하고 레오니다스는 제멋대로 지껄여댔다.

"말해두는데, 아까 그게 내 진짜 모습이라고 생각하지 마. 평소엔 그렇지 않으니까."

"아, 네. 그러세요."

"뭐야, 안 믿는 거야? 그 눈빛은 뭔데. 두고 봐. 체력이 돌아오면 좀 더 엄청난 짓, 잔뜩 해줄 테니까."

"네네. 알겠습니다. 알겠으니까 빨리 나으라고."

대충 대꾸하면서도 내심 '좀 더 엄청난 짓이라니 대체

어떤 걸 할 생각인 걸까? 하고 조금 기대하는 알렉산드라였다.

'이런 걸 생각하다니, 이 남자한테 물들었나?'

그런 자신이 부끄럽고 기쁘기도 하면서 곤란한 기분도 드는 복잡한 감정에 빠져 있는데, 방 밖에서 누군가 다급하게 다가오는 발소리가 들렸다.

아마도 에르윈일 것이다. 레오니다스가 의식을 차렸다는 소식을 심부름꾼에게 전해 듣고 곧장 상태를 보러 온 것이다.

알렉산드라에 어깨에 매달려 서 있는 레오니다스를 보더니, 에르윈의 호박색 눈동자가 순식간에 눈물로 차오른다.

"다행이야……. 레오……. 정말로 다행이야……."

레오니다스는 약간 곤란한 표정을 지으며 에르윈을 바라봤다.

"미안. 걱정했지."

'차별 대우야.'

알렉산드라는 속으로 혼잣말했다.

'날 대하는 태도랑 너무 차이 나는 거 아냐?'

약간 화가 났지만 너그럽게 봐주기로 한다. 어쨌거나 에르윈은 다른 남자의 부인이다. 게다가 지크프리트와 가슴 깊이 사랑하고 있다. 레오니다스가 끼어들 여지 따위 조금도 없다.

"정말이야. 레오. 걱정했어."

에르윈이 미소 지었다.

"알렉산드라도 굉장히 걱정했으니까 제대로 감사인사 해야 해."

"알고 있어."

"정말?"

"그보다도 에르윈. 나 배고파. 먹을 것 좀 줘."

잔소리가 거북한지 레오니다스는 억지로 화제를 돌렸다.

"고기가 좋겠어. 고기. 피가 뚝뚝 흐르는 걸 잔뜩 먹고 싶어."

"안 돼."

레오니다스의 요청에 알렉산드라가 바로 주의를 줬다.

"나흘이나 아무것도 안 먹었잖아. 처음은 빵이나 보리죽으로 해."

그 말을 들은 순간 레오니다스는 불만 서린 표정을 짓는다.

"에이. 그런 거 먹으면 체력이 안 돌아와."

"갑자기 고기가 들어가면 몸에 심하게 부담을 준단 말이야. 처음엔 소화하기 편한 음식부터 먹으면서 몸이 받아들일 수 있도록 해야 해."

"그렇게 말해도……."

옥신각신하는 두 사람을 보던 에르윈이 불쑥 말했다.

"두 사람, 뭔가 분위기가 달라졌네."

순간, 알렉산드라의 얼굴이 달아올랐다.

아무리 그래도 해버렸다고 말할 수도 없는 노릇이라 레

오니다스의 옆얼굴을 올려보자, 레오니다스는 시치미 뗀 표정을 짓고 모른 체한다. 그런 두 사람의 얼굴을 번갈아 보던 에르윈은 작게 소리 내어 웃었다.

"뭐, 됐어."

"에르윈님."

"사이좋아서 다행이야."

알렉산드라는 아까보다 더 빨개져서 고개를 푹 숙였다.

창피하다. 들어갈 구멍이 있다면 들어가고 싶을 정도로.

하지만 이 창피한 마음은 가슴을 간질이는 행복으로 가득하다. 이 행복을 위태롭게 만들고 싶지 않다.

이제야 지크프리트가 했던 말의 의미가 와 닿았다.

'아내와 아이들이 웃는 얼굴로 하루하루 살아가는 모습을 지키고 싶습니다.'

알렉산드라도 마찬가지다.

이 행복을 지키고 싶다.

알렉산드라는 고개를 들어 에르윈을 똑바로 바라봤다.

마음은 벌써 굳혔다. 나머지는 실행하는 일뿐.

"에르윈님. 부탁이 있습니다. 전 이곳 이퀼라의 교회에서 레오니다스와 결혼하고 싶어요."

"아……."

에르윈이 깜짝 놀라 눈을 크게 뜬다.

알렉산드라는 레오니다스를 지탱한 채로 가능한 한 공손하게 에르윈을 향해 고개 숙였다.

"아크이라의 왕태자비님. 자비를 베풀어주시어, 부디 허락해 주세요."

입회인은 지크프리트와 에르윈 두 사람뿐이다.

사람들의 환호성도 성대한 연회도 없는 간소한 결혼식.

드레스도 평복이었다.

유일하게 알렉산드라의 몸에 둘린 장식은 새하얀 비단 면사포.

이래서야 알렉산드라가 너무 가엾다며 에르윈이 준 것이었다.

"이건, 내가 결혼할 때 지크한테 받은 거야."

그 말에 알렉산드라는 그런 소중한 물건은 받을 수 없다며 에르윈의 호의를 단호하게 거절했다.

그러나 에르윈은 양보하지 않았다.

"그럼, 내 딸이 시집갈 때까지 알렉산드라가 맡아줘."

그렇게까지 말하는 데에야 거절할 수도 없었다.

결혼증명서에 서명하고 레오니다스가 말했다.

"실바 성을 탈환하면 다시 성대하게 할까?"

그러나 알렉산드라는 가만히 고개를 저었다.

"괜찮아. 이걸로 충분해."

레오니다스를 지그시 바라보자 그도 알겠다는 눈빛을 하고 살짝 고개를 끄덕였다.

어딘가 매우 깊은 곳에서부터 이 남자와 이어져 있다는

생각이 들었다.

그러니까 더 이상 두렵지 않다. 분명 어떤 일이든 잘 헤쳐 나갈 수 있다.

맹세의 키스에 알렉산드라의 가슴이 떨렸다.

오늘, 난 이 남자와 결혼했다.

이 남자의 아내가 되었다.

오랜만에 보는 실바성은 무수한 새빨간 불빛으로 에워싸여 있었다.

어둠 속 언덕 위로 떠오른 그 광경은 저 멀리 국경 너머 아크이라에서도 보이지 않을까 싶을 정도로 밝았다. 마치 불길에 휩싸여 있는 듯 보였다.

언덕 산기슭의 수풀 속에서 아무도 모르게 그 괴상한 광경을 올려보며 알렉산드라가 살짝 눈썹을 찌푸렸다.

"뭐야, 저건? 대체 뭘 하고 있는 거지?"

그 의문에 대답해준 사람은 디미트리오였다.

"아. 아무래도 마녀 대비책 같네요."

"마녀 대비책?"

"성안에 첩자를 잠입시켜 소문을 흘렸거든요. 왕위계승자 올렉 전하는 마녀를 업신여겼다, 그 성은 저주받았다, 분명 가까운 시일에 그에 따른 응보가 있을 거라는."

'마녀라니, 설마, 나? 내가 저주했다고?'

실례잖아.

뭔가 한마디 해주고 싶었지만 끼어들 틈도 없이 디미트리오가 설명을 이어나갔다.

"내친김에 성에 숨어 들어가 이런저런 장난을 쳐두었죠. 좁은 길에 남몰래 실을 팽팽하게 걸어서 넘어지게 한다거나, 어두운 곳에서 등을 치고 눈치채기 전에 그늘에 숨는다거나, 소지품을 맞바꿔 놓는다거나 하는 수준입니다만."

"그것참 아기자기한 속임수네."

"그래도 효과는 대단했죠."

디미트리오의 잿빛 섞인 하늘색 눈동자에 즐거운 듯 웃음이 피어올랐다.

"마녀의 저주가 겁나서 병사들이 하나둘 성에서 도망치고 있습니다. 원래 올렉이 데려온 병사 절반이 돈으로 고용된 용병들이었는데, 거의 남은 녀석이 없지요. 남아 있는 병사들은 공포를 억눌러보려고 완전히 술에 절어 있어서, 지금 저 성은 제대로 된 병력을 유지하지 못하는 상태입니다."

"그래."

"요즘엔 저렇게 방마다 밀랍 양초에 불을 켜놓고, 성 밖으로는 화톳불을 계속 태우고 있어요. 어둠은 무서우니까요. 어둠을 없애서라도 조금이나마 마녀의 기운에서 벗어나고 싶어 하는 것 같습니다."

"과연."

그래서 저렇게 자원을 낭비하고 있는 건가? 실바는 숲이 울창해서 장작은 부족하지 않다지만, 밀랍은 결코 싼 값이 아니다. 그것을 매일 밤 성안의 모든 방마다 불을 켜는 데 사용한다니 사치다. 평소 같으면 꿈도 못 꿀 얘기다.

밤은 어두운 법이다. 밤은 어둠의 세계다. 저렇게나 밝은 밤은 지나치리만치 으스스하다.

디미트리오의 말에 수긍하는 알렉산드라 옆에서 레오니다스가 엄청나게 투덜거렸다.

"아……. 귀찮아. 이런 잔꾀 부리지 않아도 저렇게 약해 빠진 군대는 간단하게 쫓아버릴 수 있는데."

알렉산드라가 곧바로 대꾸했다.

"안 돼. 내 성을 피로 더럽히는 건 금지야."

"네. 여왕 폐하의 뜻대로."

"그리고 되도록 아무도 죽지 않았으면 좋겠어. 우리 병사들은 가족이나 마찬가지야. 죽게 된다면 슬플 거야."

그렇게 말하자 갑자기 강한 힘으로 어깨를 끌어안는다. 그리고 관자놀이에 뜨거운 입맞춤.

"그러니까 이런 귀찮아죽겠는 작전을 세웠잖아."

"그렇지."

"안심해. 디미트리오는 쪼잔하면서도 적의 뒤통수를 치는 음흉한 작전에 매우 뛰어나거든."

디미트리오를 힐긋 쳐다보니 싱글벙글 웃고 있었다.

"칭찬해 주시니 영광입니다."

"칭찬 아니거든."

주거니 받거니 하는 두 사람의 변함없는 모습에 절로 미소가 떠오른다. 봄 햇살처럼 따사로운 기분을 껴안듯이 두 손을 가슴에 포개면서 알렉산드라는 다시 한 번 괴상한 모습의 실바 성을 올려다보았다.

레오니다스가 회복하기까지 닷새, 그리고 작전을 위해 열흘이 필요했다.

밤의 어둠을 틈타 국경을 넘어, 지금은 레오니다스와 디미트리오와 함께 성과 가까운 숲 속에 몸을 숨기고 있다.

오늘 밤, 알렉산드라 일행은 저 성을 탈환한다. 올렉을 무찌른다.

흥분으로 몸을 떨고 있자, 옆에서 알렉산드라처럼 실바 성을 올려다보고 있던 레오니다스가 불쑥 말했다.

"올렉의 독을 사용한 전략, 실은 예전에 나도 써먹은 적 있어."

"거짓말! 정말로?!"

"어. 협죽도를 사용한 것까지 완전히 똑같아. 잎을 우물에 던져 넣고 바람이 불어오는 곳으로 가지를 그을렸지. 아마 올렉은 어딘가에서 그때의 일을 들었을 거야. 그래서 조사해서 내 흉내를 낸 거야."

올려다본 레오니다스의 옆얼굴은 똑바로 실바 성을 바라보고 있다. 혹은 그 검은 눈은 먼 과거를 회상하고 있는 건지도 모른다. 그만큼 시선은 먼 곳을 향해 있었다.

"넌 독을 사용하는 건 지나치다고 말할지 모르지만, 어쩔 수 없어. 전쟁이니까. 안 하면 이쪽이 당해."

"그렇지…… 맞아……."

"하지만 이젠 안 해. 중독되어 못 움직이는 군대를 전멸시키는 건 간단하지만 그만큼 시시하거든. 그런 건 재미없지. 나랑 안 맞아."

"레오니다스……."

"그래도 내가 세운 전략을 그대로 베낀 건 기분 좋은 일은 아니야. 제길. 올렉 녀석에게 사용료라도 물라고 할까."

그 말에 알렉산드라는 살짝 미소 지었다.

버릇없고, 야만적이고, 난폭하고, 호전적인 남자. 목적을 위해서는 수단을 가리지 않고 지금까지 수많은 비겁한 계책을 부려온 교활한 남자, 레오니다스. 그의 진정한 강점이 무엇인지 이제야 알 것 같은 기분이 든다.

그는 흔들림 없다. 스스로에게 거짓말하지 않는다. 누가 뭐래도 레오니다스는 레오니다스다. 야만스럽고 교활하고, 실은 약간 외로움을 타는 것까지 전부 레오니다스의 모습이다. 어떤 모습이든 이 남자가 사랑스럽다.

그런 마음을 담아 레오니다스를 쳐다보자 입술 위로 레오니다스의 입술이 내려왔다. 입술만 닿는 부드러운 키스. 고조된 기분이 차분하게 가라앉는다.

입술을 떨어뜨렸을 때, 기다렸다는 듯 디미트리오가 말을 걸었다.

"장군. 이제 곧 들어갈 시간입니다."

"그런가."

레오니다스는 알렉산드라에게서 몸을 떼고 디미트리오에게 다가갔다.

"그럼, 가볼까."

레오니다스의 입가에 어울리지 않는 웃음이 떠올랐다.

"마녀놀이 하러."

실바 성문 앞에는 병사 두 명이 불침번을 서고 있었다.

병사들 바로 옆에는 화톳불이 활활 타오르고 있었다. 불길이 세서 꽤 먼 곳에서도 병사들의 얼굴을 분명하게 알아볼 수 있을 정도였다. 물론 그 얼굴에 떠오른 겁먹은 표정도.

"이봐. 뭔가, 지금, 이상한 소리 안 났어?"

오른편에 서 있던 병사가 말했다.

왼편의 병사가 몸을 움츠리며 주변을 둘러봤다.

"수상쩍은 놈은 안 보이는데."

"그래도 마녀는 모습을 숨길 수도 있지 않나?"

"불길한 소리 하지 마. 그런 게 말이 돼?"

"그래도 마녀인데. 사람을 저주해서 죽일 만큼의 마력을 가진 마녀라면 그 정도 마법은 할 줄 알아도 이상할 게 없잖아?"

두 병사가 얼굴을 마주 본다.

그리고 두 사람 모두 조심스럽게 두리번거리고 있을 때.

성안에서 단말마 같은 비명이 들려왔다. 계속해서 성안을 환하게 밝히고 있던 밀랍 양초의 불빛이 하나둘 꺼져갔다.

"거, 거짓말……."

"무슨 일이 일어난 거야?"

"설마, 마녀……?"

두 병사는 떨면서 성을 올려봤다. 원래대로라면 무슨 일이 일어났는지 확인하러 가야 한다. 그러나 너무나 겁을 집어먹은 나머지 다리가 얼어붙어 꼼짝할 수 없다.

갑자기 주변이 어두워졌다. 주위를 밝히던 화톳불이 꺼진 것이다.

한순간에 휩싸인 어둠 속에서 꿈틀거리는 그림자가…….

"히익……. 마, 마녀……."

그러나 병사는 그 이상 비명을 지르지 못했다. 검은 그림자에게 붙잡혀 재갈이 물렸기 때문이다.

"쳇. 누워서 떡 먹기군. 너무 간단하니까 시시해."

바로 옆에서 레오니다스와 똑같이 검은 망토를 두르고 있는 디미트리오가 나머지 병사를 묶으며 부하들에게 지시를 내리고 있었다.

"이 녀석들을 데려가서 도망가지 않도록 지켜봐."

바로 병사 몇 명이 밧줄로 둘둘 감긴 두 보초병을 짊어지고 어딘가로 데려갔다. 나머지 부하들은 교대하듯 성안으로 들어갔다. 필요한 만큼의 화톳불만 남기고 나머지는 끄기 위해서다.

붉은빛으로 둘러싸여 밤의 어둠 가운데 불길해 보였던 실바성이 조금씩 어둠을 되찾아간다. 당연히 그래야 할 모습을 되찾고 밤으로 녹아든다.

그와 반대로 성안의 소란은 점점 격렬해졌다. 여기저기에서 비명과 고함이 난무했다.

"다들 어지간히 마녀가 무서운가 봅니다."

디미트리오가 천연덕스럽게 낮은 목소리로 말했다.

지금 성안에는 낮에 미리 잠입해 있었던 몇몇 병사들이 촛불을 끄러 돌아다니고 있었다. 몸에 검은 망토를 두르고 얼굴이 보이지 않도록 후드를 깊게 눌러쓴 그들은, 미신을 맹신하는 올렉의 부하들에게는 틀림없이 무서운 마녀로 보일 것이다. 올렉의 병사들은 신출귀몰하는 그들과 만날 때마다 비명을 지르고 공포로 몸을 떨어댔다.

"가자."

레오니다스가 호령했다.

검은 망토를 입은 병사들이 보초를 잃은 문을 통해 성안으로 들어간다. 알렉산드라도 똑같이 검은 망토로 몸을 감추고 뒤따랐다.

"성에서 달아난 놈들은 내버려 둬도 돼. 저항하는 자만 생포해서 포로로 잡는다. 제발 죽이지 말고. 우리 여왕 폐하는 피를 원하지 않으신다."

레오니다스의 목소리가 밤의 어둠 가운데 낮게 깔린다.

"목표는 올렉 단 한 명. 한시라도 빨리 그 녀석을 찾아내서 잡아라."

성의 입구에서 알렉산드라는 레오니다스와 시선을 교환

한 후 성 안으로 몰려 들어가는 병사들과 떨어져 방향을 달리했다.

숨겨둔 야로슬라프 왕의 검을 찾아오기 위해서다.

몇몇 병사가 알렉산드라를 따랐다. 그중에는 제라드도 있다. 야로슬라프 왕의 검을 숨겨둔 허브 정원에서 항상 작업을 했던 제라드라면 설령 어두운 밤중이라도 헤맬 일은 없을 것이다.

마당의 한쪽 구석에 있는 허브 정원까지는 다소 거리가 있었지만 아무하고도 마주치지 않았다. 순찰병이 있어야 정상이지만 벌써 달아난 것일지도 모른다.

수월하게 허브 정원에 도착한 알렉산드라는 작업 헛간 안쪽에서 낡은 천으로 감싼 야로슬라프 왕의 검을 꺼냈다. 낡은 천과 리넨을 벗겨내 무두질한 가죽을 열자 희미하게 빛나는 커다란 검이 드러났다.

다행이다. 무사했어.

안도한 알렉산드라는 야로슬라프 왕의 검을 무두질한 가죽으로 감싸고 양팔로 단단히 감싸 안았다.

야로슬라프 왕의 검은 실바의 진정한 왕이라는 증거. 이 검이 있는 한, 야로슬라프 왕이 지켜줄 것이다.

왜냐하면 야로슬라프 왕 스스로 레오니다스를 골랐으니까. 진정한 왕인 자만이 뽑을 수 있는 검을 레오니다스가 뽑도록 허락했으니까.

알렉산드라는 허브 정원을 뒤로하고 성의 입구로 향했

다. 서둘러 레오니다스와 합류해야 했다.

성안에서 비명과 고함이 들려왔다. 소란은 아직 가라앉지 않았다. 아마 올렉은 아직 발견되지 않은 것 같다. 어린 시절 숨바꼭질을 잘했던 사람은 알렉산드라였다. 올렉은 대체 성안 어디에 숨은 것일까?

갑자기 근처에서 무슨 소리가 들린 느낌이었다.

알렉산드라는 멈춰 서서 귀 기울였다.

"못 들었어? 사람 목소리 같은데……."

알렉산드라의 말에 병사들이 서로를 마주 봤다. 아무래도 아무도 듣지 못한 듯하다. 헛들었을까?

하지만…….

무언가 마음에 걸려서 꼼짝 않고 서 있는데 제라드가 천천히 땅바닥에 납작 엎드려 귀를 가까이 댔다.

"땅속에서 무슨 소리가 울리지 않습니까?"

다른 병사들도 제라드를 따라 땅바닥에 귀를 댔다.

"진짜다."

"사람 목소리처럼 들리는데."

"근데 땅속에서? 왜?"

잠깐 생각해 보니 바로 그 이유를 알 수 있었다.

그렇다. 이 아래는 역대 왕족이 잠든 무덤이 있었다.

'설마, 그곳에 누가 있는 건가?'

알렉산드라는 호위병 한 명에게 말했다.

"아무나 손이 비어 있는 사람들 좀 불러와."

"알렉산드라님은요?"

그 말에 묘소의 입구를 가리켰다.

"난 무덤으로 들어가 볼게."

"저런! 위험합니다."

"괜찮아. 아래에 있는 사람은 아마 한 명, 아니면 있어봐야 몇 명 안 될 거야. 많은 사람이 숨어 있는 낌새는 없어."

그렇게 말하고 알렉산드라는 묘소 문을 살며시 열었다. 문 저편에 밤의 어둠만큼 짙은 어둠이 깔려 있었다. 케케묵은 공기가 흘러나왔다. 그리고 그와 함께 누군가 투덜투덜 낮게 중얼거리는 소리도 함께 들려왔다.

역시, 있다. 누군가 있다.

발소리가 나지 않게 주의하면서 알렉산드라 일행은 좁은 통로를 더듬어 내려갔다. 묘소 안에 울려 퍼지는 것은 아닐까 싶을 정도로 가슴이 쿵쾅쿵쾅 고동친다. 긴장으로 다리가 떨렸다. 숨을 죽이느라 머릿속이 욱신거린다.

느릿하게 기어가듯 걸어가 마침내 무덤 바로 앞까지 왔다.

누군가 있다는 사실을 뒷받침하듯 무덤 앞에서 양초의 희미한 불빛이 새어나오고 있었다. 중얼거리는 소리가 커진다. 의미를 파악할 수 없는 그 말은 마치 마법사가 읊는 저주 같다. 누군가를 향한 원망이 담겨 있는 느낌이다.

병사 한 명이 몰래 묘소 안을 엿봤다. 아무것도 없다. 아무도 없다. 어디론가 숨었을까? 정신을 차리니 어느샌가 그 저주 같은 중얼거림도 그쳐 있었다.

병사들은 서로의 얼굴을 마주 보고 결심한 듯 천천히 묘소로 들어갔다. 알렉산드라도 맨 뒤에서 병사들을 따라갔다.

묘소 안에는 인기척이 사라져 있었다. 주위를 둘러보았다. 묘소는 어두컴컴해서 숨으려고 작정하면 얼마든지 숨을 장소가 널려 있었다.

'대체, 어디로……?'

찾아보려고 뒤돌았을 때, 갑자기 누군가에게 팔을 붙잡혔다. 막무가내로 끌어당겨져, 등 뒤에서 겨드랑이 밑으로 두 손이 들어와 목 뒤로 결박한다.

"움직이지 마."

바로 귓전에서 목소리가 들렸다.

"움직이면 너희들의 여왕님 목숨은 없다."

얼굴을 보고 확인할 필요도 없었다.

"오라버니……."

왜, 이런 곳에?

그 의문은 올렉이 대관식에서 사용하기 위해 만든 가짜 야로슬라프 왕의 검을 들고 있는 모습을 본 순간 풀렸다.

아마 올렉은 적군이 쳐들어온 것을 알고 성에서 달아났을 것이다. 당분간 이곳에 몸을 숨기고 있다가 기회를 보아 도망칠 생각을 했다. 야로슬라프 왕의 검을 가지고 나왔다는 것은 실바의 왕위를 포기하지 않았다는 증거였다.

자신의 친오빠지만 어찌 이리도 집념이 강한지. 무엇이 올렉을 이렇게까지 몰아붙였을까? 알렉산드라에게는 레오니다스의 바람을 이뤄주고 싶다는 야망이 있지만, 올렉의 이유는 무엇일까?

"너무 임시방편이지 않니. 동생아."

올렉이 코웃음 쳤다. 알렉산드라가 즉각 대꾸했다.

"그 말, 고스란히 돌려줄게."

올렉에게 분노로 물든 기운이 느껴졌다. 알렉산드라를 구속한 팔에도 힘이 들어갔다.

"내가 말했어! 알렉산드라에게 그런 마력 따위 없다고, 사람을 저주하지도 못한다고! 하지만 다들 내 말은 귓등으로도 안 들었지. 있지도 않은 마녀를 겁내서 달아나려고 하더니만, 결국 이 꼴이 됐지. 나 참. 미신에 환장하는 놈들뿐이야. 구제불능이라니까."

올렉의 말투는 거칠었지만 어딘가 자신이 없었다. 왕이 되었지만 올렉 주변에는 신뢰할 수 있는 사람이 아무도 없었던 건지도 모른다. 어차피 나라를 한 번 버린 사람들이다. 돌아왔다지만 다시 나라를 간단히 버렸다.

알렉산드라는 차분한 목소리로 올렉에게 말했다.

"그래. 난 사람을 저주하지 않아. 아니, 하지 않은 게 아니라 못해. 왜냐면 저주의 마법 따위는 없으니까."

"맞아……. 있다면 내가 쓰고 싶다."

"그런데 그 말뜻은, 오라버니는 사실 날 마녀라고 생각지 않는다는 거잖아."

올렉의 입술에서 웃음이 새어나왔다. 음침하기 짝이 없

는 웃음. 듣는 사람의 마음조차 좀먹어가는 느낌이다.

"아니, 아니야. 내 동생, 알렉산드라야. 넌 틀림없는 마녀야. 날 파멸로 꾀어 들인 엄청나게 사악한 마녀야."

"오라버니……."

"너 같은 마녀는 살아선 안 돼. 죽어! 알렉산드라. 내 앞에서 꺼져 버려!"

검을 치켜드는 올렉의 모습이 눈에 들어왔다.

저도 모르게 목을 억지로 비틀어 돌아본 올렉의 파란 눈은 격렬한 흥분으로 핏발서 있었다. 귀에 닿는 숨이 거칠다.

죽는다. 올렉은 진심이다. 진심으로 알렉산드라에게 검을 겨누고 있다.

벗어나야 한다. 적어도 급소는 맞지 않도록 몸을 피해야 한다.

죽을힘을 다해 발버둥 치는데 갑자기 무언가가 쿵 부딪혀 와서 올렉의 팔힘이 빠졌다.

제라드였다. 제라드가 몸을 날려 올렉의 등에 부딪힌 것이다.

그 여파로 알렉산드라는 바닥으로 굴렀다.

병사들이 공격 자세를 취했다. 그러나 올렉의 시선은 알렉산드라 한 명에게만 꽂혀 있었다. 다른 병사들 따위 눈에 들어오지 않는다는 듯 알렉산드라만 쫓으며 가냘픈 몸을 향해 검을 내리꽂는다.

"죽어! 알렉산드라! 죽어버려!"

"오라버니……."

"거슬려! 너 같은 건 안 태어났으면 좋았을 텐데!"

마구잡이로 검을 휘두르는 올렉 옆으로 아무도 다가오지 못했다. 알렉산드라는 바닥을 기어 다니며 올렉을 피했다.

광기에 사로잡힌 올렉의 눈동자는 푸른 불길에 휩싸여 형형하게 빛나고 있었다.

'왜? 어째서? 오라버니는 이토록 날 미워하는 거지?'

분노보다 슬픔이 알렉산드라의 가슴에 사무친다.

"알렉산드라님!"

우왕좌왕 도망치려는 알렉산드라와 뒤쫓는 올렉 사이로 제라드가 뛰어들었다. 제라드는 알렉산드라를 비호하듯 올렉 앞을 막아섰다.

"안 돼! 제라드! 그만둬!"

"괜찮습니다! 저라도 알렉산드라님의 방패 정도는 해드릴 수 있습니다!"

올렉이 검을 높이 쳐들었다. 광기로 일그러진 파란 눈이 알렉산드라를 꿰뚫는다.

"둘 다 한꺼번에 베어주마!"

갑자기 무겁게 바람을 가르는 소리가 텁텁한 공기를 갈랐다.

그리고 어디선가 날아온 커다란 검이 올렉의 발치에 꽂힌다.

어둠 속에서 나타난 사람은 검은 머리카락, 검은 눈의 키

큰 남자.

"안됐지만, 제라드. 그 녀석을 지키는 건 네가 아니라 내 역할이야."

그렇게 말하며 레오니다스가 당돌하게 웃었다.

올렉은 순식간에 알렉산드라에게서 레오니다스로 의식을 옮겼다. 이를 가는 소리가 들릴 만큼 올렉이 어금니를 악물었다.

"그렇군. 너 같은 맹수를 쓰러뜨리는 데에는 그 정도 독으로는 부족했던 거군."

"공교롭게도 난 불사신이라서."

"그렇다면 이렇게 해주지!"

올렉이 레오니다스를 향해 검을 치켜들었다.

레오니다스는 검을 들고 있지 않았다. 레오니다스의 검은 앞을 막아선 올렉의 훨씬 뒤편 땅바닥에 꽂혀 있었다.

"레오니다스!"

알렉산드라의 의도를 알아채고 레오니다스는 두 손으로 머리를 감싸며 몸을 피하고, 알렉산드라에게 손을 내밀었다.

알렉산드라는 가죽째로 야로슬라프 왕의 검을 레오니다스에게 던졌다.

레오니다스의 오른손이 검을 완벽하게 받았다. 검을 감싸고 있던 가죽을 풀자 그 안에서 길고 커다란 검이 나타났다.

"설마……."

올렉의 눈이 경악으로 휘둥그레졌다.

"설마, 야로슬라프 왕의 검인가……."

"그래."

알렉산드라가 대답했다.

"진정한 왕이 아니면 뽑을 수 없다고 전해지는 진짜 야로슬라프 왕의 검이야."

"알렉산드라……. 네가 갖고 있었어??"

"알고 있지? 오라버니. 그 손안에 있는 그 검은 진짜를 모방해서 만든 모조품이야. 모조품이 진품을 이길 수 없겠지. 포기하고 항복해."

그러나 올렉의 눈동자 속의 광기는 잠잠해지지 않았다. 오히려 푸른 불길이 한층 격렬하게 타올라 올렉을 삼켜 버린다.

"알렉산드라……. 부아가 치밀게 하는구나……. 이렇게까지 널 증오한 적이 없어……."

"오라버니……."

"내놔! 그 검을! 그건 내 거야! 내가 실바의 진정한 왕이 될 거다!"

올렉은 이제 정상적인 판단도 할 수 없는 상태였다. 엉망진창 덤벼드는 모습은 결코 한 나라의 왕태자였음을 믿을 수 없을 정도였다. 올렉도 어릴 때부터 스승에게 검술을 배웠을 것이다. 그러나 지금은 그런 일 따위 완전히 잊어버린 듯 그저 아무렇게나 검을 휘둘러댈 뿐이다.

레오니다스는 마구잡이로 들어오는 공격에 당하지 않고

올렉의 검을 피했다. 휙, 휙, 좌우로 몸을 피하고 검으로 받아치며 올렉을 적당히 상대했다. 막힘없는 그 움직임에 야만스러움은 조금도 없었다. 화려하고 아름다울 정도였다.

'마치 춤 같아.'

알렉산드라의 뇌리에 언젠가 아크이라에서 나눴던 대화가 스친다.

레오니다스는 어린 시절 유랑극단에서 검무를 훈련했었다. 수행은 혹독했다. 잘하지 못한다고 피투성이가 될 때까지 회초리로 맞았고 식사도 제대로 못했었다.

어린아이였던 레오니다스가 느꼈을 아픔과 괴로움, 고통을 생각하면, 알렉산드라의 가슴이 죄어들 것처럼 아팠다. 그러나 한편으로 그 아픔이 아련하게 달콤하게 느껴진다는 사실도 깨달았다.

레오니다스의 아픔도, 괴로움도, 고통도, 지금은 전부 자신의 것이었다. 사랑하는 사람과 감정을 공유하고 있다는 기쁨이 알렉산드라의 마음을 달콤하게 욱신거리게 했다.

누가 봐도 차이는 명백했다. 기량도, 완력도, 체격도, 경험도, 레오니다스가 올렉을 몇 단계 앞서 있었다.

마치 어른과 아이의 차이 같았다.

레오니다스는 전혀 공격에 들어가지 않았다. 방어에 주력한다기보다는 교사가 성적이 나쁜 학생을 상대하고 있는 것처럼 보였다.

점점 지치는지 올렉의 걸음걸이가 불안해졌다.

야로슬라프 왕의 검은 길고 크다. 그리고 그에 걸맞도록 무겁다. 그런 검을 계속 휘두를 수 있는 자는 아주 극소수의 호걸뿐이다.

올렉이 약해진 것을 간파하고 레오니다스가 힘차게 발을 내디뎠다. 진짜 야로슬라프 왕의 검이 올렉을 향해 기세 좋게 뻗어 나갔다. 아래에서 쳐올리듯 레오니다스의 칼끝이 올렉의 손에서 가짜 야로슬라프 왕의 검을 튕겨서 날렸다.

눈 깜짝할 사이에 일어난 일이었다.

넋을 잃은 듯 올렉이 땅바닥에 무릎을 꿇었다.

레오니다스는 쥐고 있던 야로슬라프 왕의 검을 던져 버리고 올렉의 멱살을 잡아채서 맨손으로 올렉의 뺨을 쳤다.

땅바닥에 뻗은 올렉을 병사들이 꼼짝 못하도록 잡았다. 양쪽에서 팔을 구속당하고 머리를 누르면서 올렉은 레오니다스에게 달려가는 알렉산드라를 부릅뜬 눈으로 노려보았다.

"설마……. 네가 야로슬라프 왕의 검을 뽑다니……."

실은 레오니다스가 뽑았다. 그러나 알렉산드라는 굳이 정정하지 않았다. 레오니다스가 뽑았다고 말한다면 올렉이 다시 날뛸지 모른다.

올렉이 말했다

"좋은 거 알려줄까?"

"됐어."

알렉산드라가 대답했다. 어차피 올렉이 말하는 건 시시껄렁한 이야기뿐이다. 듣고서 마음이 복잡해지는 일은 싫었다.

그러나 올렉은 입을 다물지 않았다. 레오니다스에게 얻어맞은 뺨이 빨갛게 부어올라 있었다. 입술이 찢겨 말하기도 힘들 것이다. 그럼에도 알렉산드라에게 거침없이 말을 내뱉었다.

"내 말이나 들어. 동생아. 처음에 널 '마녀'라고 모함한 사람은, 실은 나야."

"오라버니……."

"난 네가 마녀가 아니라는 걸 알고 있었어. 네 마법은 그저 보고 배운 지식일 뿐이야. 예를 들어 아크이라에서 널 '마녀'라고 불렀다면 웃음거리가 되는 사람은 나였겠지. 하지만 미신을 신봉하는 부모님은 날 믿었어. 내가 있는 일 없는 일 전부 갖다 붙인 말을 그대로 받아들이고 널 무서워했지."

상상조차 못한 말에 알렉산드라는 동요를 숨길 수 없었다. 자기도 모르게 레오니다스의 팔을 붙들자 바로 레오니다스가 알렉산드라의 어깨를 끌어안았다. 단단한 팔이 상당한 의지가 되었다.

"그 말은, 오라버니가 의도적으로 날 함정에 빠뜨렸다는 뜻이야?"

알렉산드라의 질문에 올렉이 긍정했다.

"어, 바로 그거야."

"그럼 내가 마녀라고 불리고 손가락질당한 것도, 전부

오라버니 탓이야?"

"응. 맞아. 널 동쪽 탑에 가두는 게 낫겠다고 말한 사람도 나야. 저런 마녀가 성안을 제집처럼 스스럼없이 돌아다니다간 언젠가 실바에 불길한 일이 일어날 거라고 귀띔했더니 아바마마도 어마마마도 새파랗게 질려서 내 말을 따랐지."

"그런……."

충격적인 고백이었다.

설마 오빠인 올렉이 부모님이 미신을 맹신하고 있다는 사실을 거꾸로 이용해서 모두를 선동했다니.

"어째서 그런 짓을……?"

"네가 무서웠거든."

"내가? 무서웠다고?"

"사람들은 동생인 네가 총명하다고 칭찬했어. 난 평범하다며 깔봤고. '알렉산드라님이 왕위계승자였다면 좋았을 텐데', '하다못해 알렉산드라님이 왕자였다면' 하고. 궁녀들이 뒤에서 얘기하는 걸 들을 때마다 내가 어떤 기분이었는지 알기나 해?!"

그 말을 끝으로 올렉은 고개를 숙이고 입을 다물어 버렸다. 잘게 떨리는 어깨를 보고 올렉이 울고 있음을 알아차린 알렉산드라도 아무 말 하지 않았다.

"그럼, 어떻게 할까. 이 녀석. 베어버릴까?"

알렉산드라의 어깨를 감싼 채 레오니다스가 말했다.

"네가 원한다면 지금 바로 이 자리에서 갈기갈기 찢어 버릴 수도 있어."

그러나 알렉산드라는 가만히 고개를 저었다.

"그래도 피가 이어진 오빠야. 차마 죽일 수는 없어."

그 말을 듣고 올렉이 눈물 젖은 얼굴을 들어 소리쳤다.

"죽여! 지금 죽여! 이 자리에서 죽여! 날 동정하지 마! 역 겨우니까!"

알렉산드라는 한숨을 쉬며 올렉 앞에 꿇어앉아 올렉의 얼굴을 들여다보았다.

"안 돼. 오라버니. 난 오라버니를 추방하겠어. 실바에는 두 번 다시 돌아오지 마."

"알렉산드라……."

"사실 오라버니도 알고 있지? 선택받지 못했다는걸. 야 로슬라프 왕은 오라버니가 검을 뽑도록 허락하지 않았어."

올렉이 다시 엎드려서 울었다.

"데려가."

레오니다스에게 지시받은 병사들이 올렉을 데려갔다. 올렉에게는 이제 저항할 기력도 남아 있지 않은 듯 그들이 이끄는 대로 끌려갔다.

그 뒷모습을 잠시 눈으로 쫓다가 천천히 돌아보자, 레오 니다스가 아무 말 없이 야로슬라프 왕의 검을 내밀었다.

두 손으로 공손하게 받고 나서, 알렉산드라는 레오니다 스의 검은 눈을 똑바로 올려다보았다.

깨끗한 눈동자. 끝이 얼마나 깊은지 상상도 할 수 없을 만큼.

어떻게 하면 레오니다스에게 전할 수 있을까. 그 눈동자를 지금 자신이 얼마나 아름답다고 느끼고 있는지. 얼마나 사랑스럽게 여기고 있는지.

알렉산드라는 야로슬라프 왕의 검을 머리 위로 높게 받쳐 들고 레오니다스의 발치에 무릎을 꿇었다. 그리고 정중하게 고개를 숙이고 말했다.

"야로슬라프 왕이 진정한 왕으로 선택한 사람은 제가 아닙니다. 레오니다스, 당신입니다."

레오니다스는 아무 말도 하지 않았다. 그저 잠자코 알렉산드라를 내려 보았다.

"왕위는 제가 아니라 당신이 올라야 합니다. 레오니다스 왕이시여. 부디 이 실바를 좋은 미래로 이끌어주십시오."

레오니다스가 입을 열었다.

"그럼, 넌 어떡할 건데?"

"전 이미 당신의 아내입니다. 왕께서 허락하신다면 아내로서 당신을 평생 섬기고 싶습니다."

고개를 더욱 조아렸을 때 갑자기 이마에 콩 하고 뭔가가 부딪혀 가벼운 통증을 느꼈다.

"아파……."

깜짝 놀라 고개를 들자 바로 눈앞에 레오니다스의 얼굴이 있었다. 아무래도 손가락으로 알렉산드라의 이마를 튕긴 것 같다.

"넌, 구제불능 멍청이야."

레오니다스가 웃었다. 어이없다는 듯이. 곤란하다는 듯이. 응석을 받아주듯이.

"난 왕 같은 건 안 해. 여왕은 너야."

"하지만 당신의 나라를 그렇게나 갖고 싶어 했잖아. 자신의 것이라고 느껴지는 나라를 갖고 싶다며. 그래서 그러니까, 난……."

자기도 모르게 레오니다스의 팔을 붙들자, 가만히 그의 품에 끌어 안겼다.

"겨우 깨달았어. 알렉산드라. 내가 원한 건, 내 마음대로 할 수 있는 나라가 아니야. 언제라도 날 받아주는 장소. 내가 있어도 좋다고 허락해 주는 장소. 내가 갖고 싶었던 건 아마도 그런 거였어."

"레오니다스……."

"난 이제 원하는 걸 손에 넣었어. 그건 왕좌 따위보다 훨씬 가치가 있는 거라고."

알렉산드라는 양팔을 활짝 뻗어 레오니다스를 껴안았다. 곧바로 다부진 팔이 꽉 마주 안았다.

"누가 멍청이래. 이몸이 왕 해도 된다고 말해줬는데도 싫다면서."

"오. 내가 그렇게 좋아?"

"정말, 이 남자는!"

"야로슬라프 왕은 아마 널 지키라고 이 검을 뽑게 한 걸 거야. 난 검만 가져도 충분해. 여왕을 지키는 검. 그편이 훨씬 나답잖아. 그렇지. 그렇게 생각 안 해?"

그만 웃음이 새어나왔다. 레오니다스도 웃고 있었다.

키스를 조르듯 쳐다보자 바라던 것이 입술 위로 떨어졌다.

한 번 떨어진 입술이 다시 겹쳐온다. 잠시라도 떨어져 있는 순간이 괴로워서 몇 번이나 닿았다 떨어지는 키스를 반복한다.

그런 두 사람을 떼어놓은 것은 지상에서 들려오는 환호성이었다. 열 명이나 스무 명이 아니다. 백 명? 이백 명? 아니 좀 더 많은 사람이 모여 누군가의 이름을 부르고 있다.

여전히 떨어지기 싫어 섭섭해하면서 레오니다스에게 간신히 떨어진 알렉산드라가 바깥 상황에 귀를 기울였다.

"이 소리는 뭐야? 위에서 무슨 일 있어?"

레오니다스가 살며시 알렉산드라의 어깨를 안았다. 그 눈은 이미 무슨 일인지 알고서 알렉산드라를 재촉하고 있는 것처럼 보였다.

"스스로 확인하는 게 어때?"

알렉산드라는 고개를 끄덕였다. 무슨 일이 일어나도 레오니다스가 곁에 있다. 그렇게 생각하면 이제는 아무것도 두렵지 않다.

레오니다스의 손에 이끌려 좁은 길을 지나 지상으로 향한다. 어느샌가 아침이 밝았다. 구름 한 점 없는 맑은 하늘이 머리 위로 가득 펼쳐져 있었다.

아무래도 성 밖에서 들려오는 것 같은 환호성에 이끌려 가듯 마당을 가로질러 성문 근처로 가자 디미트리오가 맞아주었다.

"늦으셨네요. 여왕님. 다들 여왕님을 기다리고 있습니다."

"무슨 일이야? 게다가 여왕님이라니……."

레오니다스가 어리둥절한 알렉산드라를 갑자기 안아 올렸다.

"거 봐. 가자."

"엥?"

이것저것 생각할 여유도 없이 레오니다스의 목에 매달렸다. 한 손에 검을 들고 있어서 조금 안정감이 없었다. 야로슬라프 왕의 검을 겨우 추스르고 자세를 고치고서 성문 밖으로 시선을 돌렸다가, 알렉산드라는 한순간 숨을 죽였다.

성 바깥에는 지금까지 본 적 없는 인파가 모여 있었다.

나무꾼이 있다. 농민이 있다. 강에서 고기 잡는 어부들도, 남자도, 여자도, 아이도, 노인도, 그리고 물론 레오니다스 휘하의 병사들도. 실바 성이 자리 잡은 언덕 전부를 채울 정도로 수많은 사람이 알렉산드라를 알아보고 더욱 커다란 함성을 지른다.

멍하니 그 광경을 바라보고 있는데, 디미트리오가 싱글벙글 웃으며 말했다.

"실바 백성들입니다."

"백성, 들……?"

"실바 백성들도 상당히 지쳐 있었습니다. 몇 대나 이어진 방만한 국정으로 꿈도 희망도 빼앗겼습니다. 그런데 우리가 와서 여러 가지 일을 해주자 백성들도 희망이 생겼죠. 백성들은 앞으로 실바가 좋은 방향으로 발전할 거라는 꿈을 꾸기 시작했었습니다."

환호성이 더욱 높아진다. 자칫 디미트리오의 목소리도 묻힐 만큼.

"백성들에게 올렉은, 겨우 품기 시작한 꿈과 희망을 박살 내는 존재였습니다. 올렉이 실바 성의 주인이 된 순간 모든 게 원상태로 돌아가 버렸죠. 우리가 추진하던 일도 전부 좌절됐고요. 백성들은 올렉에게 짓밟힌 꿈과 희망을 되찾길 바랐습니다. 알렉산드라님에게 자신들의 꿈과 희망을 맡기길 바라고 있습니다."

"정말? 정말로? 하지만 난 '마녀' 잖아……."

저기 모인 사람들에게 화형당할 뻔했던 적도 있다.

"괜찮습니다. 알렉산드라님의 마법은 좋은 마법이고 누군가에게 해를 끼치지 않는다고 제대로 설명했더니 다들 확실히 알아듣더군요."

"아……."

"성에서 쫓겨난 저희들을 숨겨준 건, 사실 저 사람들입니다. 자, 손을 흔들어 주세요. 다들 알렉산드라 여왕의 즉위를 축하하러 달려왔습니다. 보세요, 들리시죠? 모두 알렉산드라님의 이름을 부르고 있습니다."

누군가 '여왕 폐하'라고 외치는 소리가 들렸다. 또 다른 누군가가 '알렉산드라 여왕님' 하고 부른다.

그토록 알렉산드라를 미워하던 백성들이, 예전에 한번 알렉산드라를 화형시키려 했던 사람들이 지금은 알렉산드라가 여왕이 된 것을 기뻐하고 축복하고 있다.

레오니다스가 돌린 운명의 판은 어느덧 여기까지 알렉산드라를 옮겨왔다.

그 불가사의함에 가슴이 떨렸다.

'여왕이 된 거야. 정말로, 실바의 여왕이 됐어!'

알렉산드라는 레오니다스의 품에서 내려와 군중들에게 두 손을 들어 올렸다.

함성이 그친다. 모두 알렉산드라의 말을 기다리며 입을 다문다.

"여러분에게 알려줄 것이 있습니다."

최대한 멀리까지 들리도록 알렉산드라는 소리를 질렀다.

"난 얼마 전에 아크이라에서 여기 있는 레오니다스와 결혼했습니다. 그곳에 결혼증명서도 있습니다. 입회인은 아크이라의 왕태자 전하와 왕태자비 전하입니다."

군중들에게서 함성이 터진다. 환호성이 잦아들기를 기다린 알렉산드라는 다시 말을 이었다.

"난 레오니다스와 함께 실바를 더욱 좋은 나라로 만들어 갈 생각입니다. 그러기 위해서는 여러분의 협조가 필요합니다. 여러분, 부디 내게 힘을 빌려주세요."

알렉산드라는 두 손으로 야로슬라프 왕의 검을 머리 위로 치켜들었다.

"난 여왕으로서 실바를 위해 온 힘을 다할 것을 야로슬라프 왕의 검에 두고 맹세한다."

다시 터질 듯한 환호성이 들렸다.

서 있는 알렉산드라의 허리를 레오니다스가 슬며시 끌어안고 속삭였다.

"방금 그건 옛날에 야로슬라프 왕이 했던 선언이지."

"알고 있었어?"

"실바 여왕의 남편이라면 이 정도는 기본이지."

되돌아온 대답에 저도 모르게 웃음을 터뜨리자, 레오니다스의 눈에도 웃음이 피어올랐다.

"어때? 제대로 약속 지켰지?"

"응."

일부분 불이행한 것도 있지만, 그래서 알렉산드라가 이렇게 여왕이 될 수 있었으니까 넘어간다.

"처음엔 이 남자가 말도 안 되게 무모한 생각을 하는구나 하고 어이가 없었어. 이게 실현 가능한 일일 줄은 생각도 못했어."

그러나 레오니다스는 알렉산드라를 흘긋 보고는 어깨를 으쓱했다.

"그래? 난 무모하다는 생각 한 번도 안 해봤는데."

"와, 정말. 대단한 자신감이네. 그 근거는 대체 어디에서 나온 거야?"

"직감이지, 직감. 널 처음 본 순간에 알았지. 아, 이 녀석 재밌겠네 하고."

뜻밖의 말이었다. 알렉산드라는 무심코 레오니다스를 빤히 쳐다봤다. 레오니다스의 옆얼굴은 계속해서 환호성 지르는 군중을 향해 있다.

"몇 년이나 동쪽 탑에 갇혀 있는 왕녀가 있다는 말을 들었을 때, 처음엔 그 녀석은 틀렸겠구나 생각했어. 그런 꼴을 당하면 전부 망가져 버리니까. 마음이 점점 문드러져서 살아 있는 시체가 되지. 그게 남자든, 여자든."

"……."

"하지만 넌 달랐어. 문을 열고 들어간 날 노려보던 그 시선은 생기로 가득했어. 그래서 생각했지. 이 녀석 재밌는데, 하고. 이 녀석이 여왕이 되면 분명 재밌을 거라고 말이지."

느닷없이 검은 눈과 마주쳐 가슴이 두근두근 고동쳤다. 삽시간에 뺨이 달아올랐다. 가슴이 점점 빨리 뛰는 것을 멈출 수 없었다.

그런 자신이 쑥스러워서 알렉산드라는 일부러 새침한 표정으로 의미심장한 시선을 레오니다스에게 보낸다.

"어머. 그 말은 내게 한눈에 반했다는 뜻이야?"

"글쎄다. 어떨까."

"뭐야. 솔직하게 인정하시지."

"맞아. 느닷없이 구두로 얻어맞았을 때는 솔직히 꽤나 강한 감동을 느꼈는지도 몰라."

그래?! 그게 그렇게 인상 깊었던 거야?

"이상한 남자."

"너야말로. 이상한 여자야. 이렇게 이상한 여자는 이 세상 어디에도 없어. 아마 세상에서 제일 이상할 거야."

헐뜯는 말인데도 가슴은 설레고 따뜻하다. 왜냐하면 그 말이 '세상에서 제일 좋아'라고 들리니까.

"바람피우면 죽는다."

그러자 즉시 대꾸한다.

"그럼 내가 바람피울 맘도 들지 않을 만큼 듬뿍 만족시켜 주는 거지?"

알렉산드라는 가슴을 확 펴고 대답했다.

"바라던 바야."

두 사람 모두 그만 웃음을 터뜨렸다.

그리고 키스. 키스. 키스.

군중들이 더욱 커다란 함성을 지른 것은 두말할 필요도 없었다.

에필로그

지난 며칠간 부슬부슬 내리던 비가 마침내 그쳤다.

아침 해에 장밋빛으로 물든 구름 사이로 파란 하늘이 띄엄띄엄 보인다. 잔뜩 찌푸린 구름은 천천히 흘러가고 머지않아 엷은 햇살이 비치기 시작했다.

분명 오늘은 날씨가 좋을 것이다.

기분까지 맑게 갠 알렉산드라는 마당으로 걸음을 내디뎠다.

허브 정원에는 지금 라벤더가 한창이었다.

올렉은 당연히 허브 정원을 방치해 두었기 때문에, 그사이 말라 버린 것도 적지 않았다. 그러나 제라드와 그 밖의 일손들이 열심히 가꾸어주어 어찌어찌 원래 모습을 되찾아

지금은 예전보다 잘 손질되어 있다.

그 덕분에 성 바로 근처에 치료원을 만들 수 있었다.

치료원에는 매일 많은 사람이 찾아왔다. 알렉산드라는 원하는 이들 모두에게 허브에 관한 지식과 필요한 허브를 나눠주었다.

사람들은 변함없이 알렉산드라를 '실바의 마녀'라고 부르지만 지금은 그 말에 깊은 존경심이 담겨 있다.

어제까지 내린 빗방울에 드레스 옷자락이 젖지 않게 잡고 허브 정원으로 향하자, 제라드가 선두에서 지시를 내리고 있었다.

제라드는 정말 성실히 일한다. 요즘은 허브재배방법과 그 효능에 대해서도 열심히 연구하고 있어서, 치료원 일도 안심하고 맡길 수 있었다.

요즘 알렉산드라는 자투리 시간에 책을 쓰고 있었다.

백성을 위한 책. 읽고 쓰지 못하는 백성들에게 문자를 가르쳐 주는 책.

레오니다스는 알렉산드라가 동쪽 탑에 오랫동안 갇혀 있었음에도 불구하고 이성을 잃지 않았던 점에 놀랐다고 했다.

그러나 알렉산드라는 자신이 그럴 수 있었던 비결은 항상 옆에 책이 있었기 때문이라고 생각했다.

책 속에는 진리가 있다. 세상의 이치를 자리에 가만히 앉아서 배울 수 있다. 고독했던 시간을 얼마나 책에게 구원받

앉는지 모른다.

알렉산드라는 독서의 기쁨을 모든 사람에게 알려주고 싶었다.

조금씩 개어가는 파란 하늘 아래 산뜻한 식물의 기운을 가득 느끼려 심호흡을 하는데, 그런 알렉산드라에게 다가오는 디미트리오 곁에 낯선 이가 보였다.

"알렉산드라님. 손님입니다.

"손님……?"

알렉산드라는 디미트리오가 데려온 인물에게 의아한 눈길을 보냈다.

그 사람은 소년처럼 보였다. 체격으로 보아 제라드보다 아직 어릴 것이다. 검소한 여행자의 차림을 하고 있었는데 행상인이 데리고 다니는 아이처럼 보이기도 했다.

"안녕. 오늘 무슨 일로 찾아왔니?"

알렉산드라의 말에 소년이 깊게 눌러쓰고 있던 망토의 모자를 벗었다.

소년이 아니라 소녀의 얼굴이 드러났다.

눈동자가 파랗다. 금색 명주실 같은 머리카락을 아무렇게나 묶고 있었다.

'누구……? 대체 누구였더라?'

알렉산드라의 기억이 말하고 있었다.

알렉산드라는 이 소녀를 알고 있다. 언젠가 어딘가에서, 아마 아주 오래전 이 소녀와 만난 적 있었다. 분명히.

"혹시……."

알렉산드라가 떨리는 목소리로 물었다.

"혹시, 엘레나니?"

엘레나. 실바의 제이왕녀. 알렉산드라의 여동생.

꽤 자라서 몰라봤다. 알렉산드라가 동쪽 탑에 갇혔을 무렵에는 아직 너무나 어려서 혼자 옷 갈아입는 것도 못 미더울 정도였는데, 이렇게 사랑스러운 소녀로 자랐을 줄은 몰랐다.

동생을 안아보려고 알렉산드라가 손을 내미는데, 엘레나는 그 손을 빠져나와 알렉산드라의 발치에 엎드렸다.

"미안해……. 언니. 정말로, 미안해……."

"엘레나……."

"나, 알고 있었어. 언니는 병에 걸린 날 헌신적으로 간병해 줬어. 열에 들뜬 내 손을 잡고 괜찮다고, 반드시 좋아질 거라고 계속해서 힘을 북돋아줬어. 그렇게나 날 마음 깊이 걱정해 주는 언니가 사악한 마녀일 리 없다고 생각했어. 하지만, 난……."

울고 있는지 엘레나의 목소리가 웅얼거렸다.

"실은 말하고 싶었어. 아바마마와 어마마마가 언니를 두고 나쁘게 말할 때마다 아니라고, 언니는 우릴 저주하지 않는다고 대꾸하고 싶었어. 하지만 무서웠는걸. 그렇게 말했다가 나까지 마녀로 몰아세우지 않을까, 너무 무서워서 아무런 말도 할 수 없었어."

"엘레나."

알렉산드라는 흐느껴 우는 동생의 뺨을 양손으로 살며시 감싸고 위로 들어 올렸다. 엘레나의 귀여운 얼굴이 눈물로 흠뻑 젖어 있었다.

"괜찮아. 엘레나. 이젠 괜찮아."

"하지만……. 언니……. 나, 언니한테 너무 미안해서……. 언니는 생명의 은인인데, 언니를 배신한 날 용서할 수 없어서……."

"이젠 끝난 일이야. 그러니까 자신을 탓하는 건 그만해도 돼. 네 마음만으로 충분하니까. 엘레나가 그렇게 말해주는 것만으로도 너무 기쁜걸."

"언니……!"

두 팔을 내밀어 엘레나가 매달렸다.

알렉산드라는 동생의 가냘픈 몸을 껴안고 등을 쓰다듬어 주었다.

동생 엘레나가 이렇게 마음의 상처를 받았다니, 뜻밖이었다.

알렉산드라가 동쪽 탑에서 반쯤 마음을 닫고 살았던 동안, 엘레나의 어린 가슴은 죄책감에 문드러지고 있었던 것이다.

그렇게 생각하니 엘레나가 견딜 수 없이 가여웠다. 엘레나도 자신처럼 미신과 무지의 피해자였다.

"자. 엘레나. 이제 그만 울어."

"언니……."

"울기만 하면 예쁜 얼굴이 못생겨지잖아."

그제야 엘레나의 얼굴에도 희미한 미소가 돌아왔다.

"혼자서 온 거니?"

알렉산드라의 질문에 엘레나는 살짝 고개를 저었다.

"순례자들과 함께 왔어. 남자아이처럼 속이고 들어갔지."

"그래서 그런 모습이구나. 대담한걸."

실바의 제이왕녀로 부족함 없이 유복하게 자란 엘레나에게도 이런 대담한 면이 있다는 게 놀라웠다. 어쩌면 성을 탈출한 뒤에 엘레나의 신변에는 여러 가지 일이 일어났던 걸지도 모르겠다.

"아바마마와 어마마마는 건강하시니."

엘레나는 약간 쓰게 웃었다.

"응. 두 분 모두 건강하셔."

"그래."

"근데 좀 허탈한가 봐. 이 성에서 달아나고부터 왠지 모든 일에 무기력해지셨어. 지금은 어느 나라의 귀족의 지원을 받으며 한가롭게 지내고 계시고."

아무래도 아버지는 실바의 국왕이라는 자리가 솔직히 무거운 짐이었을 것이다. 아버지에게는 실바 국왕의 아들로 태어난 것이 애당초 불운이었는지도 모른다.

"오라버니는 부모님과 함께 살아?"

알렉산드라에게 추방당한 뒤 올렉은 행방불명이다. 조금 신경 쓰여서 물어보자, 엘레나는 살짝 고개를 저었다.

"가끔 돌아오는 정도야. 아마 각지를 이리저리 돌아다니는 중인가 봐. 실바를 탈환하려는 계획을 세우고 있다는 소문이 돌더라."

"집요하네."

알렉산드라가 눈썹을 찌푸렸다.

"상관없어. 몇 번이나 찾아와도 실바는 넘겨주지 않을 테니까."

그러나 만약 올렉이 야망을 버리고 실바를 위해 일하겠다고 한다면 그때는 받아들일 마음이 있다. 올렉이 간단하게 마음을 바꿀 거라고 생각지는 않지만.

엘레나는 조금 곤란한 얼굴로 웃었다.

엘레나의 입장에서 보면 친오빠와 친언니가 다투는 상황이 유쾌하진 않을 것이다. 엘레나를 상처 입히는 사람은 자신이다. 알고 있지만 양보할 수 없는 것이 있었다.

"향기 좋다."

괴로운 생각을 끊어버리려는 듯 엘레나가 두 손을 펼쳐 라벤더 향기가 실린 바람을 들이마신다.

"실바가 이렇게 멋진 곳인 줄 처음으로 깨달았어."

"엘레나……."

"언니. 나도 언니를 도와주면 안 될까? 언니한테 보답하고 싶어. 내가 할 수 있는 일이 있을까?"

알렉산드라는 엘레나의 두 손을 꽉 쥐었다.

"어서 와. 엘레나."

"언니……."

"실바를 더욱 좋은 나라로 만드는 데 협력해 줘."

"네."

엘레나가 크게 고개를 끄덕였다.

알렉산드라의 얼굴에도 미소가 피어올랐다.

"레오니다스에게 소개해 주고 싶은데, 지금 출장 중이야. 남부지방의 관개공사를 도와주러 갔거든."

"레오니다스라면, 언니 남편 말이지? 어떤 분이셔? 왠지 떨린다."

"이상한 남자야. 평범하진 않으니까 각오해둬."

"응? 평범하지 않다고……? 각오하라고……? 응? 대체 얼마나 무시무시한 분인 거야?"

"그건 엘레나의 눈으로 확인해."

"뭐?!"

엘레나는 이해할 수 없다는 듯 눈을 깜빡거렸다.

혼자만의 상상으로 머릿속이 복잡한 듯한 엘레나를 보며 알렉산드라는 장난스럽게 어깨를 으쓱했다.

아마 레오니다스는 지금쯤 남부지방에서 출발했을 것이다.

이제 곧 돌아온다. 알렉산드라의 세상에 느닷없이 뛰어들어온 검은 머리카락, 검은 눈을 한 회오리바람이, 다시

이 품으로 돌아온다.

"집에 오면 말해줘야겠지. 가족이 두 명 늘었다고."

"뭐? 두 명……?"

이해가 안 된다는 듯 고개를 갸웃하는 엘레나에게 알렉산드라는 빙긋 미소 지었다.

『흑의 장군과 동쪽 탑의 마녀』끝

작가 후기

  수많은 책 가운데 제 책을 골라주셔서 감사합니다.

  이번 이야기 『흑의 장군과 동쪽 탑의 마녀』는 같은 출판사에서 나온 『은의 왕자와 호박색 공주』의 스핀오프입니다. 『은의 왕자와 호박색 공주』는 『흑의 장군과 동쪽 탑의 마녀』에도 등장하는 지크프리트와 에르윈의 이야기입니다. 레오니다스도 악역으로 등장합니다.

  『흑의 장군과 동쪽 탑의 마녀』는 전작을 읽지 않아도 문제없는 내용이지만, 괜찮으시다면 같이 읽어주셨으면 합니다. 어쨌든 조금이나마 재미있게 읽으셨다면 좋겠습니다.

  그리고 아마노 치기리님이 전작에 이어서 다시 한 번 굉장히 아름다운 삽화를 그려주셔서 얼마나 기쁜지 모릅니다. 이 자리를 빌려 감사 인사드립니다.

히메노 유리

역자 후기

    이 책은 작가가 후기에 밝힌 대로 『은의 왕자와 호박색 공주』의 파생 작품입니다. 『은의 왕자와 호박색 공주』를 읽어보기 전, 배경 지식이 부족한 상태로 본 작품을 번역하게 되어 아쉬운 마음이 크지만, 캐릭터에 대한 선입견 없이 옮길 수 있어 오히려 다행이라고 생각합니다. 본편에서 레오니다스가 올렉을 능가한 악역이었다면 굉장히 애먹지 않았을까 싶거든요. 하지만 거칠지만 순수하고 짓궂지만 다정해서 미워할 수 없는 매력의 소유자이기에 작가님도 레오니다스를 스핀오프의 주인공으로 삼았겠죠. 이제는 번역도 무사히 마쳤으니 다리 쭉 뻗고 『은의 왕자와 호박색 공주』를 읽어보는 호사를 누려보고 싶네요.

    짧지 않은 분량임에도 신나게 번역할 수 있었던 이유는 소설 속에서 살아 숨 쉬는 등장인물들 덕택이었습니다. 독자로서 누렸던 이 즐거움을 독자 여러분께 어떻게 하면 생생히 전달할 수 있을까 고민했던 시간도 즐거운 추억으로 남아 있습니다. 다만 실력이 부족하여 의도한 대로 유려하게 옮기지 못해 아쉬울 따름입니다.

글쓴이인 히메노 유리는 꽤 오래 전부터 왕성하게 활동하고 있는 작가입니다. 국내에서 십 년 전쯤에 세 권 정도 BL소설이 출판된 적 있는데, 성인을 대상으로 한 로맨스 소설은 올해 처음 소개되게 되었습니다. 혹시나 예전부터 작가님을 알던 팬이 계시다면 희소식이지 않을까 싶네요. 히메노 유리의 글을 처음 접한 독자 분들도 탄탄한 배경 설명과 섬세한 감정 묘사가 일품인 이 작품을 통해 읽는 즐거움을 느끼셨기를 바라봅니다.

최서향

TL 로맨스 원고 공모

한국 TL을 선도해 나가는
AIN-FIN 메르헨–엘르 노블에서
뜨겁고 은밀한 사랑 이야기를 찾습니다.

장르 : TL 로맨스(현대, 판타지, 시대물 무관)
분량 : 200자 원고지 기준 700매 내외

보내주실 곳 : ainandfin@naver.com

채택되신 작품은 계약 후 교정 작업을 거쳐 정식 출간됩니다!

많은 참여 부탁드립니다.